IFRS教育の実践研究

柴　健次［編著］

創成社

はしがき

　本書は，日本会計研究学会に設置されたスタディ・グループ（主査：柴健次）が 2012 年 8 月に開催された全国大会（一橋大学）において行った最終報告に若干の修正を加えて市販するものである。本スタディ・グループは，2011 年 9 月に開催された全国大会（久留米大学）において行った中間報告については，2012 年 8 月 20 日に『IFRS 教育の基礎研究』として出版している。本書はそれに続く第 2 弾であり，2 冊セットでお読みいただくことを期待する。

1　中間報告（前書）に至るまで

　IFRS（国際財務報告基準）の会計教育に関しては，教授法に関する理論も実務的指針も存在しないし，いわゆる定番といわれるテキストも存在しない。一方，このテーマに関わらず，会計一般に話を広げても，教授法や標準テキストがないように思える。そうしたなか，会計の教員はそれぞれが独自の信念に基づいて教育をしているのだが，教授法について積極的に意見交換することもなかった。そのため，教育は教員の技術や個性に依存する傾向が強かった。ここに，IFRS が会計教育の対象となったとしても，従来と同じく，個々の教員が対応していくべきものと考えられてきた。

　この例のように我が国では，会計教育は教授者に依存するものであった。いわば会計教育の主体が教授者であり，学生は客体の位置に置かれていた。それゆえ，教育主体である教授者は，自身の教育内容について，ときには不安にもなりやすいという傾向にあった。初等・中等教育の科目について，教科教育法などが研究されている状況と比べれば，会計教育の現状を量り知ることが可能となろう。そこへ，IFRS が教育内容の変更を余儀なくさせるのではないかと，

不安をあおる原因ともなっている。

　加えて，会計教育に関する研究の蓄積が少ない。ここ10年ばかりの間に，会計専門職大学院が設立され，また日本会計教育学会が設立され，日本学術会議において学士課程の質保証や科目別参照基準に対する取り組みが始まるなど，これらを契機に，会計教育に関する議論が盛んになりつつあるが，それ以前は，相対的にこの領域の研究は少なかった。そのためか，IFRSに限らず，教科教育法や標準テキストが存在しないし，教育工学等との連携が少ない。

　以上のような状況の中で，スタディ・グループを編成するに当り，IFRSの研究に取り組むか，IFRSの会計教育に取り組むかで第1の悩みがあった。前者であれば比較的研究対象を絞り込みやすいからである。しかし，後者となると，IFRSのみが研究対象ではなくて，会計教育の中でIFRSをどのように位置づけて，教育に取り込んでいくかという難題が研究対象となる。しかしながら，すでに述べたように，会計教育の蓄積が少ない我が国だからこそ，また，それゆえにIFRSへの対応に多少とも不安を抱く教員が少なからずいるという現実を直視すると，「IFRSの会計教育の研究」を行う必要性があると判断した。

　かかる課題に取り組むために，中間報告においては，3つの領域に関して可能なところまで明らかにしようと試みた。第1は，日本を含めて各国の高等教育機関等では，IFRSは教育上どのように扱われているのか，あるいは公認会計士の試験制度でどう扱われているのかなどの教育実態の把握を試みた。第2は，そもそも財務報告はいかなる機能を有していたのか，この機会に文献等を振り返ってみて，IFRSを相対化して把握してみようと試みた。財務報告の社会的機能の変化が読み取れるであろうと期待したからである。そして，第3に，議論の混乱を避けるためにも，いったんIFRSを離れて，対立する会計モデルを提示し，そのモデルと関連させて会計上の基礎概念を整理してみようと試みた。こうした試みは，各国で概念フレームワークに関心が寄せられるようになってきたので，成功するかもしれないと考えた。

　中間報告における，第1の教育事情については，必要最小限度の情報量を蓄

積できた。第2の財務報告の歴史的把握は，先行研究のサーベイとして，また，財務報告の教材として，利用可能な程度に完成度が高くなった。第3の概念整理は，緒についたばかりの段階にとどまった。これら3つの領域の研究を最終報告に向けて深化させることで満足していないこと，中間報告の各領域の成果はそれ独自に有益な情報を含んでいることから，中間報告はその続編がないものとしてとりまとめることとなった。

2011年の第70回全国大会より，過去の慣例から脱皮し，紙媒体での報告書の配布に代えて，PDFファイルによる電子配布になった。本スタディ・グループも大会時には電子的に成果公表を行ってきた。しかしながら，従来どおり，紙媒体にまとめることも有益ではないかと，大会終了後に中間報告を加筆修正したうえで，2012年の本大会の直前となったが，8月に創成社より『IFRS教育の基礎研究』として出版した。

2　最終報告（本書）にむけて

昨年の全国大会における中間報告を締めくくる際に，最終報告ではシラバスを提示できる程度に具体的な提言を行いたいと述べた。それは一片のシラバスを示して終わりということではなくて，そのシラバスに込められた教育理念だとか，制約ある時間数の中で何から教えていくべきかといった教育方法なども含んでいる。

完成度の高いシラバスを示すということは，それに対応するテキストも書けるだろうという期待もあった。その際，たとえば，初級，中級，上級と3段階に教育水準（学習水準）を分けたとしたら，IFRSについても，それぞれの段階でどう扱うかは変わるだろうと予想された。

中間報告を終えた我々は，以上のような漠然とした方向だけは共有していた。しかも，中間報告の単純な発展的作業はしないと決めていた。ある意味挑戦的な問題提起をしたいと考えてもいた。しかしながら，3段階のレベル観に合意が得られないことや，シラバスとその背景を示すことで終えるのか，たと

え一部でも標準テキスト案を示すのか，何を一番強調して問題提起するのかなど，いざ最終報告の課題に向かってみると，スタディ・グループの協働作業の手順を決めることさえ困難なことが分かり，メンバー間の合意形成に時間がかかった。

ところが，研究が停滞したかにみえるこの期間がとても重要であった。中間報告は相当程度ボリュームがあり，そこにつぎ込んだエネルギーは膨大なので，その成果を活かしきるような発展的な研究をすればよいという意見もあろう。しかし，我々は，IFRSをめぐる会計教育の国際比較を研究目的としたわけではない。IFRSに至る財務報告の歴史的変遷の研究を目的としたわけでもない。また，会計モデルや基礎概念の整理を研究目的としたわけでもない。これらはIFRSの教育を考えるにあたって重要なのであるが，IFRSの会計教育という主題にまだ十分に踏み込んでいないのである。最終報告の方向性に関する議論が整理されるまでの間，メンバーは主題の意義を反芻する一方で，出版すると決めた中間報告書の完成度を高めることに従事した。

いわばこうした産みの苦しみの結果，我々は，最終報告の方向性につき合意を得た。当初，暫定的に，3部構成とした。第1は，約4ヶ月に及ぶ議論が，IFRSを含む会計教育の研究に取り組む我々の姿勢が定まらないこと，同じことだが，メンバーが教育に当たるときの基本姿勢が同じではないことに由来することが明確になってきたので，我々としては「会計教育のフレームワーク」を提言することとした。我々はすべての会計教育者が従うべき「会計教育の概念フレームワーク」を提言するなど考えてもいない。しかし，体系的な教育方針を示すことが重要であることを認識しているので，一つの考え方として提示することとした。これが（我々が考える一つの）フレームワークという意味である。この「会計教育のフレームワーク」の提示を機会に，会計教育方法論，さらにはIFRS会計教育方法論の議論が沸き起こることを期待している。主査は，第1の領域のとりまとめを，佐藤に依頼した。

この「会計教育のフレームワーク」をとりまとめるだけでは，IFRSに接近できないとの考えに落ち着いてきた。そこで，第2に，主査のかねての願いで

あった「IFRS 原則」作りを富田に依頼した。ここにいう「IFRS 原則」はオリジナルの IFRS を指すわけではない。想定している「IFRS 原則」とは「企業会計原則」のようなものであり，かつて主査が『企業会計』においてサンプルを示したことに端を発する。IFRS 原文を読めば良いではないかという反論は当然予想される。IFRS に携わる会計士，教える教員，学ぶ学生のすべてが IFRS 原文を読み，IFRS 原文を教師として学び取れと要求するのは易しいが，これができるものは意外と少ない。考えてみれば，どの領域の専門家も，教員も学生も，すべてをオリジナルから学んでいるわけではない。小学校から大学・大学院までほとんどの人々は先人の成果であるひと固まりの思想を学ぶことによって学習対象の基本に接近してきたはずである。私が願い，富田が実現した「IFRS 原則」はそうした教育上の道標の提案なのである。教師にとっても，学生にとっても，役に立つはずである。我々はかつて我が国の『企業会計原則』がパラダイム効果を発揮したことを忘れてはいない。この試みは，最終的に「新・企業会計原則試案（IFRS 版）」と名付けられた。

　第 3 は，先例から教訓を得ようというものである。IASB や IAAER で著名な会計学者が IFRS 教育の伝道師として「原則主義による教育」を実践している。我々のメンバーも，日本で，あるいは，外国で開催されたセミナーで何度も講義を受けてきた。そこで，IFRS 教育を実践するに当たり何が重要かを説いて回るこうしたキャラバン隊の教材から何が学べるかを知りたい。我々の学ぶ先はこれにとどまらない。アメリカと日本の先進的な大学や大学院，あるいは企業等で，IFRS に対してどういう対応がなされているかを知り，そこから教訓を引き出したい。こうした思いから，事例研究に取り組むことにした。その取りまとめは柴が行うが，教材研究は齊野に，アメリカ研究は杉本に，そして日本研究は山内に依頼した。この教訓の引き出しという作業は，メンバーの意識を変えた。対象の解説からは何も教訓が得られないことを学び取ったからである。結局のところ，教訓を得るには調査者・インタビュアの哲学が求められるのである。それゆえ，第 3 の領域は，我々が主体的に感じた事例からの教訓集となった。

以上の3領域にまたがる一つの試みを関西大学で行った。中級レベルの知識を有する者（具体的には会計専門職大学院生）に15回の講義でIFRS教育をどこまで実践できるかという試みである。彼らは，この科目のみによって会計学を学んでいるわけではないので，この試行的講義が仮に成果を十分に上げられない場合でも悪影響はないことも確認した。その上で，この試行講義は，本来なら，上記3領域の研究成果を待って，シラバスを組めば良いのであるが，研究期間の最終年度ということで，他の研究と同時進行になった。中級レベルに到達していない履修者には難易度が高かったようであるが，全体としては好評であった。中間報告時に宣言したシラバスの提示は実行できたとも言える。しかも，実際に実施してみると，多様なレベルの多様な講義形態もありうること，しかし，一定程度の条件を満たせば，15回でも効率良くIFRSに関する講義が可能であることも分かった。この試行講義は，富田が責任者で，佐藤，山田，板橋，柴が講義を分担した。

　以上，要するに，中間報告段階では予想していなかった方向性が出てきて，最終報告は，極めて挑戦的な2つの提言と，事例と試行からの教訓の抽出を行うこととなった。メンバーは極めて集約的な作業を強いられる中，しかし，教育の何たるかをそれぞれが学び取った次第である。

3　最終報告（本書）の概要

　以上を踏まえて，最終報告に取り組んだ。結果としては6章仕立ての報告書となった。なお，第6章は，市販化にあたり，資料が膨大になるため割愛した。以下に1章から5章までの概要を示す。

　我々は，第70回大会（平成23年9月，久留米大学）における中間報告を踏まえて，第71回大会（平成24年8月，一橋大学）において最終報告を行った。中間報告では，研究テーマに関する基礎研究として，各国におけるIFRS教育の現状，財務報告に係る史的考察及びIFRS教育のための基礎概念の抽出という課

題に取り組んだ。その後、加筆修正の上で中間報告書を平成24年8月に創成社より出版した。

最終報告は、中間報告を踏まえているが、会計教育に関する新たな挑戦である。第1に、会計教育に関する議論を活発にするために体系的な一つのフレームワークを提示することとした。第2に、我が国の『企業会計原則』の形式を借用してIFRS原則を提示することとした。すなわち、一方で会計教育の基本的考え方を提示し、他方でIFRSへの接近方法を具体化してみせた。これらに加えて、IFRS関連の教育の実例から、教訓の抽出を行った。つまり、第3に、IAAERやIASB等で提案されているIFRS教材、第4にアメリカの大学・大学院における教育、第5に我が国の大学・大学院及び企業等における教育の事例を分析して教訓を抽出した。我々は、開拓者精神をもって教育課題への接近法を実践してみせることにより、我が国会計教育に問題提起することとしたのである。以下は、14名の共同成果の要約である。

(1) 第1章(提案):「『会計教育のフレームワーク』の試案」佐藤らの意見

IFRSの教育は、会計教育全体の中で、その一部として実施されなければならない。教育の目的は、学生等が受け身の姿勢の受動型から、学生等が自ら問題を発見しその解決策を模索する能動型へと、姿勢の変化を促すことである。失敗したと思っても、それを学生等のせいにしてはいけない。たとえ学生等に問題があったとしても教員も自分自身に問題がなかったかどうか振り返ることが必要である。

会計教育の目的は、現在の経済社会において機能する会計の本質を正確に理解する人材を育成し、会計、ひいては経済社会のさらなる発展に貢献することである。会計教育の構成要素は、「情報の利用」、「情報の作成」および「情報の評価」からなり、さらに、それぞれが、初級、中級および上級の3つのレベルに分けられる。そこでは、さまざまな教材を用いて様々な手法による教育がなされるが、教育の質を維持向上させるには、何よりも、教員の側での、柔軟

な姿勢で学生等の学習を支援し，知的刺激を与えることが必要である。

(2) 第2章（提案）：「新・企業会計原則試案（IFRS版）」富田らの意見

　『企業会計原則』は，少なくとも量においてコンパクトであり，何度も読み返すことが容易である。一方，IFRSは非常に量も多く，その全体を理解するために一通り読み通すだけでも，相応の時間が必要となり，反復学習による教育効果は期待しづらい。IFRSを『企業会計原則』のようにコンパクトにかつ体系的にまとめることができれば，IFRSを教授する者にはIFRSの考え方やポイントを明確にするものを，また，IFRSを学ぶ者には反復して学習できるものを提示することができる。このような教材を提示するため『新・企業会計原則試案（IFRS版）』を作成し，IFRS教育におけるひとつの方法を提案している。

(3) 第3章（事例）：「IASBおよびIAAERによるIFRS教材の分析」
　　　　　　　　　齊野らの意見

　第3章では，国際会計教育研究学会（IAAER）によって提示されているIFRS教材を分析している。その目的は，IFRS教材の紹介ではなく，IFRS教材を用いた講義のイメージを具体的に描くことにある。そこで，1つめの事例として，「有形固定資産会計」（IAS第16号）を理解するための演習問題をとりあげ，当該問題を実際の講義で試験的に用いた結果を明らかにしている。つぎに2つめの事例として，ドイツ銀行を素材としたケース・スタディをとりあげ，ケース・スタディを行う場合の具体的なプロセスを示している。分析の結果，①IFRS教材によって学生を主体とする講義が可能になる，②教員の役割は演習問題の解答を与えることではなく，討論を促して学生から解答を引き出すことにある，などの教訓を得た。

(4) 第4章（事例）：「アメリカのIFRS教育の実際」杉本らの意見

　私立と州立のいずれであるかを問わず，アメリカの高等教育機関には公認会

計士試験の受験資格取得のための教育プログラムやカリキュラムが編成されている。アメリカの公認会計士試験制度の改正によって，2011年からIFRSに関わる問題も出題されており，そのため大学や大学院の教育プログラムなどでの財務会計の基幹科目も，IFRS教育を盛り込んだ。IFRS教育の本質は，U.S. GAAPとIFRSの差異の理解にある。この理解を促すために，教材，ケースや演習問題を活用する事例もみられるが，IFRS教育の基本は財務会計テキストの利用にある。アメリカのIFRS教育の事例は，自国の会計基準や会計制度をベースにした，IFRSとの差異を盛り込むなどの工夫した財務会計テキスト作りと，それによる教育の重要性を物語っている。日本のIFRS教育にも有益な示唆をもたらしている。

(5) 第5章（事例）「わが国のIFRS教育の実際」山内らの意見

本章は3部構成になっている。パートAでは大学における事例，パートBでは企業における事例，パートCでは職業的会計専門家に対する高度な会計教育の事例を示している（インタビュー調査にもとづく）。大学の事例においては，「全体」の教育理念，教育目的，育成したい学生像，その育成のためのモデルの中で，それらに整合するような取り組みが行われていることがわかった。企業および職業的会計専門家に対する高度な会計教育の事例からは，初級レベルに関しては，会計学を専攻する学生のみならず広く一般の学生も対象とすべきこと，中級レベルに関しては，会計のハウツーではなくマインドを教えるべきであること，上級レベルに関しては，自ら考える"姿勢"あるいは"プロセス"，そしてコミュニケーション能力が重要であるという示唆が得られた。

4 研究を終えるにあたって

中間報告を半製品，最終報告を完成品と考えて研究を進めるスタイルもあろう。しかも，事前に構想が固まっていて，研究分担者に迷いを生じさせない作業の進め方もあろう。しかし，私はそういう方式を好まない。期限が来る限界

まで，試行錯誤を繰り返すのである。

　また，先行研究や実証データで裏付けられた論文は信頼性が高いかも知れない。しかし，信頼性が高いことは，論文の価値が高いことと同義ではない。一定の作法に従い，頑健性の高い論文であったとしても，著者が導出した知見と学問への貢献は，結局は，社会が評価するものである。それゆえ，この種の研究スタイルの常識にとらわれる必要性はないと考えた。

　我々の最終報告は，「形式より実質を重視する」会計哲学に習い，行儀の良い論文を志向する人々から見れば，冒険的な提言を行っており，いくつもの事例からは，我々の感性に基づいて教訓を導出している。これらの提言や教訓は，多くの場合，断定的な表現になっている。それゆえに，そうじゃないだろうという反論を導きやすい。ここが我々の意図でもある。つまりは，本学会会員の一人でも多くが，この最終報告に関心を持っていただき，本報告で取り上げた提言や事例が各所で話題になることを期待している。こうして会計教育の議論が盛んになれば我々はその責務を果たせたといえよう。

　こうした報告による問題提起をさらに多くの方々に共有していただくために出版に踏み切った。ただし，専門書の出版事情が厳しいことに変わりはない。それにもかかわらず前書『IFRS教育の基礎研究』に引き続き本書『IFRS教育の実践研究』の出版を実現していただいた創成社社長の塚田尚寛氏に深く感謝申し上げる。

2013年2月

主査　柴　健次

目　次

はしがき

第1章　会計教育のフレームワークの試案 ─────── 1
　1　はじめに……………………………………………………………1
　2　会計教育の当事者とその関係……………………………………2
　3　会計教育のフレームワーク………………………………………12
　4　おわりに……………………………………………………………31

第2章　提案：新・企業会計原則試案（IFRS版）──── 34
　1　提案の趣旨…………………………………………………………34
　2　『新・企業会計原則試案（IFRS版）』……………………………36
　3　コンメンタール「新・企業会計原則試案（IFRS版）」
　　　（一般原則）………………………………………………………59

第3章　事例：IASBおよびIAAERによるIFRS教材
　　　の分析 ──────────────────── 74
　1　分析の意義…………………………………………………………74
　2　フレームワークに基づくIFRS教育………………………………76
　3　IFRS教材の分析(1)
　　　―有形固定資産の会計基準に関する演習―……………………83
　4　IFRS教材の分析(2)
　　　―ドイツ銀行を題材としたケース・スタディ―………………93
　5　分析から得た教訓…………………………………………………102

第4章　事例：アメリカのIFRS教育の実際 ———— 109

1　アメリカにおけるIFRS教育の実態の解明に向けて……109
2　公認会計士試験受験要件と大学の教育プログラム………110
3　アメリカの公認会計士試験におけるIFRSの出題事例……112
4　IFRS教育の実際(1)―ニューヨーク大学の事例―………116
5　IFRS教育の実際(2)―ポートランド州立大学の事例―…123
6　アメリカにおけるIFRS教育からの教訓…………………141

第5章　事例：わが国のIFRS教育の実際 ———— 145

パートA　大学における事例……………………………………145
　1　明治学院大学　経済学部（国際経営学科）の場合　148
　2　専修大学　商学部（会計学科）の場合　155
　3　ICU（国際基督教大学）教養学部（経営学メジャー）の場合　160
　4　広島市立大学　国際学部の場合　165
　5　早稲田大学　大学院会計研究科の場合　171
　6　明治大学　会計専門職研究科の場合　179
　7　関西大学　会計専門職大学院の場合　185
　8　まとめ―インタビュー調査を終えて　194

パートB　企業における事例……………………………………196
　1　目的および調査対象　196
　2　住友商事㈱の事例　196
　3　㈱カネカの事例　205
　4　まとめ―高等教育機関の会計教育に対する教訓　210

パートC　職業的会計専門家に対する高度な会計教育………213
　1　目的および調査対象　213
　2　FASFの取り組み―「会計人材開発支援プログラム」　213
　3　JICPAの取り組み―「IFRS勉強会」　216
　4　まとめ―高等教育機関の会計教育に対する教訓　219

索　引　221

第 1 章
会計教育のフレームワークの試案

佐藤信彦・藤田晶子・山田康裕

1 はじめに

　IFRSは，一組の一体をなす会計基準である。その意味では，IFRSのみを前提とした講義や教育も成り立ちうる。ところが，そのような教育には大きな問題がある。

　まず，会計教育は，会計に関する様々な知識やスキルの修得を目的としている。とはいえ，全世界のすべての国における会計に関連して修得することなど不可能であるから，そのようなことは想定すべきではない。つまり，差し当たりは，その国における会計を前提とすべきであろう。ところが，日本を含む多くの国では，IFRSのみが用いられているわけではなく，自国の会計基準も適用しなければならない状況にある。したがって，IFRSの教育がどんなに完璧に行われたとしても，自国の会計基準に関しての教育がなされなければ，会計教育としては不十分である。

　また，IFRSのみが用いられている国であったとしても，同じく充分とはいえない。なぜならば，ある会計基準において採用された考え方と，その考え方を基礎にした会計処理方法は，一方にそれとは異なる考え方および会計処理方法が存在する中で，比較検討の結果として採用されたものだからである。逆にいえば，IFRSにおいて採用された考え方および会計処理方法とは異なる考え方および会計処理方法を棄却した結果として採用されたものである。

　ここで留意すべきは，採用された考え方および会計処理方法も，採用されな

かった考え方および会計処理方法も，ともに採用される可能性のあったものであるから，実務上はいざ知らず，教育上，一方が他方よりも重要であるとはいえないということである。その後の環境条件の変化によっては，会計基準が変更されること，つまり，採用されていた考え方および会計処理方法が棄却され，逆に，前は採用されていなかった考え方および会計処理方法が採用されるように会計基準が変更されることもある。しかも，一方の長所は他方の短所であり，一方の短所は他方の長所でもある。したがって，採用された考え方および会計処理方法の特徴を的確に理解するためには，他方の考え方および会計処理方法に関する理解が不可欠なのである。

以上の考えから，本フレームワークは，IFRS教育はそれ自体が独立して考察されるべきではなく，会計教育全体の中で，その一部としてなされるべきであるとの前提に立っている。

2 会計教育の当事者とその関係

まず，会計教育のフレームワークを検討するにあたって，教育という場面において考えうる当事者と，その関係について確認しておこう。

(1) 教育の実施と評価

①　一般的な教育に関する関係（受動型）

教育は，一般的には，教育を行う者（教育主体）と教育を受ける者（教育客体）との関係の中で捉えられる。教育機関を前提とすれば，前者は教員であり，後者は学生または受講生（以下，「学生等」という）である。この関係の中では，教育の主眼は，教育主体から教育客体に対して特定の問題が提示され，その問題を解決するための考え方およびその方法を解説し，教育客体において，その問題の解決方法を習得することで，類似の問題を解決する能力を高めることにおかれることになる。つまり，教育自体は，教育主体から教育客体に対して与えられるのであり，その意味で，これは受動型教育関係と呼ぶことができる。

また，教育主体と教育客体とは，相互に評価し合うことになる。教育主体が教育客体を評価するのはその習熟度を確認するためで，当然のことであるが，教育客体も，教育主体の実施した授業に関して，そのレベルや手法の適切性などを評価する。しかも，教育主体，教育客体，および全体としての教育プロセスならびに教育機関の運営方法や施設設備の状況は，第三者によって評価され，その改善や向上につなげられる。

これらの関係を図示すれば，次のようになる。

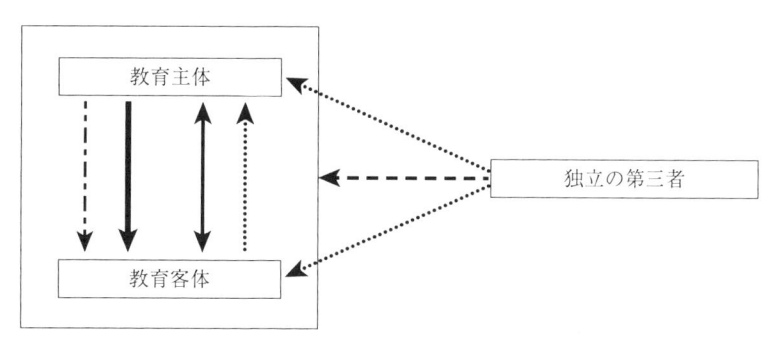

図表1-1　受動型教育関係図

<矢印の意味>
A ──→ B：AはBに知識を伝授する（BはAから知識を伝授される）。
A ←→ B：AとBは相互に影響を与える。
A ……→ B：AはBの特性や能力に対して特定の観点から評価を行う。
A ----→ B：AからBへの教育の体制・プロセスを特定の観点から評価する。
A －・－→ B：AはBの達成度（所与の課題の解決能力）を評価する。
なお，評価の対象は，主体と客体に関しては能力，教育それ自体に関しては内容である。

② 教育の主体を学習者自身とする観点からの関係図（能動型）

また，特に現在では，教育は，人材育成という観点から，自ら学んでいくことに重きを置くようになっている。この関係の中では，教育機関を前提としたとしても，教育主体は教員ではなく，学生等の側となる。教員は教育主体である学生等の行う学習の支援を行うにすぎない。その意味で，この段階は，能動

型教育関係と呼ぶことができる。この関係の中では，教育の主眼は，自ら問題を発見し，当該問題を解決する能力を高めることに置かれる。つまり，教育自体は，学生等自身の取り組み方の中で捉えられることになる。これらの関係を，第三者による評価を含めて図示すれば，次のようになる。

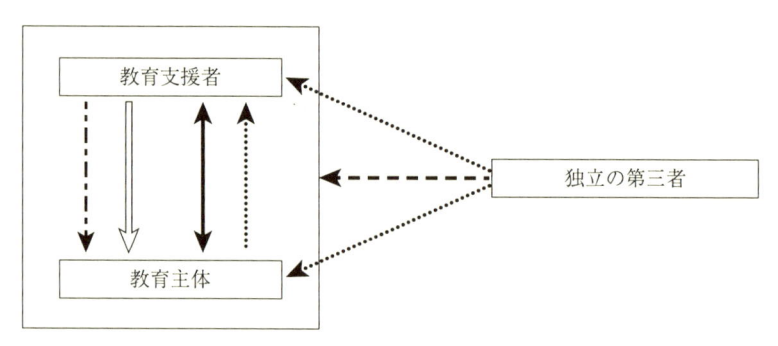

図表1－2　能動型教育関係図

<矢印の意味>
A ──→ B：AはBに教育上の支援を行う（BはAから支援を受ける）。
A ←→ B：AとBは相互に影響を与える。
A ……→ B：AはBの特性や能力に対して特定の観点から評価を行う。
A ---→ B：AからBへの教育の体制・プロセスを特定の観点から評価する。
A —・—→ B：AはBの達成度（自律的問題発見・解決能力）を評価する。
なお，評価の対象は，主体と支援者に関しては能力，教育それ自体に関しては内容である。

③　教育の理想と現状

　理想的な教育，すなわち本来の教育は，受動型教育関係から能動型教育関係への変化を促すことである。そもそも社会科学の対象としている世界の中での問題や課題は，何らかの思索を経ることで一つの解決策が正解として導き出されるような性質のものではない。ある意味で，正解は複数存在しうるし，逆に言えば，観点が異なれば異なる解が正解となるのである。つまり，そのような状況を前提とすれば，教育も，学生等に求められるのは，与えられた課題を与えられた枠組みの中で解答していくという姿勢から，自ら問題・課題を発見

し，その解決にむけて自ら調査および思考を重ねる姿勢への変化，つまり学生等の意識の変化を促すことを志向しなければならないのである。

ところが，このような観点から現実を見れば，受動型教育関係や能動型教育関係には単に当てはめることができないような状況が存在していることが分かる。たとえば，教員の側では，学生等の積極的な取り組みを促すための努力を重ねているにもかかわらず，学生等がそれに対応できていない状況である。この状況は，次のように図示することができる。

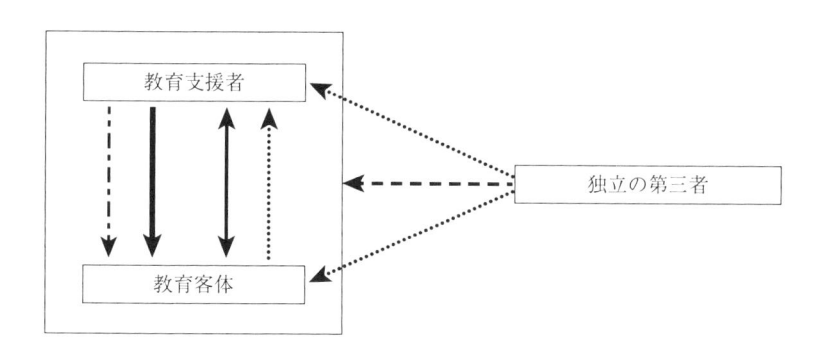

図表1－3　受動型から能動型への移行期の教育関係図

ここでは，教員の側では能動型へ変化しているので，学生等が取り組む姿勢を変えさえすれば，学生等自身も教育の主体へと変化でき，本来の教育関係を形成しうるという意味で移行期の状況である。しかも，もともと学生等に意識の変化をもたらして受動型教育関係から能動型教育関係へと変化を促そうというのが教育の理想であるから，この状況は理想的教育関係に移行するための過渡的なものである。その意味で，この状況には，危機的な問題はない。

ところが，逆に，教員の側で，学生等に対して自分の設定した枠組みの中だけで思考するようにして学生等による能動的な姿勢を台無しにしてしまうような状況も考えられる。それは，学生等に能動性を発揮されると，教員自体がそれに対応できないことから起きる状況である。教員に，豊富な知識と柔軟な発

想が欠けているという点，つまり教員の能力不足に起因していると考えられる。そのため，教員が必要以上に「教育」（この場合は，教員自身の考え方の「押し付け」）をしたがるのである。その点で，教員には，知的刺激を与えることができるような教育を実行するだけの知見と洞察力が必要である。

④ 小 括

したがって，当事者に求められる能力は，教員の側では，学生等に対して知的刺激を与えることができることであり，学生等の側では，当該知的刺激を感受することができることである。この場合，より重要な当事者は教員の側である。なぜならば，学生等の側では，もともと受動的な姿勢で取り組む状態にあることが想定され，そこから，能動的な姿勢をもって主体的に取り組む状態へと，その姿勢が変化することが教育の理想的な形と考えられているのだから，すでに述べたとおり，学生等が知的刺激を感受できない状態にあるのは，与件とみなすことができるからである。この段階では，教育に失敗したと思っても，それを学生のみのせいにしてはいけない。たとえ学生に問題があったとしても教員は自分自身に問題がなかったかどうか振り返ることが必要である。

それでは，教員の側で知的刺激を与えることができるような教育を実行するだけの知見と洞察力を獲得するために必要なことは何であろうか。学生等に対する知的刺激は，様々な形で与えられるが，その最大の場は講義ないし授業においてであろう。そこで教員から伝えられる内容こそが，学生等に知的好奇心が湧き起こるきっかけになるのである。その内容はいうまでもなく，それまで教員が実行した研究に裏付けられたものである。しかも，会計のような実務と極めて関連の深い学問領域においては，会計実務に関する一定の知識なしには，学生等に知的好奇心をもたらすような内容の講義とはなりえないといっても過言ではない。

(2) 受動型教育から能動型教育へ―学生等の教育客体から教育主体への転換

ここでは，前節でのべた学生等が教育客体である立場（受動型）から教育主体である立場（能動型）への転換[1]について，さらに詳しくみていくことにしたい。

受動型教育では，前節でもみたように教育主体としての教員から教育客体としての学生等に対して教育が施され，それによって学生等は情報や考えを獲得することになる。このような教育の在り方は，伝統的なスタイルであり，また現在の教育現場においても多数派を占めるスタイルであろう。しかしながら，近年，「この伝統〔的な教育スタイル〕は能動的学習（本書でいう能動型教育――引用者注）という概念によって，痛烈な批判を受け」（土持監訳［2011］，120頁）るようになった。土持監訳［2011］によれば，能動型教育は図表1－4のような3つの要素からなるものとして概念化されている。したがって，受動型教育から能動型教育への転換のためには，これら3要素を学生等がみたすことが必要となる。

まず左下の「情報と考え」は受動型教育と同様に，学生等が情報や考えを獲得することを意味している。通常は，授業中に教員がテキストを用いて，その内容を解説するといった形態がとられるため，情報や考えはテキストの著者や教員などを媒介として伝達される（すなわち情報源は第2次のものである）。ただし原典の輪読によって授業が進められるような場合には，その情報源は第1次のものとなる。このような情報や考えの獲得は，授業中に限ったものではなく，授業後に教員に質問を行ったりすることによって，あるいはインターネットやビデオ教材の視聴・通信教育などによっても達成されうる。これまで伝統的に行われてきた会計教育，すなわち会計基準の内容や財務諸表の分析手法などの解説は，当該範疇に含まれる。

次に中央上の「経験」は，行動する経験や観察する経験を意味する。実際の状況において，学生等が直接的に何らかの活動に従事することができるような場合には，その実習は行動する経験となる。かかる直接的な経験が不可能な場

図表 1 − 4　能動型教育の包括的な見方

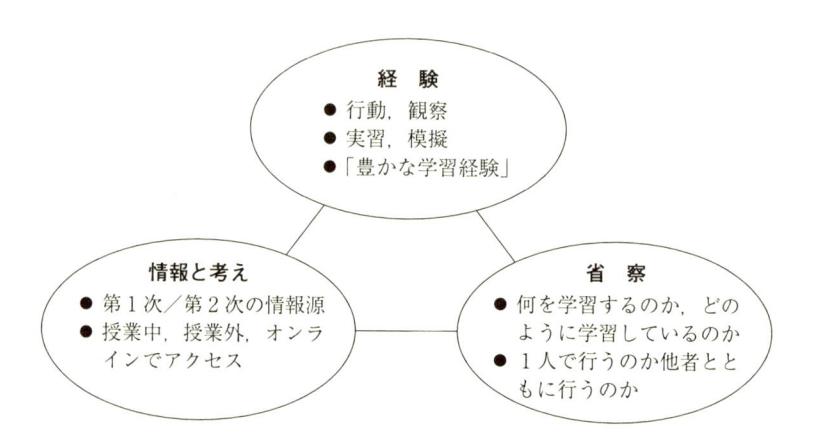

```
            経　験
        ● 行動，観察
        ● 実習，模擬
        ●「豊かな学習経験」

情報と考え                    省　察
● 第1次／第2次の情報源        ● 何を学習するのか，どの
● 授業中，授業外，オンラ        　ように学習しているのか
  インでアクセス              ● 1人で行うのか他者とと
                            　もに行うのか
```

出典：土持監訳［2011］, 124頁。

合には，ケース・スタディやゲームなどによって模擬的・間接的に行動する経験が提供される。会計教育における行動する経験として，財務諸表の作成や分析をあげることができるであろう。ただし，学生等が実際の財務諸表を作成するといったことは不可能であるため，間接的なものとなる。これに対して，財務諸表の分析は直接的な経験が可能である。また学生等は学ぼうとする現象を観察することによって，観察する経験を得ることもある。すなわち，「他者の行動を直接に観察したり，テレビやビデオを通して観察したりすることによって学習」（鎌原他［2012］, 64頁）し，それによって「多くの課題を効率的に安全に学習することができる」（鎌原他［2012］, 64頁）のである。会計教育に関していうならば，会計学や監査論を学習するにあたって，企業や監査法人に見学に行ったり，さらに，インターンシップの形で会計業務や監査業務の一端に従事することなどが該当するであろう。かかる経験を充実させることによって，豊かな学習経験，すなわち「学生たちが，多様な意義ある学習を，同時に達成しうるような学習経験」（土持監訳［2011］, 129頁）を得ることができる。「たとえば，授業内容（基礎的な知識）を学習あるいは再考したり，どのようにその知識

を応用，利用するのかを学んだり（応用的な知識），その主題の個人的，社会的な意味を探求したり（人間的な側面），ある種の知識を他の種の知識と結びつけたり（統合），等，それらすべてを同時に，学生たちができる」（土持監訳［2011］，129頁）のである。

　また右下の「省察」は，「学生たちに〔……〕彼らが行動している事柄について思考〔……〕させる」（土持監訳［2011］，121頁）ことを意味する。情報や考え・経験が「他の学習行動に与える意味は何か，を判断するために，省察する時間を必要と〔……〕〔する〕。この省察がないと，彼らが何かを学んでも，その学習を彼ら自身にとって，十分に意味のあるものにはでき」（土持監訳［2011］，128頁）ないのである。省察は，1人で行うよりも，他者との対話の中で行ったほうが効果的であるという。このような省察の具体的な方法としては，教室において討論を行わせたり，レポートを作成させたりすることが考えられる。たとえば，何らかの会計処理や監査判断を扱ったケースについて討論することによって，講義の中で習った処理や理論が，現実の世界でどのような意味をもっているのかといったことに思いを巡らすことができる。また講義の中で習った理論が実際の会計基準のどのような側面に見出すことができるかということについてのレポートを作成させることによって，理論の適用可能性についての理解を深めることができるであろう。このような省察を行うことによって，会計的な判断・考え方ができるようになることが期待されるのである。

　以上のような諸要素をみたすことによって，自らで考え，進んで学習していこうとする姿勢が身につけられることとなる。すなわち，学生等自らが教育主体に位置づけられるようになるのである。

(3) 教育のプロセスと要件設定[2]

① 教育プロセス

　教育は，学生等に意識の変化をもたらすための営為である。したがって，変化前の状態から変化後の状態へと，ある程度の時間幅をもって実施される。つ

まり，教育の当事者が意識してもしなくとも，教育には開始時点と修了時点があるものと考えることができる。ここで，教育の開始から修了までに行われる当事者間の営為が教育プロセスということになる。大まかに図示すれば，次のとおりである。

図表1－5　教育プロセスの位置付け

教育前	入　口	教育プロセス	出　口	教育後
未修者	（開始）	履修者（学習者）	（修了）	修了者

② 要件設定のアプローチ

（ⅰ）細則主義と原則主義

ここでいう要件は，入口と出口における要件である。入口の要件は，教育の開始，つまり教育プロセスへ参加することを許可されるための要件である。教育機関を前提とすれば，それは入学要件ということになる。一方，出口の要件は，教育の修了，つまり教育プロセスを成功裏に通過することを許可されるための要件である。教育機関を前提とすれば，卒業（ないし，修了）要件ということになる。

このとき，細則主義（rule-based）と原則主義（principle-based）という2つのアプローチで，要件を設定することができる。たとえば，入学要件として，「特定の試験で何点以上の点を獲得すること」であるとか，「特定の実務経験が一定期間以上あること」などの要件は，細則主義的なものであるのに対し，「成功裏に教育プロセスを修了する可能性が高いこと」などの要件は，原則主義的なものである。

（ⅱ）インプット・アプローチとアウトプット・アプローチ

さらに，教育成果の捉え方としては，インプット・アプローチとアウトプット・アプローチといった2つのアプローチがある。インプット・アプローチ

は、「特定内容の講義を何時間受けた」とか、「特定のスキルについて何時間かけて練習した」ということによって評価するのに対して、アウトプット・アプローチは、「特定のことができるようになっている」ということによって評価するものである。いずれにせよ、それらの評価を積み上げることによって、当該評価対象の能力が一定水準を満たしていることを認めるものである。

また、一定の教育プロセスを経ていることをもって、当該評価対象の能力が一定水準を満たしていることを認めるプロセス・アプローチもある。

③ 入口（開始）の要件と出口（修了）の要件

入口（開始）の要件と出口（修了）の要件に関しても、インプット・アプローチとアウトプット・アプローチおよびその両者の混合アプローチとがある。

まず、入口（開始）に関するインプット・アプローチは、それ以前にどのようなことを学生等が修得または経験してきたかを問題にする。たとえば、大学入試において特定の検定試験に合格している者や高校において評定平均値以上にある者を推薦入試で受け入れるケースなどである。これに対して、アウトプット・アプローチでは、学生等がその時点で何をどのレベルでできるかを問題にする。たとえば、通常の大学入試において、特定の試験で何点以上の入学を認めるケースなどである。また、その両者を併用するのが混合アプローチである。たとえば、帰国子女に限定（インプット・アプローチ）して実施する筆記・面接試験（アウトプット・アプローチ）により入学を認めるケースなどである。

また、出口（修了）に関するインプット・アプローチは、教育プロセスにおいてどのようなことを学生等が修得または経験したかを問題にする。たとえば、どの講義を何時間以上受けたかや、どの教育プログラム（留学など）に参加したかなどを要件とするケースである。これに対して、アウトプット・アプローチでは、学生等がその時点で何をどのレベルでできるようになったかを問題にする。通常の講義において、最終試験で何点以上を獲得したかや、特定の技能（たとえば、IT関連）を修得しているかなどである。また、その両者を問題にするのが混合アプローチである。

なお，教育プロセスに段階があれば，つまり，一連の複数の教育プロセスを前提にすれば，出口（修了）の要件は次の段階に進む要件（進級条件）となる。上記の図は段階ごとのものとなり，前の段階の出口（修了）の要件は，後の段階の入口（開始）の要件となる。ここで，留意すべきは，一つのプロセスの段階で失敗したとしか評価できない場合でも，他のプロセスまたは次のプロセスにおいて，より努力して成果をあげようとする姿勢が学生等に見られるのであれば，そのプロセスにおける失敗が，全体としての教育プロセスにおいては，プラスの効果をもたらすという点である。つまり，教育の効果自体は個々のプロセスが個別的に評価されるだけでは不十分であって，個々のプロセスを集合した全体として評価される必要がある。

3 会計教育のフレームワーク

大学がこれからも存続し，そこでの教育が意義を有するためには，社会からの教育上の委託に応えていかなければならない（藤田［1992］，96頁参照）という。現実の社会と密接に係わる会計（学）であればなおさら，その教育は，社会の急速な変化の中でも将来を担える人材を養成できるよう，常にそのあり方を見直す姿勢が求められるのであろう。そうでなければ，会計教育はもとより会計そのものが社会的な信頼を失う可能性すらあるのかもしれない。

アメリカにおいては，1980年以来，会計学専攻の学生数と公認会計士試験志願者数の減少傾向，会計環境の急速な変化などをうけて，大学における会計教育の包括的な見直し，改善・改革が，AAA（American Accounting Association）およびAICPA（American Institute of Certified Public Accountants）を中心に取り組まれてきている（藤田［1998］，59頁など参照）。AACSB（Association to Advance Collegiate Schools of Business）は，AAAおよびAICPAの要請のもと，会計教育プログラムおよび教育機関を対象とした適格認定制度を構築し，現在にいたっているが，そこでの適格認定についての考え方は，あるべき会計教育を前提とするのではなく，教育の多様性を認め，それぞれの大学の教育目標や教育理念

第1章　会計教育のフレームワークの試案　13

図表1－6　AAAが紹介する会計教育の目標

成果（outcome）の種類	認知領域（Cognitive Domain）	判断領域（Affective Domain）
知識（Knowledge）	用語，一般原則・理論などの認識	持分やGAAPのもとでの会計処理方法を定義できる
理解（Comprehension）	解釈や推測による諸概念・諸手続の理解	GAAPのもとでのポートフォリオアプローチを説明できる
応用（Application）	ある目的のために知識を使う	短期借入金や持分投資に公正価値を適用できる
分析（Analysis）	問題の本質や関係，諸原則を抽出する	投資全体のリスク・流動性などを分析できる
総合（Synthesis）	多様な情報やアイデアを総合する	投資目的に応じた成果が入手可能なプランを策定できる
評価（Evaluation）	内外の状況に応じて最善の策を選択する	情報にもとづいて投資意思決定にアドバイスできる

※網掛部分は，低レベルでの教育目標（lower-order cognitive objectives）であるという。
出典：AECC&AAA［1999］, ch.6.

と，会計教育プログラムとの整合性に重点をおいている。

　AAAの専門委員会であるAECC（Accounting Education Change Commission）は，図表1－6にあるような会計教育の目標とその具体的内容を紹介するとともに，それにくわえて必要となる専門的能力として，①知的スキル（intellectual skill），②対人関係スキル（interpersonal skill），③コミュニケーションスキル（communication skill）を挙げている（AECC&AAA［1999］, ch.6）。

　本節は，AECCやAACSBの枠組を参照し，あくまでもそれぞれの教育の目的とそのもとでの教育のあり方との整合性を重視しつつも，会計教育の改善に向けた取組およびそのためのカリキュラム策定にさいして拠り所となりうるような枠組構築のための考え方の整理・検討を目的とする。以下では，まず，そのフレームワークの一例を提示するとともに，それを具体的な会計教育に適用しながら検討していくことにしたい。

　図表1－7からも分かるように，本節で検討する会計教育のフレームワークにおいては，その最上位の会計教育の目的のもとで，それぞれのレベルに応じて具体的到達目標，教育方法，教育の構成内容，教材などを設定することを想

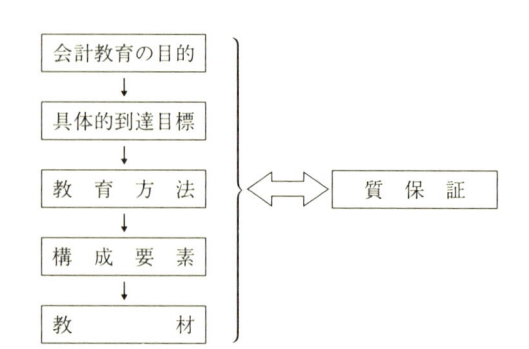

図表1-7　会計教育のフレームワークにおける基本的考え方

```
会計教育の目的
    ↓
具体的到達目標
    ↓
 教育方法    ⇔   質保証
    ↓
 構成要素
    ↓
  教材
```

定している。それぞれの具体的内容について整理していこう。

(1) 会計教育の目的と目標

① 会計教育の目的—会計教育と会計研究

　会計教育の目的は，現代の経済社会において機能する会計の本質を正確に理解する人材を育成し，会計，ひいては経済社会のさらなる発展に貢献することである。そのためには，教育を支援する立場にある教員は，会計が企業の経済事象たる事実をどのように理論的に解釈しているのか，その事実と会計上の事実認識との関係をどのように説明できるのかを分析し（斎藤［2012］参照），会計の機能およびそれが有する限界を充分に把握したうえで，経済社会のさらなるニーズに資するためになにができるのか，会計のさらなる可能性を究明していく必要がある。

　すなわち，会計教育の究極的な目的は，会計研究の裏付けがあってこそ，達成可能であると考えられる。

　教員免許制にもとづかない大学教員は，同じ教職に身をおきながらも小中高の教員と異なり，そのほとんどが「教育」に係る理論や実践を学ぶ機会を有さないままに教壇に立つ。そこでは，「教育」よりもむしろ「研究」を通じてしか得られない専門分野についての深い理解がなによりも重要視されるからには

かならない。とはいえ，学生等の能力に応じて難解な事柄をできるだけ順序だてて平易に説く努力や工夫は常に求められるであろう。

以下では，本スタディ・グループの中間報告（柴［2012］）にもとづきながら，まず，初級・中級・上級の各レベル別に教育内容を分類し，それぞれの到達目標を明確にしたうえで，そのさいの教育方法および具体的な教育の構成要素を検討することにしたい。

② 会計教育の目標—内容と範囲

目的とそれを達成するための具体的な到達目標を設定することで，学生等が知識や応用力を修得するさいの指針となるとともに，会計教育の現状と課題が浮き彫りになると思われるが，それでは，会計教育の目的を達成するためにどのような具体的到達目標を設定すればよいのだろうか。その設定にさいしては，広く会計教育全般ではなく，それを下位分類したうえで，それぞれの教育について検討するほうが効果的であろう。

会計教育の到達目標は，たとえば客体と主体の関係や客体および主体の能力や関係などに依存するであろうが，ここでは教育内容のレベルに軸をおいて，レベルごとに分類して考えてみることにしよう。ところで，教育内容のレベルごとに到達目標を設定するにしても，どのような教育内容のレベル別分類が適切であろうか。

中間報告では，各国の高等教育機関における IFRS 教育についての実態調査が行われていたが，そこでは，教育内容は，基礎科目や応用科目といった科目の体系的分類に，または学部および大学院の履修年次別に分類されている。イギリスにおいては，London School of Economics を例に，基礎レベルの講義として「Elements of Accounting and Finance」「Financial Accounting, Analysis and Valuation」，応用レベルの講義として「Financial Reporting in Capital Markets」「Accounting in the Global Economy」「Financial Accounting：Reporting and Disclosure」が設置され，前者は財務会計の役割や範囲，財務報告規制，財務報告の理論と実務を，後者は経済事象とそれを写像する財務諸

表数値との関係，会計実務と会計制度の急速な変化が財務諸表利用者など利害関係者に与える影響が主たる内容として取り上げられ，会計基準に係る知識の修得よりも基礎概念やその本質に重点をおいていることが紹介されている（柴[2012]）。他方で，フランスにおいては，Universite Paris-Dauphine を例に，1年次科目として「会計学」，2年次科目として「分析会計」，3年次科目として「財務会計」「管理会計」「国際会計」，大学院科目として「IFRS と連結会計」が設置され，簿記や会計制度などの教養的内容から財務諸表分析を経て財務諸表作成や管理会計にいたるまで，年次ごとに徐々に発展的に会計学を修得していることが紹介されていた（柴[2012]）。

さらに，AAA から 1984 年に公表された『ベドフォード委員会報告書』においては「一般教育」「一般専門会計教育」「特殊専門会計教育」の3分類が紹介されている（藤田 [1998]，13 頁）ほか，AACSB のガイドラインでは「学士課程会計プログラム（undergraduate accounting degree program）」「MBA 会計プログ

図表1－8　会計教育のフレームワーク

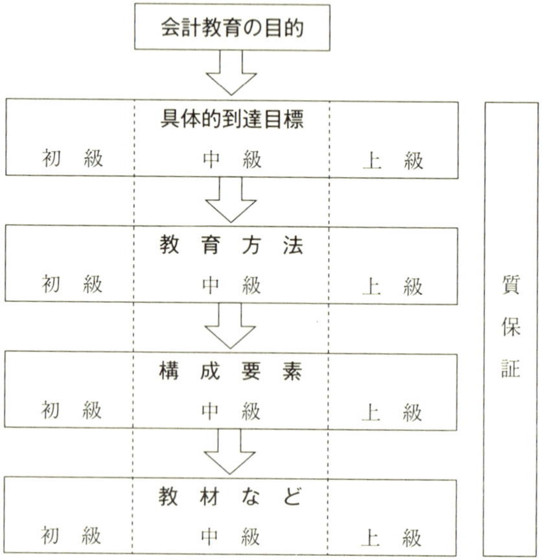

ラム（MBA accounting program）」「博士課程会計プログラム（Doctoral accounting program）」に分類したうえで，それぞれの適格認定のあり方を検討している（AACSB［2012］参照）。

上述の目的にてらして会計教育の内容および範囲を考えると，年次別または教育課程別よりもむしろ個人の能力や努力に大きく依存することから，単純に「初級」「中級」「上級」と低次から高次のレベルに分類し，それぞれのレベルごとに到達目標を設定する方法が考えられる。ここでは，とりあえず，この3つのレベルに応じて，到達目標を検討していくことにしよう。

この場合の「初級教育」とは，経済学や経営学はもとより，会計以外の一般教育を広く学ぶとともに，その一環として，会計学については，現代社会における財務報告の機能やその歴史的経緯，財務報告の意義はもとより，会計の基本的考え方など，幅広い分野の基礎的専門知識の修得，「中級教育」とは，財務報告を作成するうえで最低限必要となるスキルや知識の修得，財務報告の前提となる制度的枠組についての理解や合理的な判断能力の養成，「上級教育」とは，保証（監査）など会計専門職を通じて社会に貢献できるよう，それに必要な高度に専門的な知識の修得，合理的な思考能力や倫理観の養成，経済学やファイナンスなど，会計の枠組をこえた幅広い専門知識とそれを駆使する応用力や洞察力の修得をイメージしている。

図表1−6に紹介されたAAAの教育目標を参照しながら，それぞれのレベル別に会計教育の到達目標を明示するとなると，次のようになろうか。

まず，「初級教育」の到達目標は，図表1−6にあるところの「知識」や「理解」の範疇に属するものであり，会計の役割，会計に係る基本概念および用語の理解，基礎的な会計諸原則および諸手続の理解およびそれを使って財務諸表を作成できる能力を養うことである。

次に，「中級教育」の到達目標は，図表1−6にあるところの「応用」や「分析」の範疇に属するものであり，会計情報作成のために知識を応用する能力，会計情報を活用して問題解決する能力を養うことである。

最後に，「上級教育」の到達目標は，図表1−6にあるところの「総合」や

「評価」の範疇に属するものであり，さまざまな情報やアイデアを活用して新たな会計情報を生みだす能力，会計情報を評価する能力，会計情報にもとづき投資意思決定に助言できる能力を養うことである。このような専門スキルにくわえて，上級教育には，AAAが掲げているような会計専門職に従事するものとしての信頼関係を構築できる能力やコミュニケーション能力の養成も求められるであろう。

(2) 教育方法と教育の全体像―会計教育の主体と客体
① 主体と客体

　会計教育の主体と客体，すなわち「だれが，だれを，教育するのか」は，教育方法や教育内容に大きく依存すると思われる。そもそも，「教える」ことと「教わる」こととは表裏一体の関係にあるといわれるように，教育の「主体」と「客体」を一義的に定義することは困難であろう。くわえて，会計専門職に携わる人材育成のように，高度な専門知識はもとより判断力や思考力をも求める会計教育においては，「主体」が「客体」に対して一方的に知識を押し付けるような教育よりもむしろ，学生等を常に教育の「主体」として考え，その成長を促すような自律的な教育のほうが効果的であるかもしれない。いずれにせよ，教育内容や学生等の能力に応じた適切な教育方法を採ることが重要であり，そのさまざまな局面で「主体」と「客体」の捉え方も異なってくるであろう。

　たとえば，初級教育においては，最低限必要な知識やスキルに係る教育内容はコア・カリキュラムとして画一化し，教育主体である教員が教育客体である学生等に対して効率的に教授する方法が適切であろうが，状況に応じて，学生等自らが教育の「主体」として成長する機会を与えていくことも重要であろう。それらを経た中級教育や上級教育においては，まさに学生等こそが教育の「主体」として，自ら目標を設定し，その目標に到達するための試行錯誤を自ら考え，教員は単に教育支援者としての役割を果たすことが望まれるであろう。

② 教授法

「主体」と「客体」の捉え方の違いは，教授法の違いとして現れてくる。教授法すなわち教え方については，発見学習と受容学習という2つの方法がある。

(1) 発見学習

学生等に何らかの課題を与え，自力で命題を導き出させるという教授方法を発見学習という。鎌原他［2012］によれば，発見学習の利点および欠点として，次のような点があげられている（132頁）。

利点
- ❖ 学生等に問題解決の技法を身につけさせ，学習内容をよりよく保持させる。
- ❖ 学生等が授業に積極的に取り組み，学習への内発的動機づけを高める。

欠点
- ❖ 発見学習に適した学習内容が限られており，すべての教科において有効であるわけではない。
- ❖ 学習内容の理解までの時間がかかりすぎる。

ある会計問題に対して適切な会計処理を自ら新たに考え出させるという課題に対しては，上記の欠点のほうがあてはまり，後述の受容学習によって獲得された一定の会計知識を前提とせざるをえない。しかし当該知識をもとに，複数の会計処理のうちいずれが適切であるかといった課題や，そもそもどうして○○の処理が必要であるのかを問う課題や，ある会計問題に対して監査人としていかなる意見を表明すべきかといった課題に取り組ませることは可能であり，このような点に会計教育における発見学習の可能性を見出すことができる。そして，かかる発見学習は，既述の能動型教育へとつながっていくのである。

(2) 受容学習

　教員がまず学生等に対して命題を与え，その命題が正しいかどうかを学生等に確認させるという教授方法を受容学習という。鎌原他［2012］によれば，受容学習の利点および欠点として，次のような点があげられている（135頁）。

利　点
- ❖ 教員から学生等への知識の伝達という意味では効率的な方法である。
- ❖ 発見学習のように学習内容が限定されることがない。

欠　点
- ❖ 学生等が受動的な態度で授業に参加するため，授業に集中できないということが起こりうる。

　受容学習は，会計基準やその背後にある基礎概念の解説を中心とした，これまでの会計教育において一般に行われてきた教授方法であるといえる。かかる受容学習は，「受容」という名称からも明らかなように，既述の受動型教育とつながっていくのである。

(3) 構成要素—何を教育するのか

　「教育内容〔と〕は教育目標を達成するために生徒たちが理解したり身につけたりしてほしいと願う内容」（汐見他編著［2011］，101頁）である。そもそも「教育的行為とは，文化をそれと出会うことによって発達が個体の内部で引き起こされてくるような形に加工し教材化した上で，教材化された文化と子どもたちを出会わせることによって，子どもたちの内部に発達が引き起こされてくるように働きかける行為である」（田嶋他［2011］，20頁）といわれている。ここでは，「発達への助成的介入としての教育」（田嶋他［2011］，20頁），すなわち，学生等が自ら問題を発見して解決する能力を高めるように教員が支援するという上述の能動型教育が想定されているのである。このような教育の結果である発達は，学習成果という形で捉えられる。そして，この学習成果は，知識，理解，技能，態度といった観点から測定される（長坂［2012］，21頁）。したがって，

教育によって身につけてほしいと願う内容である教育の構成要素は，知識，理解，技能，態度という諸点から考えることができるであろう。

　まず知識でもって学習成果が測定される発達は，学生等の有する知識の量が，教育によって増加することであると考えられる。教育という活動を教員から学生等への知識の伝授として捉える考え方は，2の議論にそっていうならば受動型教育であり，教育のもっとも原初的な形態であるともいえるであろう。会計教育という次元で考えるならば，そこにおける知識とは，会計基準などの制度の内容にとどまらず，数々の簿記処理や費用収益対応の原則といった諸原則など，多岐にわたるであろう。

　次に理解でもって学習成果が測定される発達は，上述の知識の意味内容を正確に捉えられるようになることであると考えられる。たんに何かを覚えたというだけでは，知識が増えたとはいえても，理解したとはいえないであろう。物事の道理や内容を正しくわかるようになって初めて，その知識を駆使することができるようになる。会計教育という次元で考えるならば，そこにおける理解とは，たとえば1つの取引について複数の仕訳が考えられるような場合に，それぞれの仕訳の意味の違い（どういう理由で異なった仕訳になっているのか）がわかっていることを意味するであろう。

　さらに技能でもって学習成果が測定される発達は，何らかの技術的な能力が身につくことであると考えられる。すなわち，それは，上述の知識・理解を前提として，現実の世界でそれらを活用できることを意味する。会計教育という次元で考えるならば，そこにおける技能とは，たとえば，会計ソフトを難なく操作できるようになることであるといえるであろう。

　態度でもって学習成果が測定される発達は，教育によって学習に対する取り組み方が変化することであると考えられる。すなわち，これは，情報収集能力を体得し，考え方を自ら学んでいくことができるようになることであり，2の議論にそっていうならば受動型教育から能動型教育への転換を意味する。長坂［2012］によれば，この態度の変化は，学習課題の発見，自己学習の習慣，情報の収集の上達，主体的な思考，興味・関心の広がりという5つの因子によっ

て測定できるという。会計教育という次元で考えるならば，そこにおける態度とは，たとえば現行制度の問題点を考察できる能力が身につくことや，会計基準の設定趣旨をふまえ基準に直接的には書かれていないことでも当該趣旨にそった判断ができるようになることであるといえるであろう。

以上をふまえ，次に，会計教育の構成要素についてみていくことにしよう。会計教育の構成要素は大きく「情報の作成」「情報の利用」「情報の評価」に分けることができるが，ここでは，「初級教育」「中級教育」「上級教育」の3つのレベルに応じたそれぞれの教育の構成要素を検討することにしよう。

「初級教育」においては，基本的に，現代の経済社会における会計の機能についての理解を深めることを目標とし，財務報告制度の歴史や概要，会計および報告の基本的な特性を理解すること，会計上の基本的な概念（財務諸表の構成要素・見積もり・会計上の判断・成果の尺度など）を理解すること（柴［2007］, 141-142頁），会計情報の基本的な分析スキルを養うことであろう。

「中級教育」においては，財務会計はもとより管理会計・保証（監査）などの会計学に係る幅広い教育内容が求められ，具体的には，たとえば期間損益計算の意義や資産負債アプローチ，収益費用アプローチはもとより，主要な会計理論についての検討や国内外の主要な会計基準についての正確な理解と応用力，管理会計や監査についての理解，倫理観の養成などを主たる教育内容とする。

「上級教育」においては，新たな取引や事業形態の変化など，経済活動の急速な変化に会計がどのように対応していくべきかを作成者や監査人，利用者の立場から検討できるよう，また大局的な見地からの意思決定および広い視野をもった研究ができるよう，会計の枠組にとらわれることなく，金融や経済など，幅広い専門知識の修得とそれを駆使する応用力や洞察力の養成を主たる教育内容とする。

(4) 教材など—何によって教育するのか
① 教　材

教育の構成要素を具体化したものが教材である。ここで，教材とは，講義の

中で用いるテキストなどのコンテンツをいう。これらの教材が会計教育において重要な役割を果たすのは，とりわけ「初級教育」であろう。「中級教育」および「上級教育」においても，教材は必要となろうが，むしろ学生等が教育の主体として実際のデータや実務経験，ディスカッションを通じてそれぞれの能力を伸ばしていくことが望ましい。

　初学者に会計学の面白さを実感させることができるかどうか，効率的かつ着実にその基礎を修得させることができるかどうかは，教員はもとより教材にも大きく依存する。「初級教育」の教材としては，財務報告の歴史，会社法や税法など会計規制の枠組，企業の上場とディスクロージャー制度など，会計に係る諸問題を幅広く取り扱うとともに，会計情報の読み方や分析手法を簡潔に理解できるもの，「中級教育」の教材としては，会計の基礎理論，およびそれに則って個々の会計情報の作成手法を企業の実際の財務諸表数値を交えながら整理・解説しているものが適切であるように思われる。

　いずれにせよ，テキスト，演習問題，講義レジュメ，企業の財務諸表，ビデオなどを教員の判断により適宜，柔軟に活用し，ときには反復することも必要となるであろう。

② 多様な教育手法

　このような，教員が教材を用いて一方的に話をするという伝統的なスタイルを超えて，近年では，さまざまな手法が提唱されている。たとえば赤堀編[1997]では，代表的な手法の事例として，メディアの利用，効果的な学習活動の導入，テキスト・資料の改善，課題の出し方，有効な学習機能の適用，コミュニケーションの改善といった方法があげられている。

(1) メディアの利用

　紙メディアや電子メディア，さらには視聴覚メディアは，学生等の理解にとっておおいに手助けとなる。臨場感あふれる視聴覚メディアの利用は，学生等の興味を引き付けるのに有効な手段である。会計教育という次元で考えるな

らば，たとえば会計を扱ったドキュメンタリーやドラマなどをみることによって，たんに口頭で説明を受けるよりも学生等の理解は格段に深まるであろう。そもそも会計は利益という抽象的なものを取り扱っているため，それを視覚に訴えかけるように工夫することは重要である。

(2) 効果的な学習活動の導入

制作や発表，討論，学生等相互の学習など，教員の一方的な話に終始しない学習活動は，大きな教育効果が認められている。これらの活動は，たんに教員から知識を受け取るだけではなく，自らが主体的に参加し経験を通じて学んでいくというものである。会計教育という次元で考えるならば，たとえば会計問題を取り扱ったケースを用いて，会計人として適切な判断は何なのかについて議論を行うことは，各人の理解が深まるだけでなく，1人では思いもよらなかったアイデアが浮かぶことにもつながる。あるいは，会計に関する練習問題をグループワークという形で複数人で一緒に考えさせ発表させるという方法は，互いに理解できなかったことを教えあうことによって，教える側も教えられる側もそれぞれが理解を深めることにつながるであろう。

(3) テキスト・資料の改善

極めて標準化された領域は別として，テキスト・資料に含められるべき内容は年々変化しており，つねに更新が求められる。学問の進歩等による改訂はいうに及ばず，各年度の学生等のレベルに応じた改訂も求められるであろう。会計を取り巻く環境の変化は著しく，会計基準も毎年のように改定が繰り返されている。このような会計基準の改定をふまえ最新の内容に基づく教材によって教育を行うことは，必要最低限の義務である。

(4) 課題の出し方

課題は，現実に世の中で起こっていることと密接に関連していることが重要である。現実と密接につながった課題をこなすことによって，学生等は学問の

面白さを見出すことができるのである。会計教育という次元で考えるならば，たとえばたんに会計の概念的な解説に終始するのではなく講義で扱った内容が実務でどのように行われているかについての新聞記事を探させたり，事前に用意した実際の会計問題を取り扱ったケースについて会計人として妥当な判断についての課題をだすといったことが考えられるであろう。

(5) 有効な学習機能の適用

毎回の講義の際に学生等にコメントを書かせて次回の講義にその内容を反映（フィードバック）させることによって，学生等にも参加意識が芽生える。また講義の内容を学生等の実体験と係わらせて学習させることによって，学生等の理解度が高まる。この他にも，学生等の学習意欲を喚起させるような有効な学習機能の探求が求められる。会計用語の中には日常会話では用いられない専門用語が多く存在し，それが会計の講義の理解を困難にしている一因にもなっている。毎回の講義の中で理解できなかった用語や論点を毎回学生等に書かせて，次回の講義で解説するといったことが考えられる。

(6) コミュニケーションの改善

教員から学生等への一方向の講義ではなく，教員と学生等との間での双方向のコミュニケーションが重要である。いかに学生等とのコミュニケーションを図るか，その工夫が求められている。学生等の発達を促すように支援することが教育であるという観点からは，一方的なコミュニケーションは極めて不十分なものであるといわざるをえないのである。基準の改定が頻繁に行われている会計の領域においては，教員が一方的に解説することを受け止めるだけという学習では不十分である。現行基準を相対化し，基準の改定があったとしてもすぐに理解ができるような複眼的なものの見方ができるように日頃から心掛けておくことが重要であり，そのためには教員と学生等との双方向のコミュニケーションによって学生等自らが考える力をつけていくことが必要である。

(5) 質保証—教育の質をどのようにして維持するか・向上させるか

中央教育審議会［2005］は大学教育の質保証に関して，次のようにのべている (21-22 頁)。

> 保証されるべき「高等教育の質」とは，教育課程の内容・水準，学生の質，教員の質，研究者の質，教育・研究環境の整備状況，管理運営方式等の総体を指すものと考えられる。したがって，高等教育の質の保証は，行政機関による設置審査や認証評価機関による評価〔……〕のみならず，カリキュラムの策定，入学者選抜，教員や研究者の養成・処遇，各種の公的支援，教育・研究活動や組織・財務運営の状況に関する情報開示等のすべての活動を通して実現されるべきものである。

かかる質保証の考え方に基づき，以下では，教員の質（研究者の質も含む），学生等の質，教育プロセスの質（教育課程の内容・水準など）という３つの観点から教育一般の質保証についてみたうえで，会計教育の質保証，および質保証の課題について論じることにしたい。

① 教員の質

教員は，後述するように，「世界の認識の仕方」や「世界への関与の仕方」を明示的に教授していくことが求められる（日本学術会議［2010］，5 頁）。またたんなる学問上の知識や理解を超えた，生きていくうえで重要な意味をもつものを学生等が習得できるように努めるよう，教員は求められている（日本学術会議［2010］，7 頁）。

かかる教員の質保証のための手段として，近年ではさまざまな FD 活動が行われている。なかでも学生等による授業評価については，学生等に迎合的な授業内容になってしまうなどの批判もあるため，教員同士による評価などと組み合わせて考慮することが必要である。

上記 2 (2) などでみたように受動型から能動型への転換が理想的な教育であると考えられるのであるが，かかる転換にともなって教員は学生等が行う学

習の支援者となる点は重要である。教員が学習の支援者としての役割を果たすためには，柔軟な発想に基づく不断の教育方法の改善が求められるであろう。そのためには，教育内容のみならず教育方法も含めた研究が重要となるのである。教員自身が日々の研究によって新たな知見を獲得し続けていることによって初めて，教育の主体である学生等の学習を柔軟な発想で支援し，知的刺激を与えていくことが可能となるのである[3]。

② 学生等の質

学生等の質保証は，入学・在学・卒業という3つの観点から考えることができる。まず入学時点における学生等の質保証は，入学試験によって担保される。どのような科目を入学試験として課すか，またどのような難易度の問題にするかといったことによって，どのような学生等を求めているのかということが規定される。たとえば商業高校からの特別入試枠を設けるといった方法は，入学時点において一定の簿記能力を求めることにつながるであろう。

次に在学時点における学生等の質保証は，学士課程における教養教育および専門教育によって担保される。この点は，次の教育プロセスの質保証と密接に関連する問題である。

さらに卒業時点における学生等の質保証は，就職という形で表れてくる。すなわち社会一般に対しては，就職できたということ自体が企業の求める一定の質をみたしていることの証であろう。しかしながら，就職した学生等が，企業の求める能力（人材要件）を十分にみたしているとは限らない。この点で，在学時から，コミュニケーション能力など企業が求める人材要件を考慮に入れた教育が求められるのである。その一方で，就職活動において依然として学歴が重要視されることも多い[4]。このような大学での教育を軽視する姿勢は，企業が必要とする能力を入社後に教育しなければならないという意味で社会的コストを増大させることに他ならない。

③　教育プロセスの質

　日本学術会議［2010］は,「それぞれの分野には，固有の哲学・方法論が存在している。それはすなわち，当該分野に固有の『世界の認識の仕方』，あるいは当該分野に固有の『世界への関与の仕方』とも言うべきものであり，当該分野に関わるすべての教育課程が共有すべき『基本』であり，『核心』であり，『出発点』となるものである」(5頁)とのべている。また日本学術会議［2010］は，すべての学生等が身に付けるべき基本的な素養について,「各学問分野に固有の特性〔……〕に根差したものとして,『学士課程で当該専門分野を学ぶ』すべての学生が身に付けることを目指す」(7頁)べきものであり,「単なる学問上の知識や理解に留まるのではなく，人が生きていく上で重要な意味を持つものを，学びを通して身に付けていくという観点に立って同定される」(7頁)ものであるとのべている。さらに学習方法について日本学術会議［2010］は,「単に『うまく』教えて理解させるというだけの学習方法ではなく，知識や理解を実際に活用できる力を培うための，あるいは学習内容自体を一つの『素材』として，それを通して何らかのスキルを身に付けさせるための学習方法」(8頁)が本質的な意味をもつとのべている。

　たんなる知識の教授を超えた力やスキルの育成が求められているため，それに相応した教育プロセスが求められる。すなわち，従来型の教員が前で話すだけの一方的な授業ではなく，学生等も主体的に授業に参加し自らが考えるいわゆる参加型の授業が必要となり，たんなる知識量を測るだけの進級（卒業）要件ではなく，上述の力やスキルを習得した者を進級（卒業）させるという厳格化が必要となるであろう。

　そもそも大学には，入口（入学）→ プロセス（進級）→ 出口（卒業）という一連の流れがある。なかでも入学と卒業の間にある進級というプロセスは，わが国の大学では，これまで，さしたる考慮はなされてこなかったようである。すなわち，いったん入学したならば，月日さえ経過すれば上の学年に進級し，進級要件や進級の是非などはあまり問題になってこなかったのである。しかしながら，学生等の質保証を考えた場合，各学年において（あるいは4年間で）学習

すべき内容があり，その進捗度に応じて進級の是非を判断する必要があるであろう。すなわち，進級要件の厳格化が求められるのである。

さらに会計関連科目は，簿記をベースとした初級レベル，会計学総論や会計学原理など会計学の基本的な諸概念を学ぶ中級レベル，国際会計論や企業評価論などの応用レベルといったように科目を区分することができ，それらの特性を考えた場合には初級 → 中級 → 上級と順を追って学習していくこと，すなわち積み上げ式の学習が必要である。これらの順序を無視した履修では，高い教育効果は望めないといわざるをえない。

④ 会計教育の質保証

AACSBの適格認定制度にみられるように，大学における会計教育の意義が広く社会の中で認められ，信頼を得るためには，その質を保証する仕組みが必要になるであろう。学生等が在学期間中にどれだけ能力を伸ばしたか，当初の目標をどの程度達成できたか，当該学生等の満足度がどれくらい高いか，授業の水準は適正であったかなどが問われることになる（藤田［1998］，295-296頁参照）が，これらをどのように客観的に評価し，今後の会計教育にフィードバックしていくかはなかなか難しいところである。

さしあたり上述の3つの観点（教員，学生，教育プロセス）から会計教育の質保証について考えるならば，以下のようなことを指摘できるであろう。第1に教員の質保証についてである。近年，会計基準の新設・改廃の頻度が高まっていることは改めていうまでもない。最新の内容を間違いなく教えるためには，不断の研究が必要となる。また，会計を取り巻く環境は複雑さを増すばかりである。原則主義の会計基準に基づいて財務諸表を作成したり監査したりするためには，たんに知識を身につけさせるだけではなく自らで考え判断する能力を身につけさせることが必要である。このためには，一方的に教員が話すようなスタイルでは不十分であり，教育手法の改善が求められる。そのためにも，たとえば原則主義に基づくIFRSの教育はどのように行われているのかといった教育事例の研究も重要となるのである。第2に学生等の質保証についてである。

企業の活動を理解するためには簿記の知識が必須であるとしばしば社会人から指摘されるが，かかる要請に応えるために，たとえば卒業要件として簿記の単位を課すことも1つであろう。第3に教育プロセスの質保証についてである。会計固有の世界の認識の仕方については，たとえば会計学を学習していく中での初期の段階で簿記を勉強することによって，複式簿記の二重性が会計人の思考（物事の捉え方・考え方）を規定していると考えられる。また人が生きていく上で重要な意味を持つものを学んでいくことについては，たとえば，会計不正のケースについて学生等同士で議論させることによって，企業人としてとるべき倫理的行動，あるべき社会の方向性にまで議論を展開していくことも可能であろう。さらに学習方法については，たとえば原則主義に基づく会計基準をとりあげ，物事の考え方や判断の仕方を身につけさせることも考えられるであろう。

　さらにAACSBは会計教育を改善する作業においては，「カリキュラム」「教員」「学生」「大学当局」「適格認定」の5つのそれぞれの要素について検討することが必要であるとしていた（藤田［1998］, 277頁）が，ここではそのうちの「カリキュラム」「教員」「適格認定」の3つについて簡単に触れておきたい。AACSBは教育の多様性という観点から各大学が掲げる教育目標や教育理念を尊重し，あくまでもこれら当初の目標や理念が達成できたか否かを評価の主眼としている。しかしながら，相対的にカリキュラムや教員による講義が重要な位置を占める「初級教育」および「中級教育」は大学間でその目標や構成内容を共通化しやすく，だとすれば共通化できる部分について教育内容や成績評価方法などをある程度は統一し，共通の評価システムのもとでそこでの教育が適格かどうかを判断していく必要があるように思われる。たとえば，日本の文部科学省や大学基準協会における認証評価システムは，とかくシラバスや授業回数など形式を偏重する傾向があるが，本来であれば，多くの大学で開講している共通科目について，より実質に踏み込んだ評価を行う必要があろう。

⑤ 質保証の課題

　質保証を考える場合に看過されてはならないのは,「地球規模で『教育の質』の管理が進めば, 質の定義を決めるイニシアチブは, 質保証機関から市場に移る。そのとき教育の『質』は, 市場のニーズに応える形で標準化していく可能性があり, 各高等教育機関が質の定義における自律性を失うことになりかねない」(斎藤他編著［2009］, 42頁)という点である。すなわち, 本来, 各大学の学生等の質はそれぞれの大学が独自に考えるレベルなり内容なりに設定できるはずであるため, たとえば学生等にいかなる会計の素養を身につけさせるかをきめるのは各大学であるはずである。しかしながらエンロンの事件など会計人の質に対する社会の関心が高まるほど, 質の管理に対する社会的要請(たとえば, 各大学とも会計人としての倫理をしっかりと教育すべきであるといった要請)が強くなり, 教育内容の標準化が起こり, 大学ごとに個性のある会計人の養成が困難になりかねない。

　したがって,「高等教育機関に学生の発達を定義し, 教育の目標と評価規準の構築を担う『自律性』があるかどうかが,『質』の核心部分となる」(斎藤他編著［2009］, 42頁)。各大学があるべき会計人の質を自律的にきめ, そのような人材の育成を目標に教育を行うことによって, 会計教育の質保証も達成されることになるのである。

4　おわりに

　以上, 本章では, 会計教育のフレームワークについて検討した。本章で得られた知見をまとめると, 以下のようになる。

- IFRSの教育は, 会計教育全体の中で, その一部として実施されなければならない。
- 教育の目的は, 学生等が受け身の姿勢の受動型から, 学生等が自ら問題を発見しその解決策を模索する能動型へと, 姿勢の変化を促すことである。

- 会計教育の目的は，現在の経済社会において機能する会計の本質を正確に理解する人材を育成し，会計，ひいては経済社会のさらなる発展に貢献することである。
- 会計教育の構成要素は，「情報の利用」，「情報の作成」および「情報の評価」からなり，さらに，それぞれが，初級，中級および上級の３つのレベルに分けられる。
- そこでは，さまざまな教材を用いてさまざまな手法による教育がなされるが，教育の質を維持向上させるには，何よりも，教員の側での，柔軟な姿勢で学生等の学習を支援し，知的刺激を与えることが必要である。

[注]

（１）古くから武道や芸能の世界では，「守・破・離」という教えがある。これは，師の教えである型を守り，それを真似ることで型の体得に励む第１段階，さらにその型を破り，独自の視点を加味しつつ試行錯誤する第２段階，そして従来の型から離れ，自らの型を完成させる第３段階という３つの段階をへて熟達していくことをいう。かかる教えは，守の段階が受動型教育に，破・離の段階が能動型教育に対応し，受動型教育から能動型教育への転換という本節での問題意識と軌を一にしていると考えられる。

（２）以下の諸論点に関しては，IFAC の国際会計教育基準審議会（International Accounting Education Standards Board）の公表している基準または公開草案を参考にしている。さしあたり，国際教育基準第７号「継続的専門職業能力開発（改訂）」（IAESB [2012]）などを参照されたい。

（３）Demski and Zimmerman [2000] では，研究と教育の関係について検討されている。そこでは，研究と教育は短期的に見れば代替的であるが，長期的に見れば補完的であると論じられている（pp.349-350）。

（４）ただし学歴は，受験勉強という長期にわたる難行を耐え抜く忍耐力や集中力があることのシグナリングであるという解釈も可能であるため，学歴を考慮することがすべて悪だというわけではない。

参考文献

Association to Advance Collegiate Schools of Business (AACSB) [2012], Accounting Accreditation Standards, No.40-43.

Accounting Education Change Commission and American Accounting Association (AECC & AAA) [1999], *The Accounting Education Change Commission: Its History and Impact*.

Demski, J.S. and J.L. Zimmerman [2000], "On 'Research vs. Teaching': A Long-Term Perspective," *Accounting Horizons*, Vol.14, No.3, pp.343-352.

International Accounting Education Standards Board (IAESB) [2012], *International Education Standard (IES) 7*, "Continuing Professional Develoment (Redrafted)," IFAC.

赤堀侃司編 [1997]『ケースブック 大学授業の技法』有斐閣.

鎌原雅彦・竹綱誠一郎 [2012]『やさしい教育心理学』第3版, 有斐閣.

斎藤静樹 [2012]「会計基準と基準研究のあり方」大日方隆編著『会計基準研究の原点』中央経済社, 1-16頁.

斎藤美里・杉山憲司編著 [2009]『大学教育と質保証―多様な視点から高等教育の未来を考える―』明石書店.

汐見稔幸他編著 [2011]『よくわかる 教育原理』ミネルヴァ書房.

柴健次編著 [2007]『会計教育方法論』関西大学出版部.

柴健次編著 [2012]『IFRS教育の基礎研究』創成社.

田嶋一他 [2011]『やさしい教育原理』新版補訂版, 有斐閣.

中央教育審議会 [2005]『我が国の高等教育の将来像』中央教育審議会.

土持ゲーリー法一監訳, L. ディー・フィンク著 [2011]『学習経験をつくる大学授業法』玉川大学出版部.

長坂祐二 [2012]「『学習態度』に関する学習成果測定の試み～メタ認知の視点からの分析～」『山口県立大学学術情報』第5号, 21-27頁.

日本学術会議 [2010]『大学教育の分野別質保証の在り方について』日本学術会議.

藤田幸男 [1992]「アメリカにおける会計教育改善の動き」『企業会計』第44巻第9号, 89-97頁.

藤田幸男編著 [1998]『21世紀の会計教育』白桃書房.

$$\begin{pmatrix} 1,\ 2\ (1)\ (3),\ 4：佐藤信彦 \\ 3\ 導入部,\ 3\ (1)\ (2)\ ①\ (3)\ (4)\ ①\ (5)\ ④：藤田晶子 \\ 2\ (2),\ 3\ (2)\ ②\ (3)\ (4)\ ②\ (5)\ ①～③⑤：山田康裕 \end{pmatrix}$$

第2章

提案：新・企業会計原則試案（IFRS版）

富田知嗣・角ヶ谷典幸・潮﨑智美・板橋雄大

1　提案の趣旨

　いかにIFRSを教えるか。この問題は，財務会計を担当する教員，とりわけ，国際会計やIFRSを題した講義科目を担当する教員にとって，看過することができない。具体的な事例として，次章以降で，IFRS教材，アメリカおよび日本でのIFRS教育を紹介するが，ここでは，これらの事例に先立ち，ひとつの提案を示したい。

　われわれが，会計教育において，長く親しんできたもののひとつに，『企業会計原則』が存在する。「会計ビッグバン」以前から，会計教育に携わってきている教員には，とくに馴染みが深いものである。『企業会計原則』が制定された経緯や『企業会計原則』の内容への評価は別として，まず，そのコンパクトさに注目したい。『注解』を含めたとしても，もちろん紙面や文字の大きさに依存するが，10～20頁以内ですむ量である。おかげで，かつて多くの会計を学ぶ者たちがこれを持ち歩き，何度も読み返すことができた。「読書百遍義自ら見る」ではないが，学習において，反復することの効果は否定できない。翻って，現在のIFRSを含む会計基準でこれをした場合，『企業会計原則』に比して，その気軽さは大幅に減じられる。結果，学習も異なる方法に移行せざるを得ないし，少なくとも，原文を反復して読む機会は減ることとなるであろ

う。このことが，現在の会計教育を以前より困難なものにしているならば，それを取り除くことはできないのだろうか，ということがこの提案の契機である。

つまり，IFRS の内容で，『企業会計原則』のようなものを作成することで，IFRS を教授する際には，IFRS の考え方やポイントを明確に示し，また，IFRS を学ぶ者には，反復して読むものを提示することができると考える。しかし，IFRS は常に改訂され，概念フレーム・ワークは，現在まさに改訂中であり，まだ，完了を見ないでいる。このような IFRS に対して，IFRS で示される考え方やポイントを整理し提示しようとすることは，逆に，IFRS を理解していないのではないかという指摘を受ける可能性もある。改訂によって，特定の言葉の定義が変更されることもあるだろうし，特定の考えに基づいて会計処理が変更されることもあるだろうし，さらには，特定の基準が廃止されることもあるだろう。とはいえ，IFRS が財務報告として報告企業に開示させようとしている企業の内容，あるいは，IFRS が表現する企業の側面は，当面の間，大きく変化しないであろうと考えることにして，現在において「試案」として作成することは可能である。まずもって，重要なことは，『企業会計原則』のような形式で，コンパクトにまとめたものを作成し，提示することで，反復して学習しやすい教材を提示するという考え方を提案することである。

その意味において，次節で提案する『新・企業会計原則 (IFRS 版)』は「試案」であり，現在の IFRS を基礎として作成したものであり，完全な『新・企業会計原則 (IFRS 版)』として提案しているものではない。それを踏まえて，次節での『新・企業会計原則試案 (IFRS 版)』を作成するにあたり，次のようなことを方針と作成手順としている。

まず，『企業会計原則』の体裁を踏襲する。すなわち，一般原則と各計算書に関する原則という並びを維持し，基本的には脚注を付けず，IFRS にある文章を中心に作成し，参考文献からの引用や元の基準番号やパラグラフ番号を付けない。

次に，一般原則部分では，IFRS および IFRS 関連書籍から，IFRS の基本的

な考え方を検討し、一般原則の形に落とし込む。

　また、損益計算書原則や貸借対照表原則に相当する部分については、次のような手順・方針とする。①すべての基準を確認し、教育上重要となる基準や必要な基準を抽出する。②抽出した基準ごとに内容の要約をする。その際、定義、認識、測定（評価額と損益への影響）をポイントとする。③要約の後、再度、要約された基準の中で、重要あるいは必要な基準を検討し選別する。④残った基準の要約の文体を、『企業会計原則』を意識して、検討し修正する。⑤修正された要約の文章を使用し、『企業会計原則』のように各文を並び替える。⑥並び替えられた文を、再度、『企業会計原則』のように整える。

　最後に、今回の提案では、「注解」やいわゆる「連続意見書」に相当するものは作成しないこととした。

　さらに、第3節では、第2節で提案した『新・企業会計原則試案（IFRS版）』を利用して、IFRSを教育する場合、具体的に、どのようなポイントに配慮すべきなのかを示している。ただ、『新・企業会計原則試案（IFRS版）』のすべての内容について示すことはできないので、一般原則部分についてのみに限定している。

2　『新・企業会計原則試案（IFRS版）』

第一節　一般原則

（基礎的前提と諸概念）
（継続企業（ゴーイング・コンサーン）の前提）
一　財務諸表は、通常、企業が「継続企業」であること、すなわち予見しうる将来にわたって事業活動を継続するであろうという前提に基づいて作成される。かかる継続企業の原則に合致するのは、発生主義会計である。よって、企業はキャッシュ・フロー情報を除き、発生主義会計によって財務諸表を作成しなければならない。

（グローバル企業の前提）

二　IFRS は，グローバルな資本市場の構築・運用に資するために作成された一組の財務報告基準である。報告エンティティとして経済的エンティティ（企業集団）が用いられるのは，グローバルな情報利用者に対して最も有用な情報を提供するのは連結財務諸表であると考えられているためである。

（実質優先主義・原則主義・逸脱規定）

三　取引や事象を忠実に表現するためには，単に法的形式に従うだけではなく，経済的実質に即した会計処理がなされ，表示されなければならない。会計基準の主旨に重きを置く「原則主義」のもとでは，会計基準の規定を重んじる「細則主義」に比べて，経済的実質の反映がより重視される。ただし，IFRS の定めに従うことによって，当該取引や事象に関する経済的実質が反映されず，誤解を生じさせると経営者が判断するようなきわめてまれなケースにおいては，企業は必要な開示を行うとともに当該基準から離脱しなければならない。

（ホーリスティック観）

四　IFRS では，ホーリスティック観，つまり資産負債観と収益費用観を有機的に包含し，財政状態計算書（貸借対照表），包括利益計算書（損益計算書）およびキャッシュ・フロー計算書全体への影響を考慮に入れようとする考え方が採用されている。

（一般目的財務報告の目的）
（情報提供）

五　一般目的の財務報告の目的は，現在および潜在的な投資者，融資者ならびにその他の債権者が経済的意思決定を行うにあたり，報告エンティティの財政状態（経済的資源および請求権）ならびに財政状態の変動（経済的資源および請求権の変動）に関する有用な情報を提供することにある。

（経営者の責任）
六　財務諸表は経営者に委託された経済的資源に対する経営者の責任の履行状況を示すものでなければならない。

（有用な財務情報の質的特性）
七　有用な財務情報が満たすべき基本的な質的特性は,「目的適合性」および「忠実な表現」である。つまり,財務情報は予測価値,確認価値またはそれらがともに満たされなければならず,また表現しようとしている現象が忠実に表現されなければならない。

　財務情報の有用性を補強するための質的特性は,「比較可能性」,「検証可能性」,「適時性」,および「理解可能性」である。つまり,財務情報は企業間比較,期間比較が可能で,ある描写が忠実な表現の結果であるという合意に達し得るもので,タイムリーであり,明瞭かつ簡潔に表示されたものでなければならない。

（財務諸表の構成要素）
八　「資産」とは,過去の事象の結果として企業が支配し,かつ,将来の経済的便益が当該企業に流入すると期待される資源をいう。「負債」とは,過去の事象から発生した企業の現在の債務で,その決済により,経済的便益を有する資源が当該企業から流出することが予想されるものをいう。また,「持分」とは,企業のすべての負債を控除した後の資産に対する残余持分をいう。

　「収益」とは,当該会計期間中の資産の流入もしくは増価または負債の減少の形をとる経済的便益の増加であり,持分参加者からの出資に関連するもの以外の持分の増加を生じさせるものをいう。「費用」とは,当該会計期間中の資産の流出もしくは減価または負債の発生の形をとる経済的便益の減少であり,持分参加者への分配に関連するもの以外の持分の減少を生じさせるものをいう。

(認識・測定原則)

九　「認識」とは，財務諸表の構成要素の定義を満たし，将来の経済的便益の蓋然性が高く，測定の信頼性がある項目を，財政状態計算書（貸借対照表）または包括利益計算書（損益計算書）に組み入れるプロセスをいう。

　「測定」とは，財務諸表の構成要素が財政状態計算書（貸借対照表）および包括利益計算書（損益計算書）に認識され繰り越されるべき貨幣金額を決定するプロセスをいう。具体的には，取得原価，現在原価，実現可能価額，現在価値，公正価値などが組み合わされて使用される「混合測定アプローチ」が採用されている。

(財務諸表の表示原則)

十　財務諸表は，資産，負債，収益および費用の定義と認識規準に従って，取引およびその他の事象や状況を適正に表示することが要求される。また，必要な追加開示により，財務諸表の適正表示が達成される。

　完全な一組の財務諸表は，財政状態計算書（貸借対照表），包括利益計算書（損益計算書），持分変動計算書，キャッシュ・フロー計算書，重要な会計方針等を含む注記，修正再表示に関する計算書から構成される。企業は，完全な一組の財務諸表において各計算書を同等の明瞭性をもって表示しなければならない。

第二節　財政状態計算書原則

(財政状態計算書の本質)

一　財政状態計算書においては，経済的意思決定を行う利用者に対して最も有効な方法で情報を表示するために，企業の事業内容又は機能に従って，資産及び負債が分類される。

A　企業は，追加的な表示科目，見出し及び小計の表示が企業の財政状態の理解に関連性がある場合には，それらを財政状態計算書に表示しなければならない。

B　企業は，資産と負債を別個に報告する。IFRS で要求または許容している場合を除き，資産と負債とを相殺してはならない。
C　現在の IFRS に準拠して作成される財政状態計算書には，資産又は負債の定義を満たさず，持分の一部として表示されない項目が含まれることがある。

(財政状態計算書の区分および表示)
二　財政状態計算書においては，(a) 資産の内容及び流動性，(b) 企業内における資産の機能，(c) 負債の金額，内容及び返済時期といった，各項目の性質又は機能の違いを検討して，表示項目を決定する。

(財政状態計算書の配列)
三　流動資産と非流動資産，流動負債と非流動負債を，別々の区分として表示しなければならない。流動性に基づく表示の方が目的適合性の高い情報を提供する場合には，企業はすべての資産及び負債を流動性の順序に従って表示しなければならない。信頼性があり目的適合性の高い情報を提供できる場合には，一部の資産と負債については流動・非流動の区分により，その他については流動性の順序に従って表示することも認められる。
A　正常営業循環期間において，当該資産を実現させる予定であるかまたは販売もしくは消費することを意図している場合，主として売買目的で当該資産を保有している場合，報告期間後 12 か月以内に当該資産を実現させる予定である場合，現金または現金同等物である場合（ただし，当該資産を交換又は負債の決済に使用することが報告期間後 12 か月にわたり制限されている場合は除く），これらの場合には，当該資産は流動資産に分類しなければならない。
B　A 以外の資産は，すべて非流動資産として分類しなければならない。
C　当該負債を企業の正常営業循環期間において決済する予定である場合，主に売買目的で当該負債を保有している場合，当該負債が報告期間後 12 か月以内に決済されることになっている場合，負債の決済を報告期間後少なくと

も12か月にわたり繰り延べることのできる無条件の権利を有していない場合，これらの場合には，当該負債は流動負債に分類しなければならない。
D　C以外の負債は，すべて非流動負債として分類しなければならない。

(財政状態計算書科目の分類)
四　資産，負債及び資本の各科目は，一定の基準に従って明瞭に分類しなければならない。
A　ある項目が，資産，負債，持分の定義を満たすかどうかを評価するにあたっては，単にその法的形式だけではなく，その基礎となる実質及び経済的実態に注意を向ける必要がある。
B　有形固定資産は，財貨の生産又は役務の提供に使用する目的，外部へ賃貸する目的又は管理する目的で企業が保有するものであり，かつ一会計期間を超えて使用されると予想されるものである。無形資産とは，物理的実体のない識別可能な非貨幣性資産をいう。
C　資産及び負債の実現予定日に関する情報は，企業の流動性と支払能力を検討する際に有用である。
D　偶発資産は認識してはならない。
E　引当金は，それが現在の債務であって，かつ負債の認識の残りの定義を満たすときには，たとえ当該金額を見積もらなければならない場合であっても負債となる。
F　引当金とは，時期又は金額が不確実な負債をいう。引当金が認識されるのは，①企業が過去の事象の結果として現在の債務（法的又は推定的）を有しており，②当該債務を決済するために経済的便益をもつ資源の流出が必要となる可能性が高く，③当該債務の金額について信頼性のある見積りができる，場合のみである。引当金としては，不利な契約を有していることによる現在の債務，一般的な引当金の定義を満たすリストラクチャリング費用に対するものなどがある。
G　偶発負債とは①過去の事象から発生し得る債務のうち，完全には企業の支

配可能な範囲にない将来の1つ以上の不確実な事象の発生又は不発生によってのみその存在が確認される債務，②過去の事象から発生した現在の債務であるが，次のいずれかの理由により認識されていないものである。①債務決済のために経済的便益を具現化した資源の流出が必要となる可能性が高くない。②債務の金額が十分な信頼性をもって測定できない。偶発負債は，認識してはならない

H その他の長期従業員給付とは，従業員が関連する勤務を提供した期間の末日後12か月以内に決済の期限が到来しない従業員給付（退職給付及び解雇給付を除く）をいう。

（イ）従業員給付とは，従業員が提供した勤務と交換に，企業が与えるあらゆる形態の対価をいう。

（ロ）その他の長期従業員給付に関する負債として認識する金額は，①報告期間の末日における確定給付制度債務の現在価値から，②当該債務を直接決済する制度資産（もしあれば）の報告期間の末日における公正価値を差し引いた金額としなければならない。

I 確定給付制度の会計処理は，債務及び費用を測定するために数理計算上の仮定が必要であり，数理計算上の差異の可能性が存在するため複雑である。さらに，従業員が関連勤務を提供してから長年経過した後に決済されることもあるため，当該債務は割引現在価値で測定される。

（イ）退職後給付とは，雇用関係の終了後に支払われる従業員給付（解雇給付を除く）をいう。

（ロ）企業は，確定給付制度の正式な規約に基づく法的債務のみならず，企業の非公式の慣行により生じる推定的債務についても会計処理しなければならない。当該企業が従業員給付を支払う以外に現実的な選択肢を有しない場合には，非公式の慣行から推定的債務が発生する。

（ハ）確定給付負債として認識する金額は，①報告期間の末日における確定給付制度債務の現在価値に，②未認識の数理計算上の差益があればそれを加算し（数理計算上の差損があればそれを減算する），③未認識の過去勤務費用があれ

ばそれを減算し，④当該債務を直接決済する制度資産（もしあれば）の報告期間の末日現在の公正価値を減算して，測定しなければならない。

　なお，この結果として，負の金額（資産）となることもあり得るが，当該資産は，この結果により算定された金額か，①未認識の正味数理計算上の差損及び過去勤務費用の累計額と②制度からの返還又は制度への将来掛金の減額の形で利用可能な経済的便益があればその現在価値の合計額のいずれか低い方の金額で測定しなければならない。

(ニ) 確定拠出制度への拠出について，従業員が関連する勤務を提供した期間の末日後12か月以内にその全額の期日が到来しない場合には，適切な割引率を使用して，当該債務を割り引かなければならない。

J　解雇給付負債については，債務を生じさせる事象が従業員の勤務ではなく，解雇である点において従業員給付に関する他の基準とは別個の取り扱いを要する。

(イ) 企業は，①1従業員又は従業員グループの雇用を通常の退職日前に終了すること，もしくは，②自発的退職を勧奨するために行った募集の結果として解雇給付を支給することのいずれかを明白に確約している場合に，かつ，その場合にのみ，解雇給付を負債及び費用として認識しなければならない。

(ロ) 報告期間から12か月よりも後に解雇給付の期日が到来する場合には，当該給付は適切な割引率を使用して割り引かなければならない。

K　財政状態計算書，持分変動計算書，注記のいずれかで，次の事項について開示しなければならない。

　株式資本の種類ごとに，①授権株式数，②全額払込済みの発行済株式数及び未払込額のある発行済株式数，③株当たりの額面金額又は無額面である旨，④発行済株式総数の期中における変動内訳，⑤その種類の株式に付されている権利，優先権及び制限（配当支払及び資本の払戻しの制限を含む），⑥自己株式及び子会社又は関連会社保有の自社株式，⑦オプション契約による発行及び売渡契約のための留保株式（契約条件及び金額含む），⑧資本に含まれる各種剰余金の内容及び目的。

(資産の財政状態計算書価額)

五　資産は，資産の将来の経済的便益が企業によって消費されると予想されるパターンを反映する形で，減価償却を行わなければならない。有形固定資産は，当該資産の耐用年数にわたって，定額法，定率法及び生産高比例法などの種々の減価償却の方法によって，その取得原価を規則的に配分しなければならない。

A　通常の事業の過程において販売を目的として保有されるもの，そのような販売を目的とする生産の過程にあるもの，生産過程又は役務の提供にあたって消費される原材料又は貯蔵品，として定義される棚卸資産は，原価または正味実現可能価額とのいずれか低い額により測定されなければならない。この場合の原価には，購入原価，加工費，及び棚卸資産が現在の場所及び状態に至るまでに発生したその他の原価のすべてを含めなければならず，これに個別法，先入先出法又は加重平均法などの方法を適用して原価を算定する。

B　正味実現可能価額とは，通常の事業の過程における見積売価から，完成までに要する見積原価及び販売に要する見積費用を控除した額である。棚卸資産が損傷，陳腐化，販売価格が下落するなどして，原価の回収が困難な場合には，正味実現可能額をもって財政状態計算書価額とする。

C　棚卸資産が意図した使用または販売が可能となるまでに相当の期間を要する資産であると認められる場合には，その資産の取得又は生産に直接起因する借入費用は，当該資産の原価に含まれることとなる。

D　サービス事業者の棚卸資産については，その生産の原価をもって測定する。当該原価は，主として，役務の提供に直接関係している人員の労務費及びその他の費用から構成され，当該業務の管理職の人件費及び役務に帰属する間接費も含まれる。

E　資産としての認識基準を満たす有形固定資産項目は，認識時点においてはその取得原価で測定される。有形固定資産の取得原価には，購入価格，意図した方法で稼働可能にするために必要な場所及び状態にすることに直接起因する費用，解体及び除去費用並びに敷地の原状回復費用の当初見積額のう

ち，それらに係る債務が当該項目の取得時に発生する費用，又は棚卸資産の生産以外の目的で当該有形固定資産項目を使用した結果として発生する費用，が含まれる。認識後の測定においては，取得原価から減価償却累計額及び減損損失累計額を控除した価額（これを原価モデルと称する），又は再評価実施日における公正価値から，その後の減価償却累計額及びその後の減損損失累計額を控除した評価額（これを再評価モデルと称する）で計上しなければならない。

F 有形固定資産項目の取得原価の総額に対して重要性のある各構成部分については，個別に減価償却しなければならない。

G 公正価値について市場ベースの証拠がなく，継続事業の一部としての売却以外にはめったに販売されない場合には，企業はインカム・アプローチ又は減価償却後の再調達原価アプローチを用いて公正価値を見積もることが必要な場合がある。

H 無形資産

(イ) 無形資産は，①資産に起因する，期待される将来の経済的便益が企業に流入する可能性が高く，かつ，②資産の取得原価を，信頼性をもって測定することができる場合に，かつ，その場合にのみ認識しなければならない。

(ロ) 資産は，①分離可能である場合，すなわち，企業から分離または分割でき，かつ，企業にそうする意図があるかどうかに関係なく，個別に，または関連する契約や識別可能な資産もしくは負債と一緒に，売却，譲渡，ライセンス，賃貸または交換ができる場合，もしくは，② 権利が譲渡可能かどうかは企業もしくはほかの権利及び義務から分離可能かどうかに関係なく，契約またはその他の法的権利から生じている場合のいずれかの場合には識別可能である。

(ハ) 無形資産は，取得原価で当初測定しなければならない。無形資産が企業結合で取得された場合には，当該無形資産の取得原価は取得日現在の公正価値である。自己創設のれんを資産として認識してはならない。

(ニ) 研究または内部プロジェクトの研究局面から生じた無形資産は，認識し

てはならない。開発または内部プロジェクトの開発局面から生じた無形資産は，企業が，使用または売却できるように無形資産を完成させることの技術上の実行可能性や企業の意図，無形資産を使用または売却できる能力，無形資産が蓋然性の高い将来の経済的便益を創出する方法，開発期間中の無形資産に起因する支出を，信頼性をもって測定できる能力等のすべてを立証できる場合に限り，認識しなければならない。

（ホ）企業は，無形資産を認識した後，原価モデルか，または再評価モデルのいずれかを，会計方針として選択しなければならない。なお，再評価された無形資産と同じ種類の無形資産が，当該資産に活発な市場がないため再評価できない場合には，当該資産は，取得原価から償却累計額および減損損失累計額を控除した金額で計上しなければならない。また，再評価された無形資産の公正価値を活発な市場を参照して算定することがもはや不可能になった場合には，当該資産の帳簿価額は，活発な市場を参照した最後の再評価日における資産の再評価額から，その後の償却累計額および減損損失累計額を控除したものとしなければならない。

（ヘ）無形資産は，①処分時，もしくは，②使用または処分により，予定した将来の経済的便益が期待できなくなった時に認識を中止する。

I 　資産は，その帳簿価額が使用又は売却によって回収される金額を超過する場合には，回収可能価額を超える価額を付されていることとなる。このような場合には，資産は減損しているものとされ，減損損失を認識することが要求される。

（イ）減損処理は，企業が資産に回収可能価額を超える帳簿価額を付さないことを保証するための手続きであり，資産は，その帳簿価額が回収可能価額を超過する場合には減損している。

（ロ）減損損失とは，資産または資金生成単位の帳簿価額が回収可能価額を超過する金額をいう。回収可能価額とは，資産または資金生成単位の売却費用控除後の公正価値と使用価値のいずれか高い金額をいう。資金生成単位とは，他の資産または資産グループからのキャッシュ・インフローとは概ね独

立したキャッシュ・インフローを生成させるものとして識別される資産グループの最小単位をいう。

(ハ) 企業は，各報告期間の末日現在で，資産が減損している可能性を示す兆候があるか否かを評価しなければならない。そのような兆候のいずれかが存在する場合には，企業は，当該資産の回収可能価額を見積もらなければならない。資産が減損している可能性を示す兆候があるか否かを評価する際に，企業は外部の情報源および内部の情報源等をもとにその兆候を考慮しなければならない。

(ニ) 減損の兆候の有無にかかわらず，各年次において，耐用年数を確定できない無形資産または未だ使用可能ではない無形資産について，帳簿価額と回収可能価額とを比較することにより，減損テストを実施しなければならない。ただし，減損テストは，毎年同時期に実施するのであれば，年次期間中のいつでも実施してもよいし，異なる無形資産については，無形資産ごとに異なる時期に減損テストを実施してもよい。また，企業結合で取得したのれんについて，減損テストを毎年実施しなければならない。

(ホ) 資産の回収可能価額が帳簿価額を下回っている場合に，かつ，その場合にのみ，当該資産の帳簿価額をその回収可能価額まで減額しなければならない。当該減額は減損損失である。資産が他の基準に従って再評価額で計上されている場合を除いて，減損損失は直ちに純損益に認識しなければならない。再評価された資産の減損損失は，当該他の基準に従って再評価の減額として処理しなければならない。

(ヘ) 減損損失として見積もった金額が，関連する当該資産の帳簿価額よりも大きい場合，企業は，他の基準が要求しているときに，かつそのときにのみ，負債を認識しなければならない。

(ト) 減損損失を認識した後には，当該資産の減価償却費は，資産の改訂後の帳簿価額から（もしあれば）残存価額を控除した金額を残存耐用年数にわたって規則的に配分することにより，将来の期間にわたって調整しなければならない。

（チ）過去の期間において，のれん以外の資産について認識された減損損失は，減損損失が最後に認識された以後，当該資産の回収可能価額の算定に用いられた見積もりに変更があった場合にのみ，戻し入れしなければならない。この場合には，資産の帳簿価額はその回収可能価額まで増額しなければならない。この増額は減損損失の戻し入れである。ただし，減損損失の戻し入れによって増加した，のれん以外の資産の帳簿価額は，過年度において当該資産について認識された減損損失がなかったとした場合の（償却または減価償却控除後の）帳簿価額を超えてはならない。のれん以外の資産についての減損損失の戻し入れは，他のIFRSに従って，当該資産が再評価額で計上されている場合を除き，直ちに純損益に認識しなければならない。再評価された資産についての減損損失の戻し入れは，当該他のIFRSに従って，再評価額の増加額として処理しなければならない。

第三節　包括利益計算書原則

（包括利益計算書の本質）

一　包括利益計算書は，広範囲の利用者の経済的意思決定に有用となる企業の財務業績についての情報を提供するために，一会計期間に認識した収益及び費用のすべての項目を表示しなければならない。

A　広義の収益とは，当該会計期間中の資産の流入もしくは増価又は負債の減少の形をとる経済的便益の増加であり，持分参加者からの出資に関連するもの以外の持分の増加を生じさせるものをいう。広義の収益の定義には，市場性ある有価証券の再評価及び固定資産の帳簿価額の増加から発生する未実現利得も含まれる。費用とは，当該会計期間中の資産の流出もしくは減価又は負債の発生の形をとる経済的便益の減少であり，持分参加者への分配に関連するもの以外の持ち分の減少を生じさせるものをいう。費用の定義には，企業の外貨建借入金に関して，当該外貨の為替レートの高騰による影響から発生する未実現損失なども含まれる。

B　企業はIFRSで要求または許容している場合を除き，収益と費用を相殺し

てはならない。通常の活動の過程で，収益を生み出さないが主要な収益創出活動に付随するその他の取引を行う場合において，相殺することによって取引やその他の事象の実態が反映されると考えられる場合には，同じ取引について生じる収益と関連費用を相殺して表示する。

C 費用は，原価の発生と特定の収益項目の稼得との間の直接的な関連に基づいて，損益計算書に認識される。このプロセスは，一般に費用収益の対応と呼ばれている。しかし，この「概念フレームワーク」における費用収益の対応概念の適用は，資産又は負債の定義を満たさない財政状態計算書項目の認識を許容するものではない。

（包括利益計算書の区分）

二 包括利益計算書には，非支配持分，親会社の所有者のそれぞれに帰属する，当期の純損益と，包括利益合計を開示しなければならない。企業は純損益の内訳項目を単一の包括利益計算書の一部として表示することも，分離した損益計算書で表示することもできる。損益計算書が表示される場合には，損益計算書は完全な1組の財務諸表の一部を構成し，包括利益計算書の直前に表示されなければならない。

　包括利益計算書においては，(a) 資産の内容及び流動性，(b) 企業内における資産の機能，(c) 負債の金額，内容及び返済時期といった，各項目の性質又は機能の違いを検討して，表示項目を決定する。企業は収益及び費用の項目の重要性，性質及び機能などを含む要因を考慮する。

　包括利益計算書には，最低限次の金額を表す科目を含めなければならない。

① 収益，
② 償却原価で測定する金融資産の認識の中止により生じる利得及び損失，
③ 金融費用，
④ 持分法で会計処理されている関連会社及びジョイント・ベンチャーの

純損益に対する持分,
⑤ 金融資産を公正価値で測定するように分類変更した場合に，従前の帳簿価額と分類変更日時点の公正価値との間の差額から生じる利得又は損失,
⑥ 税金費用,
⑦ 非継続事業の税引後損益と非継続事業を構成する資産又は処分グループについて売却費用控除後の公正価値での測定又は処分により認識した税引後の利得又は損失の単純合算額,
⑧ 純損益,
⑨ 性質により分類したその他の包括利益の各内訳項目,
⑩ 持分法で会計処理している関連会社及びジョイント・ベンチャーのその他の包括利益に対する持分,
⑪ 包括利益合計。

A 本項における収益とは，持分参加者からの拠出に関連するもの以外で，持分の増加をもたらす一定期間中の企業の通常の活動過程で生じる経済的便益の総流入をいう。収益は，企業が自己の計算により受領したか又は受領し得る経済的便益の総流入だけを含み，税のような第三者のために回収した金額は，企業に流入する経済的便益ではなく，持分の増加をもたらさないため収益から除外される。また，代理の関係にある場合，経済的便益の総流入は，本人のために回収した金額であり，企業の持分の増加をもたらさない金額を含んでいる。この場合は，手数料の額が収益となる。

B 一会計期間に認識される収益及び費用のすべての構成要素を，IFRSが別途要求又は許容している場合を除いて，純損益に含めなければならない。

C 物品の販売からの収益は，次の条件全てが満たされたときに認識しなければならない。

① 物品の所有に伴う重要なリスク及び経済価値が買手に移転したこと,
② 販売された物品に対して，所有と通常結び付けられる程度の継続的な管理上の関与や，実質的な支配を保持していないこと,

③ 収益の額が,信頼性をもって測定できること,
④ 経済的便益が企業に流入する可能性が高いこと,
⑤ 発生した又は発生する原価を,信頼性をもって測定できること。
D 役務の提供に関する取引の成果を信頼性をもって見積ることができる場合には,その取引に関する収益は,その取引の進捗度に応じて認識しなければならない。信頼性を持って見積もることが出来ない場合には,収益は費用が回収可能と認められる部分についてのみ,認識しなければならない。
E 同一の取引その他の事象に関連する収益及び費用は,同時に認識される。物品の出荷後に発生する保証やその他の原価を含む費用は,収益認識条件が満たされたときに,信頼性を持って測定される。費用が信頼性を持って測定できないときには,収益の認識は出来ず,受領した対価は,負債として認識される。
F 取引の実質を反映させるために,単一取引の個別に識別可能な構成部分ごとに収益認識規準を適用することが必要となる場合がある。例えば,製品の販売価格に,販売後の役務提供についての識別可能な金額が含まれているような場合,その金額は繰り延べられ,役務が提供される期間にわたって収益として認識される。反対に,一連の取引を全体として考えないと経済的実質が理解できないような形で複数の取引が結びつけられている場合には,複数の取引を一体として認識規準を適用する。
G 費用の性質又は企業内における機能に基づく分類のうち,信頼性が高く目的適合性がより高い情報を提供する方を用いて,純損益に認識した費用の内訳を表示しなければならない。
H 棚卸資産が販売されたときには,当該棚卸資産の帳簿価額は,関連する収益が認識される期間に費用として認識しなければならない。正味実現可能価額への棚卸資産の評価減の額及び棚卸資産に係るすべての損失は,評価減又は損失の原因が発生した期間に費用として認識しなければならない。正味実現可能価額の上昇により生じる棚卸資産の評価減の戻入額は,その戻入れを行った期間において,費用として認識された棚卸資産の金額の減少として認

識しなければならない。

　売上原価と称されることが多い，当期中に費用として認識される棚卸資産の金額には，この他に，棚卸資産の製造原価のうちの未配賦製造間接費及び異常発生額が含まれる。

I　資産の帳簿価額が再評価の結果として減少する場合には，その減少額を純損益に認識しなければならない。

　　資産の再評価による帳簿価額の増加額は，以前に純損益に認識された同じ資産の再評価による減少額を戻し入れる範囲では，純損益に認識しなければならない。

J　無形資産の減価償却

（イ）耐用年数とは，①資産が企業によって利用可能であると予想される期間，もしくは，②企業が当該資産から得られると予想される生産高またはこれに類似する単位数をいう。無形資産の残存価額とは，当該資産の耐用年数が到来し，耐用年数の終了時点で予想される当該資産の状態であったとした場合に，企業が当該資産を処分することにより現時点で得るであろう見積金額（処分費用の見積額を控除後）である。

（ロ）無形資産の残存価額は，①第三者が当該資産を耐用年数終了時に購入する約定がある場合，②資産に活発な市場が存在し，かつ，(i) その市場を参照することにより残存価額が算定可能であり，かつ，(ii) 資産の耐用年数の終了時にも，そのような市場が存在する可能性が高い場合，のいずれかに該当する場合を除き，ゼロと推定しなければならない。

（ハ）無形資産の会計処理は，耐用年数を基礎とする。耐用年数を確定できる無形資産は償却し，耐用年数を確定できない無形資産は償却してはならない。

（ニ）耐用年数を確定できる無形資産の償却額は，当該資産の耐用年数にわたり規則的に配分しなければならない。償却は，当該資産が使用可能となった時点に開始しなければならない。

（ホ）適用する償却方法は，企業によって予想される資産の将来の経済的便益

の消費パターンを反映しなければならない。そのパターンを信頼性をもって決定できない場合には，定額法を採用しなければならない。他の基準がほかの資産の帳簿価額に含めることを許容または要求している場合を除き，各年度の償却負担額は費用として認識しなければならない。耐用年数を確定できる無形資産の償却期間の償却方法は，少なくとも各事業年度末において，見直さなければならない。資産について見積耐用年数が従来の見積りと大きく相違する場合には，償却期間は，それに基づいて変更されなければならない。資産から生じる経済的便益の予測パターンに重要な変化が生じた場合には，償却方法を変化後のパターンを反映するよう変更しなければならない。この変更は，会計上の見積りの変更として会計処理しなければならない。

(ヘ) 償却を行っていない無形資産は，当該資産の耐用年数を確定できないものとする事象または状況が引き続き存在するかどうかを毎年見直す必要がある。もしそれらが存在しなくなった場合には，耐用年数を確定できないものから確定できるものに変更し，会計上の見積りの変更として会計処理しなければならない。

(ト) 再評価の結果として無形資産の帳簿価額が増加する場合には，当該増加額はその他の包括利益に認識し，再評価剰余金の表題で資本に累積しなければならない。しかし，同一資産の再評価による減少額が過去に純損益に認識されていた場合には，当該増加額は，その金額の範囲内で純損益に認識しなければならない。また，再評価の結果として無形資産の帳簿価額が減少する場合には，当該減少額は費用として認識しなければならない。しかし，当該資産に関する再評価剰余金の貸方残高の範囲で，当該減少額はその他の包括利益に認識しなければならない。その他の包括利益に認識される減少額は，再評価剰余金の表題で資本に累積されている金額の減額となる。

(チ) 無形資産の認識の中止から生じる利得または損失は，正味処分収入（もしあれば）と資産の帳簿価額との差額として決定しなければならない。当該差額は，資産の認識を中止したときに純損益に認識しなければならない。

K　無形項目の支出

(イ) 研究（または内部プロジェクトの研究局面）に関する支出は，発生時に費用として認識しなければならない。

(ロ) 無形項目に関する支出は，認識規準を満たす無形資産の取得原価の一部を構成する支出，および，企業結合で取得された，無形資産として認識することができない項目を除き，その発生時に費用として認識しなければならない。

(ハ) 当初費用として認識した無形項目に関する支出は，後日，無形資産の取得原価の一部として認識してはならない。

L　短期従業員給付とは，従業員が関連する勤務を提供した期間の末日後12ヶ月以内に決済の期限が到来する従業員給付（解雇給付を除く）をいう。

(イ) ある会計期間中に従業員が企業に勤務を提供したときは，企業は当該勤務の見返りに支払うと見込まれる短期従業員給付の割り引かない金額を，費用（他の基準が当該給付を資産の取得原価に含めることを要求又は許容している場合を除く）として認識しなければならない。また，すでに支払った金額を控除した後の金額を負債（未払費用）として認識し，すでに支払った金額が給付の割り引かない金額を超過する場合には，当該前払額が例えば将来支払額の減少又は現金の返還をもたらす範囲で，企業は当該超過額を資産（前払費用）として認識しなければならない。

(ロ) 有給休暇の形式による短期従業員給付の予想コストを，累積型有給休暇の場合には，将来の有給休暇の権利を増加させる勤務を従業員が提供した時，非累積型有給休暇の場合には，休暇が発生した時に，認識しなければならない。

(ハ) 利益分配及び賞与の支払の予想コストを，当該企業が過去の事象の結果，当該支払を行う現在の法的債務又は推定的債務を有する場合，もしくは，当該債務について信頼性ある見積りが可能な場合に，かつ，その場合にのみ，前項ロに従って，認識しなければならない。なお，企業が支払を行う以外に現実的な選択肢を有しない場合にのみ，現在の債務が存在する。

M　その他の長期従業員給付に関連して，企業は，他の基準が資産の原価に含めることを要求又は許容している範囲を除き，次の金額の差引合計を費用又は収益として認識しなければならない。

① 当期勤務費用，
② 利息費用，
③ 制度資産や資産として認識された補填の権利があれば，それらに係る期待収益，
④ 数理計算上の差異（全額を直ちに認識しなければならない），
⑤ 過去勤務費用（全額を直ちに認識しなければならない），
⑥ 縮小又は清算があればその影響。

N　解雇給付とは，(a) 通常の退職日前に従業員の雇用を終了するという企業の決定，もしくは，(b) 当該給付を見返りに自発的退職を受け入れるという従業員の決定の結果として支払うべき従業員給付をいう。

O　退職後給付とは，雇用関係の終了後に支払われる従業員給付（解雇給付を除く）をいう。

（イ）ある期間中に従業員が企業に勤務を提供した場合には，当該企業は，当該勤務と交換に確定拠出制度に支払うべき掛金を，費用（他の基準が当該給付を資産の取得原価に含めることを要求又は許容している場合を除く）として認識しなければならない。すでに支払った掛金があればそれを控除した後の金額を負債（未払費用）として認識し，すでに支払った掛金が報告期間の末日前の勤務に対する掛金を超過する場合には，当該前払が例えば将来支払の減少又は現金の返還となる範囲で，企業は当該超過を資産（前払費用）として認識しなければならない。なお，当期の数理計算上の差損又は過去勤務費用のみを原因として利得を認識したり，当期の数理計算上の差益のみを原因として損失を認識したりする結果となってはならない。また，企業は，縮小又は清算が発生したときには，確定給付制度の縮小又は清算に係る利得又は損失を認識しなければならない。

（ロ）退職後給付の確定給付制度において，企業は，次の金額の差引合計を純

損益に認識しなければならない。ただし，他の基準が当該給付を資産の原価に含めることを要求又は許容している範囲を除く。

① 当期勤務費用，
② 利息費用，
③ 制度資産や補填の権利があれば，それらに係る期待収益，
④ 数理計算上の差異（企業の会計方針に従って要求されたもの），
⑤ 過去勤務費用，
⑥ 縮小又は清算があれば，その影響額，
⑦ 純損益の外で認識する場合を除く上限の影響。

(ハ) 確定給付制度債務の現在価値及び関連する当期勤務費用（並びに該当する場合には過去勤務費用）を算定するにあたり，企業は，制度の給付算定式に基づいて勤務期間に給付を帰属させなければならない。しかし，後期の年度における従業員の勤務が，初期の年度より著しく高い水準の給付を生じさせる場合には，企業は，給付を定額法により，当該給付が将来の勤務を条件としているか否かに関係なく，従業員による勤務が，制度の下での給付を最初に生じさせた日から，従業員によるそれ以降の勤務が，それ以降の昇給を除けば，制度の下での重要性がある追加の給付を生じさせなくなる日までの期間に帰属させなければならない。

P 収益又は費用のいかなる項目も，異常項目として包括利益計算書もしくは分離した損益計算書（表示する場合）又は注記のいずれにも表示してはならない。

(その他の包括利益)

A その他の包括利益の区分は，他のIFRSが要求又は許容するところにより純損益に認識されない収益及び費用（当期又は過去の期間においてその他の包括利益で認識され，当期において純損益に組み替えられた金額である組替調整額を含む）を記載する。

B その他の包括利益は，単一の包括利益計算書の一部として表示することも，分離した包括利益計算書で表示することもできる。包括利益計算書が表

示される場合には，その他包括利益計算書は完全な一組の財務諸表の一部を構成し，損益計算書の直後に損益計算書と分離した再評価剰余金の変動，確定給付制度の数理計算上の差異，その他の包括利益を通じて公正価値で測定する資本性金融商品への投資による利得及び損失，純損益を通じて公正価値で測定するものとして指定された特定の負債について，当該負債の信用リスクの変動に起因する公正価値の変動の金額等未実現の損益を記載して，その他包括利益を計算する。

C　資産の再評価による帳簿価額の減少額は，その資産に関する再評価剰余金の貸方残高の範囲で，その他の包括利益に認識しなければならない。その他の包括利益に認識された減少額は，再評価剰余金の科目名で資本に累積されている金額を減額する。資産の帳簿価額が再評価の結果として増加する場合には，その増加額はその他の包括利益に認識し，再評価剰余金の科目名で資本に累積しなければならない。

D　その他の包括利益の内訳項目に係る組替調整額を，開示しなければならない。

第四節　持分変動計算書原則

(持分変動計算書の本質)

　所有者の立場としての所有者との取引（持分拠出，企業の自己の資本性金融商品の再取得及び配当等）から生じる変動と，当該取引に直接関係する取引費用を控除した資本全体の変動は，企業の当期中の活動により生じた利得及び損失を含む収益及び費用の合計額を表している。従って，持分変動計算書では，広範囲の利用者の経済的意思決定に有用となる企業の財務業績についての情報を提供するため，所有者の立場としての所有者による拠出及び所有者に対する分配情報が表示される。

(持分変動計算書の区分および表示)

A　持分変動計算書には，当期の包括利益合計，資本の各内訳項目について，

遡及適用又は遡及的修正再表示の影響額及び，期首と期末の帳簿価額の調整表が含まれる。

第五節　キャッシュ・フロー計算書原則

（キャッシュ・フロー計算書の本質）
一　キャッシュ・フロー情報は，財務諸表の利用者に対し，当該企業の現金及び現金同等物を生み出す能力並びにそのキャッシュ・フローを利用する企業のニーズを評価するための基礎を提供する。

（キャッシュ・フロー計算書の区分および表示）
二　キャッシュ，フロー計算書は，営業，投資及び財務の諸活動に区分して，期中のキャッシュ・フローを報告しなければならない。
A　現金同等物は，投資やその他の目的ではなく，短期の現金支払債務に充てるために保有される。投資が現金同等物の要件を満たすためには，その投資は容易に一定の金額に換金可能であり，かつ，価値の変動について僅少なリスクしか負わないものでなければならない。それゆえ，投資は通常，取得日から例えば3か月以内の短期の償還期日の場合にのみ，現金同等物の要件を満たす。
B　営業活動によるキャッシュ・フローを直接法あるいは間接法のいずれかを用いて報告しなければならない。
C　営業，投資及び財務活動によって生じたキャッシュ・フローのうち，顧客の代理として授受する収入及び支出，回転が早く，金額が大きく，かつ期日が短い項目における収入及び支出，については純額で報告することが出来る。
D　金融機関の場合は，満期日が固定された預金の受入れと払い出しの収入と支出，他の金融機関への預金の預入れと引き出し，顧客に対する貸出しによる支出とその返済による収入について，純額で報告することが出来る
E　C，Dの場合を除いては，投資及び財務活動によって生じた総収入及び総

支出の主要な区分を，区別して報告しなければならない。

3 コンメンタール「新・企業会計原則試案（IFRS版）」（一般原則）

　ここでの目的は，2で提示した「新・企業会計原則試案（IFRS版）」をより詳細に解説することである。読者の便宜を考えて，基準等のパラグラフ番号と参考文献を明記し，関連する重要な項目を注解として示した。IFRSの根底にある一般原則を理解するための補助教材としてご活用いただければ幸いである。なお，以下では，Ⅰ基礎的前提，Ⅱ諸概念，Ⅲ一般目的財務報告の目的，Ⅳ質的特性，Ⅴ構成要素，Ⅵ認識・測定原則，Ⅶ表示原則の順に説明する。

Ⅰ　IFRSの基礎的前提
1　継続企業（ゴーイング・コンサーン）の前提
　(1) 継続企業
　財務諸表は，通常，企業が「継続企業」であること，すなわち予見しうる将来にわたって事業活動を継続するであろうという前提に基づいて作成される。したがって，当該企業が清算したり，事業規模の大幅な縮小を行うことは予定されていない。清算や事業規模の大幅な縮小を前提とする場合には，異なる「基礎」に基づいて財務諸表を作成しなければならないかもしれない。そのような場合には，財務諸表作成のために採用した「基礎」をその根拠とともに開示しなければならない (Conceptual Framework (FW) [2010], 4.1; IAS 1, par.25)[1]。

　(2) 発生主義会計
　企業は，キャッシュ・フロー情報を除き，発生主義会計によって財務諸表を作成しなければならない (IAS 1, par.27)。発生主義のもとでは，現金の受け払いの時期に関わらず，取引その他の事象が当該報告エンティティの経済的資源または請求権に与えた影響を発生した期間に認識する (FW [2010], OB17)[2]。

2 グローバル企業の前提

(1) 魅力あるグローバルな資本市場の構築

IFRS 財団の目的は,公益に資するように,高品質で理解可能でかつ強制力のある一組の国際的な財務報告基準(IFRS)を開発することである。IFRS は,投資家,世界の資本市場における他の参加者,ならびにその他の財務情報利用者が適切な経済的意思決定を行うのに資するように,高品質で透明性が高くかつ比較可能なグローバルな基準でなければならない(IFRS 財団,定款,第 2 条)。

IFRS は,基本的にグローバルな資本市場の構築・運用に資するために作成される一組の財務報告基準である。よって,法律等によって強制されなくても,グローバルな経済社会が資本市場の維持を求めるかぎり,IFRS には情報提供等の役割が期待される。

(2) 連結財務諸表重視

報告エンティティは,広範な利用者が経済的意思決定を行うにあたり関心をもつであろう他のエンティティから識別可能な企業活動領域でなければならない。通常,報告エンティティとして,法的エンティティではなく,複数の経済的エンティティを一つの単位と捉える企業集団が用いられる。なぜならば,連結財務諸表が広範な情報利用者に対して最も有用な情報を提供する(と考えられている)からである。なお,個別財務諸表は,連結財務諸表とあわせて公表されることによって,有用な情報を提供しうる可能性がある(と考えられている)(IASB [2010a], RE2-3, 11)[3]。

II IFRS の諸概念
1 会計上の判断

(1) 実質優先主義

取引その他の事象を忠実に表現するためには,単に法的形式に従うだけではなく,経済的実質に即した会計処理がなされ,表示されなければならない(FW [1989], par.35)[4]。

なお，一般に，会計基準の主旨に重きを置く「原則主義」のもとでは，会計基準の規定を重んじる「細則主義」に比べて，経済的実質の反映がより重視される。また，原則主義のもとでは，細則主義に比べて，ルール，ガイダンス，例外がより排除されるので，会計上の判断がより重視される。

(2) 離脱規定

IFRSの適用にあたっては，経済的実質の反映が重視される。しかし，IFRSの要求事項に従うと取引その他の事象に関する経済的実質が反映されず，財務報告の目的に反するほどの誤解を生じさせると経営者が判断するようなきわめてまれなケースにおいては，企業は必要な開示を行うとともに当該要求事項から離脱しなければならない（IAS 1, pars.19-20）。

(3) 判断上の参照規準

会計上の判断を行うにあたり，経営者は，(1) IFRSの要求事項，(2)「フレームワーク」における「財務諸表の構成要素の定義」，「認識原則」（認識規準）および「測定原則」（測定基準）の順に参照し，その適用可能性を検討しなければならない。また，経営者は，(3) IFRSと類似の概念フレームワークを開発し使用している他の会計基準設定主体が公表した直近の会計基準等，(4) 会計に関する専門的文書，および (5) 一般に認められている業界特殊的な実務や慣行を，(1) および (2) に反しない範囲において考慮することができる（IAS 8, pars.11-12）。

2 会計観

(1) 資産負債観（貸借対照表観）

資産負債観では，資産および負債に基づいて利益が定義される。資産は企業の経済的資源を意味し，負債は将来，他のエンティティに経済的資源を引き渡す義務を意味する。一期間中の利益は，資本の払込や配当等を含む資本の変動を除いた，一期間中に生じた正味の経済的資源の変動額である（IASB [2010b], pars. 10-12, 25-27; FASB [1976], pars.34-37)。

(2) 収益費用観（損益計算書観）

収益費用観では，収益および費用に基づいて利益が定義される。収益は企業の利益稼得活動からのアウトプットを意味し，費用は利益稼得活動へのインプットを意味する。一期間中の利益は，アウトプットを販売するために，どれだけ効率的にインプットを使用したかを示すものであり，収益から費用を控除して計算される（IASB [2010b], pars. 13-15, 28-31; FASB [1976], pars.38-42)。

(3) ホーリスティック観

ホーリスティック観は，資産負債観と収益費用観を有機的に包含し，財政状態計算書（貸借対照表），包括利益計算書（損益計算書）およびキャッシュ・フロー計算書全体への影響を考慮に入れようとする考え方である（IASB [2010b], pars.16-18, 32-36)[5]。

Ⅲ　IFRSの目的（一般目的財務報告の目的）
1　情報提供

財務報告の目的は，現在および潜在的な投資者，融資者ならびにその他の債権者が経済的意思決定を行うにあたり，報告エンティティの財政状態（経済的資源および請求権）ならびに財政状態の変動（経済的資源および請求権の変動）に関する有用な情報を提供することにある（FW [2010], OB2, 12)。

なお，財務報告書の目的は，現在および潜在的な投資者，融資者ならびにその他の債権者が報告エンティティの価値の予測に役立つ情報を提供することであり，報告エンティティの価値そのものを報告することではない（FW [2010], OB7)[6]。

2　将来キャッシュ・フローの予測

売掛金などのように経済的資源から直接的にキャッシュ・フローが生じるも

のもあるが，製造過程で用いられる財・サービスのように種々の経済的資源が組み合わされて間接的にキャッシュ・フローが生じるものもある（FW [2010], OB14)。よって，財務報告の目的を達成するためには，将来キャッシュ・フローの発生態様（つまり，経済的資源が異なれば，財務諸表利用者による報告エンティティの将来キャッシュ・フローに関する見通しが異なること）を考慮に入れて，財務諸表利用者の経済的意思決定に資する情報を提供しなければならない[7]。

3 経営者の責任

報告エンティティが生み出したリターンに関する情報は，経営者がその経済的資源をどれほど効率的かつ効果的に利用したのかについての指標を提供する。よって，財務諸表は経営者に委託された経済的資源に対する経営者の責任の履行状況を示す（FW [2010], OB16)[8]。

Ⅳ IFRSの質的特性（有用な財務情報の質的特性）
1 基本的な質的特性

有用な財務情報が満たすべき基本的な質的特性は，「目的適合性」および「忠実な表現」である（FW [2010], QC5)[9]。

(1) 目的適合性

財務情報が有用であるためには，情報が目的適合的でなければならない。財務情報が目的適合的で，予測価値，確認価値またはそれらがともに満たされる場合には，利用者が行う意思決定に相違を生じさせることができる。具体的には，情報利用者が将来の結果を予測するために，ある財務情報をインプットとして使用できるのであれば，当該財務情報は予測価値を有することになる。また，過去の評価に関してフィードバックできる（つまり，過去の評価を確認できるか変更できる）場合，当該財務情報は確認価値を有することになる（FW [2010], QC4, 6-10)[10]。

(2) 忠実な表現

　財務情報が有用であるためには，情報が目的適合的であると同時に，表現しようとしている現象が忠実に表現されなければならない。完璧に忠実な表現であるためには，「完全な描写」「中立的な描写」および「誤謬がない」といった3つの特性を有していなければならない。完全な描写とは，情報利用者が描写対象を理解するのに必要なすべての記述や説明を含むことをいい，中立的な描写とは，財務情報の選択または表示に偏りがないことをいい，誤謬がないとは，その現象の記述に誤謬や脱漏がなく，報告された情報を作成するのに用いられたプロセスが誤謬なしに選択され適用されたことをいう（FW [2010], QC12-16）。

2　補強的な質的特性

　目的適合的で，忠実に表現されている財務情報の有用性を補強するための質的特性には，「比較可能性」「検証可能性」「適時性」，および「理解可能性」がある（FW [2010], QC19）。

(1) 比較可能性

　財務情報が有用であるためには，他の企業に関する類似の情報や，別の期間または別の日の同一企業に関する類似の情報と比較できるように，情報が提供されなければならない。情報が比較可能となるためには，同じものは同じように，異なるものは異なるように表現されなければならない（FW [2010], QC20-25）。

(2) 検証可能性

　財務情報が有用であるためには，完全な一致が必ずしも得られないにせよ，知識を有する独立した別々の観察者の間で，ある描写が忠実な表現の結果であるという合意に達し得るものでなければならない。説明や予測財務情報の中には，将来の期間に関するものが含まれており，検証可能でないものもある。利

用者の判断に役立てるために，通常は基礎となる仮定，情報の収集方法，およびその情報の根拠となる他の要因や状況を開示することが求められる（FW [2010], QC26-28）。

(3) 適時性
　財務情報が有用であるためは，意思決定者の決定に影響を与えることができるように，情報が適時に提供されなければならない（FW [2010], QC29）。

(4) 理解可能性
　財務情報が有用であるためには，適切に分類し，特徴づけし，明瞭かつ簡潔に表示することが求められ，情報が理解可能な形で提供されなければならない（FW [2010], QC30-32）。

3　有用な財務情報に対するコストの制約

　コストは，財務情報を提供する際の一般的な制約である。財務情報の報告にはコストがかかるため，それらのコストが当該情報を報告することによるベネフィットにより正当化されることが重要である（FW [2010], QC35-39）。

V　財務諸表の構成要素等
1　資産・負債・持分

　「資産」とは，過去の事象の結果として企業が支配し，かつ，将来の経済的便益が当該企業に流入すると期待される資源をいう。「負債」とは，過去の事象から発生した企業の現在の債務で，その決済により，経済的便益を有する資源が当該企業から流出することが予想されるものをいう。また，「持分」とは，企業のすべての負債を控除した後の資産に対する残余持分をいう（FW [2010], pars.4.4, 4.8-4.19）。

2 収益・費用

「収益」（広義には利得も含まれる）とは，当該会計期間中の資産の流入もしくは増価または負債の減少の形をとる経済的便益の増加であり，持分参加者からの出資に関連するもの以外の持分の増加を生じさせるものをいう。「費用」（広義には損失も含まれる）とは，当該会計期間中の資産の流出もしくは減価または負債の発生の形をとる経済的便益の減少であり，持分参加者への分配に関連するもの以外の持分の減少を生じさせるものをいう（FW [2010], pars.4.25, 4.29-4.35）。

3 補足：純損益・その他の包括利益・包括利益

「純損益」とは，収益から費用を控除した合計額（ただし，その他の包括利益の内訳項目は除く）をいう。「その他の包括利益」とは，純損益に認識されない収益および損益をいう。また，「包括利益」とは，所有者との取引による資本の変動以外の取引または事象による一定期間における資本の変動をいう（IAS 1, par.7）。

なお，表示原則に関するものであるが，純損益とその他の包括利益の表示には2つの方法がある。一つは，純損益とその他の包括利益を単一の包括利益計算書のなかで表示する方法（一計算書方式）である。他の一つは，純損益の内訳項目を表示する損益計算書と，純損益から出発し，その他の包括利益の内訳項目を表示する包括利益計算書とに分けて表示する方法（二計算書方式）である（IAS 1, par.81）。

4 資本維持修正

資産や負債の再評価または修正再表示によって，持分の増加または減少がもたらされることがある。これらは，収益または費用の定義を満たすかもしれないが，特定の資本維持の観点から損益計算書には計上されない項目であり，資本維持修正項目と呼ばれる。これらの項目は，資本維持修正額または再評価剰余金として持分に計上される（FW [2010], par.4.36）。

Ⅵ　認識・測定原則
1　認識原則（認識規準）
「認識」とは，財務諸表の構成要素の定義を満たし，かつ以下の認識規準を満たす項目を，財政状態計算書（貸借対照表）または包括利益計算書（損益計算書）に組み入れるプロセスをいう（FW [2010], pars.4.37-4.38）。
（a）将来の経済的便益の蓋然性：企業に経済的便益が流入する可能性が高いか，企業から経済的便益が流出する可能性が高いこと，かつ，
（b）測定の信頼性：当該項目が信頼性をもって測定できること。

2　測定原則（測定基準）
「測定」とは，財務諸表の構成要素が財政状態計算書（貸借対照表）および包括利益計算書（損益計算書）に認識され繰り越されるべき貨幣金額を決定するプロセスをいう。財務諸表には，次のような測定基準が組み合わされて使用されている（FW [2010], pars.4.54-4.55）。
（a）取得原価：資産であれば，資産を取得するために支払った現金または現金同等物の金額等。負債であれば，債務との交換によって受け取った金額または負債を決済するために支払うであろう現金・現金同等物の金額。
（b）現在原価：資産の場合，現時点で同一または同等の資産を取得するとすれば，支払わなければならないであろう現金または現金同等物の金額。負債の場合，現時点で債務を決済すれば，受け取れるであろう現金または現金同等物の金額。
（c）実現可能（決済）価額：資産であれば，正常な過程で資産を売却することによって得られるであろう現金または現金同等物の金額。負債であれば，正常な過程で債務を決済するとすれば，支払わなければならないであろう現金または現金同等物の金額。
（d）現在価値：資産であれば，正常な過程で得られるであろう将来の正味キャッシュ・インフローの割引価値。負債であれば，正常な過程で債務

を決済する際に必要とされる将来の正味キャッシュ・アウトフローの割引価値。

このような測定モデルは特定の測定基準（たとえば，取得原価または公正価値）だけを適用する「単一測定アプローチ」との対比で，「混合測定アプローチ」と呼ばれている。

3 公正価値のヒエラルキー

公正価値は，測定日において市場参加者間の秩序ある取引により，資産を売却することによって受け取るであろう，あるいは負債を移転するために支払うであろう価格をいう（IFRS 13, par.9）。

公正価値測定を適用する際のヒエラルキーは，次の3つのレベルからなる（IFRS 13, pars.76-90）。

（a）レベル1のインプット：同一資産・同一負債の活発な市場で観察される相場価格（調整なしの価格）。

（b）レベル2のインプット：直接的ないし間接的に観察可能なレベル1以外の相場価格。たとえば，類似資産・類似負債の活発な市場における相場価格，観察される利子率，信用リスク，ボラティリティ，デフォルト率などを考慮したインプット。

（c）レベル3のインプット：資産・負債に関する観察不能なインプットであり，市場参加者が当該資産・当該負債の価格を決定する際に用いるであろう諸仮定を報告エンティティ独自に仮定し反映させたもの。

4 測定基準の選択原則

(1) 資産負債観（貸借対照表観）

資産負債観のもとでは，企業の「富」を忠実に表現できるように，現在の価格または現在の価値が選択される。財務報告の目的に最もかなうのは，将来キャッシュ・フローの実現または犠牲に関する市場の期待が組み込まれた公正価値である。歴史的原価が用いられるのは，（見積もられた）公正価値が極度に

主観的でレリバントでない場合や，見積コストが極度に高い場合である（IASB [2010b], pars.10-12）。

(2) 収益費用観（損益計算書観）

収益費用観では，発生主義会計のもとでキャッシュ・フローの持続性に関する情報を提供できるような資産・負債の測定基準が選択される。財務報告の目的に最もかなうのは，歴史的原価である。公正価値が用いられるのは，資産・負債が歴史的原価を有さない場合や，それらが市場での売買を目的として保有される場合である（IASB [2010b], pars.13-15）。

(3) ホーリスティック観

ホーリスティック観では，財政状態計算書（貸借対照表）上で企業の資源および（純）請求権のストックを描写し，包括利益計算書（損益計算書）上でストックの価値変動額を伝達できるような資産・負債の測定基準が選択される。未実現の価値変動額は，現存する資産・負債の市況の変化の指標として重要である。同時に，発生主義会計に基づく過去のキャッシュ・フローおよび実現した価値の変化額は，経営者のリターン確定能力を測る上で重要である。したがって，ホーリスティック観では公正価値や歴史的原価などさまざまな測定基準を含む混合測定アプローチが選択される（IASB [2010b], pars.16-18）。

Ⅶ 財務諸表の表示原則
1 財務諸表の適正表示

財務諸表は，企業の財政状態，財務業績，およびキャッシュ・フローを適正に表示しなければならない。財務諸表は，「フレームワーク」に示されている資産，負債，収益および費用の定義と認識規準に従って，取引およびその他の事象や状況を適正に表示することが要求される。また，必要な追加開示により，財務諸表の適正表示が達成される（IAS 1, par.15）。

2　完全な一組の財務諸表

　完全な一組の財務諸表は次の計算書から構成される。企業は，完全な一組の財務諸表において各計算書を同等の明瞭性をもって表示しなければならない（IAS 1, pars.10-11）[11]。

（a）財政状態計算書（貸借対照表）
（b）包括利益計算書（損益計算書）
（c）持分変動計算書
（d）キャッシュ・フロー計算書
（e）重要な会計方針およびその他の説明情報を含む注記
（f）会計方針を遡及適用する場合や財務諸表項目を遡及して修正再表示する場合には，比較対象期間のうち，最も早い年度の期首時点の財政状態計算書

[注]

（1）公正価値測定について
　　今日，支配的な測定基準の一つと考えられるようになった公正価値は，測定日において市場参加者間の秩序ある取引により，資産を売却することによって受け取るであろう，あるいは負債を移転するために支払うであろう価格であると定義される（IFRS 13, par.9）。公正価値は資産の売却や負債の移転を前提としているが，それらは正常な市場，つまり継続的な企業活動を前提としたものであり，清算等を前提としたものではない。

（2）発生主義会計について
　　「企業会計原則」では，「すべての費用及び収益は，その支出及び収入に基づいて計上し，その発生した期間に正しく割り当てられるように処理されなければならない。」（第二損益計算書原則・一A）と述べられ，そこではもっぱら収益・費用の「発生」が想定されていた。しかし，IFRSでは，将来，「現金を受領する資源」および将来，「現金を支払う債務」の認識が強調されているため，収益・費用の「発生」だけでなく，資産・負債の「発生」も含意されている。むしろ，その力点は，資産・負債の「発生」に置かれるようになってきた。

第 2 章　提案：新・企業会計原則試案（IFRS 版）　71

（3）**日本基準の個別財務諸表について**

　　日本の個別財務諸表は，会社法上の分配可能額の計算や，法人税法上の課税所得の計算においても利用されており，我が国固有の商慣行や会計実務と密接な関わりをもつ。よって，IFRS を日本の個別財務諸表にも適用する場合には，日本固有の制度との調整が必要となる（企業会計審議会 [2009], 13 頁）。

（4）**実質優先主義について**

　　2010 年概念フレームワーク（FW [2010]）には，「実質優先主義」に関する直接的な記述はみられない。しかし，FW [2010] は実質優先主義を軽視しているわけではない。FW [2010] では，実質優先主義の意味内容が目的適合性と並ぶ基本的な特性である「忠実な表現」（取引や事象を忠実に表現しなければならないとする特性）に（当然のこととして）含められていると解される（FW [2010], QC12）。

（5）**ホーリスティック観について**

　　ホーリスティック観は構成要素が相互に密接につながっていて全体との関係でのみ説明可能であることを強調するものであり，全てが構成要素に還元できるという考え方と対極にある考え方である（佐藤 [2012], 1 頁）。具体的に，ホーリスティック観のもとでは，情報提供と受託責任の解明との両立，資産負債観（包括利益）と収益費用観（純利益）との調和（およびクリーン・サープラス関係の維持），公正価値や取得原価をはじめとする異なる測定基準の受容，ならびに貸借対照表と損益計算書に加えてキャッシュ・フロー計算書も含めた財務表間の連携が指向されている。

（6）**情報保存の原則について**

　　財務報告の目的は企業評価算定に役立つ情報を提供することであり，企業評価額そのものを報告するものではないことは，古くから主張されてきた。これは，「情報保存の原則」と呼ばれることがある。この原則によれば，企業評価額を報告することと，企業評価額を算定するための情報は明確に区別されなければならない（Nissim and Penman [2008], pp.32-35）。

（7）**価値の実現について**

　　資産の価値は，直接的または間接的に実現する。直接的な価値の実現とは，「ワンステップで価値のフローが創出されること」（IASB [2009b], ME30）をいい，そのような資産には金融商品，デリバティブ，現在の形態で販売される（つまり追加的な工程が必要とされない）貴金属などがある。また，間接的な価値の実現とは，「複数のステップを経て価値のフローが創出されること」（IASB [2009b], ME32）をいい，生産プロセスに関連する機械設備や原材料，販売・流通プロセスに関連する資産などがこれに該当する。一方，負債に対する価値の実現方法は常に直接的である。つまり，債務を履行するためには，資産の引き渡し，負債または持分商品の発行，サービスの提供などワンステップによる価値のアウトフローを必要とする（IASB [2009b], ME31）。

（8）経営者の責任について

　財務諸表の目的は，広範囲の利用者の経済的意思決定に有用な報告エンティティの財政状態，財務業績ならびにキャッシュ・フローについての情報を提供することである。同時に，経営者に委託された経済的資源に関する経営者の責任の履行状況を示すことである（IAS 1, par.9）。

（9）「信頼性」と「忠実な表現」との関係について

　1989年のフレームワーク（FW［1989］）では，主要な質的特性である「信頼性」の副次的特性として「忠実な表現」が位置づけられていたが，2010年の概念フレームワーク（FW［2010］）においては，「信頼性」に代わり「忠実な表現」が基本的な質的特性として位置づけられるようになった（FW［2010］, BC.3.24-3.25）。

（10）重要性について

　情報の脱漏または誤表示が，財務諸表を基礎とする利用者の経済的意思決定に影響を及ぼす場合には，情報に「重要性」が認められる。重要性の判断は，当該項目の金額や性質による（FW［2010］, QC11; IAS 1, par.7）。

（11）財務諸表の適正表示について

　財務諸表の適正表示のためには，とりわけ財政状態計算書（貸借対照表），包括利益計算書（損益計算書）およびキャッシュ・フロー計算書間の相互関係に配慮しなければならない。つまり，ホーリスティック観に基づいて，各構成要素が相互に密接に関係を保ち，全体として財務報告の目的を達成するものでなければならない。

参考文献

企業会計審議会［2009］「我が国における国際会計基準の取扱いに関する意見書（中間報告）」。

佐藤倫正［2012］「ホリスティック会計観の実名」『税務経理』第9158号，1頁。

Financial Accounting Standards Board：FASB［1976］, *Discussion Memorandum, An Analysis of Issues Related to Conceptual Framework for Financial Accounting and Reporting: Elements of Financial Statements and Their Measurement,* FASB.（津守常弘監訳［1997］『FASB財務会計の概念フレームワーク』中央経済社）

Financial Accounting Standards Board：FASB［2010］, *Exposure Draft, Conceptual Framework for Financial Reporting: The Reporting Entity,* FASB.

IFRS Foundation［2010］, *Constitution,* revised March 2010, IASB.

International Accounting Standards Board：IASB［2008］, *Discussion Paper, Preliminary Views on an Improved Conceptual Framework for Financial Reporting: The Reporting Entity,* IASB.

International Accounting Standards Board：IASB［2009a］, *International Accounting*

第 2 章　提案：新・企業会計原則試案（IFRS 版）　73

Standard (IAS) No.1: Presentation of Financial Statements, revised up to December 2009, IASB.
International Accounting Standards Board：IASB [2009b], *Staff Paper, Conceptual Framework for Financial Reporting, Chapter 5: Measurement in Financial Statements*, IASB.
International Accounting Standards Board：IASB [2009c], *International Accounting Standard (IAS) No.8: Accounting Policies, Changes in Accounting Estimates and Errors*, revised up to December 2009, IASB.
International Accounting Standards Board：IASB [2010a], *The Conceptual Framework for Financial Reporting 2010 (FW 2010)*, IASB.（IFRS 財団編・企業会計基準委員会・財務会計基準機構監訳 [2011]『2011 国際財務報告基準』中央経済社）
International Accounting Standards Board：IASB [2010b], *Staff Paper, Project: Conceptual Framework, Measurement Implications of the Objective of Financial Reporting, Measurement Implications of the Qualitative Characteristics, Topic: What the Measurement Chapter Should Accomplish*, IASB.
International Accounting Standards Board：IASB [2011], *International Financial Reporting Standard (IFRS) No.13: Fair Value Measurement*, IASB.
International Accounting Standards Committee：IASC [1989], *Framework for the Preparation and Presentation of Financial Statements (FW 1989)*, IASC.
Nissim, D. and Penman, S. [2008], *Principles for the Application of Fair Value Accounting*, White Paper No.2, Columbia Business School.（角ヶ谷典幸・赤城諭士訳 [2012]『公正価値会計のフレームワーク』中央経済社）

$$\left(\begin{array}{l}1,\ 2\ 第二節〜第五節：富田知嗣\\ 2\ 第二節〜第五節：板橋雄大\\ 2\ 第一節,\ 3：角ヶ谷典幸\\ 2\ 第一節,\ 3：潮﨑智美\end{array}\right)$$

第 3 章

事例：IASB および IAAER による IFRS 教材の分析

齊野純子・潮﨑智美

1 分析の意義

　IFRS をいかに教育するかを議論する際に，IASB がグローバルな会計基準の形成・執行のなかに IFRS 教育をどのように位置づけようとしているか，そこにおいてどのような IFRS 教育を行おうとしているかといった，グローバルな会計基準設定主体としての IASB 側の意図を検討する必要があるだろう。そこで，本章では，IFRS 財団ならびに IASB，そして IFRS 教育における重要なアクターのひとつである国際会計教育研究学会（The International Association for Accounting Education and Research : IAAER）が展開する IFRS 教育活動に焦点を当て，そこで考えられている IFRS 教育の意義，方針，内容，教材などの分析を通じてその特徴を明らかにするとともに，日本において IFRS 教育を行うに際しての示唆を導出したい。

　近年，IFRS 財団が主導する IFRS 教育活動が活発化している背景には，IFRS および中小企業版 IFRS[1] の適用に際して，多くの国々では，以前の会計が税務の原則や政府による中央経済計画の原則に支配されているため原則に基づく基準の適用が困難であることが明らかになったこと，そして多くの場合 IFRS が概念フレームワークに言及することなく教えられる結果，IFRS を首尾一貫して厳格に適用するのに不可欠な解釈や判断を行う技能と知識が欠如

し，IFRS 財団の目的達成の障害となっていることといった現状認識がある (IFRSF [2011])。

これに基づいて，2007 年，IFRS 財団の評議員会 (Trustee) の目的のひとつに「IFRS 財団の目的に整合する教育プログラムと教材を開発し，その内容を検証する」ことが挿入され[2]，IFRS 財団の教育諮問グループ (Education Advisory Group：EAG)[3]，評議員会の教育・コンテンツ・サービス委員会 (Education and Content Services Committee：TECSC)，IASB の教育委員会 (Education Committee：BEC) が組織された。さらに，これらの組織のもとで実際に IFRS 普及のための教育活動を行う IFRS 教育イニシアチブ (IFRS Education Initiative) も立ち上げられている。

IFRS 教育イニシアチブは，(1) IFRS 財団の IFRS のアドプションと継続的な適用を促進するという目的を強化すること，(2) 教育イニシアチブの活動に資金提供するための財源を確保すること，(3) (i) 中小企業，(ii) 新興国に特有のニーズを適切に考慮し，1 および 2 に関連する目的を満たすことを目的として活動を行っている (IFRSF [2011], IFRS [2012])。これらの目的を果たすため，IFRS 教育イニシアチブは，5 カ年の中期計画のもとに，2007 年～2011 年には，中小企業版 IFRS のトレーニング・モジュール（教育の手引き）の開発[4]や関係団体と共催の「教育者のための教育」ワークショップ[5]などを行ってきたが，さらに 2012 年～2016 年には，(1) IFRS および中小企業版 IFRS の「原則に基づく基準のフレームワークに基づく教育 (Framework-based teaching of principle based accounting)」の支援・推進，(2) IFRS のアドプションおよびその首尾一貫した厳格な適用の支援，(3) 中小企業版 IFRS のアドプションおよびその首尾一貫した厳格な適用の支援という 3 つのプロジェクトを進めている (IFRSF [2011])。また，その活動は現在，ディレクター 1 名 (Michael Wells)，エグゼクティブ・アシスタント 1 名 (Gloria Lindfield)，学術研究員 3 名 (Guillermo Braunbeck, Andrew Hyland, Ann Tarca)[6]の計 5 名の自己負担により運営されている (IFRS [2012])。

このメンバー構成からも明らかであるように，IFRS 財団や IASB の展開す

るIFRS教育活動においては学識者が重要な役割を果たしているが，学識者の国際組織としてこれらの組織にコミットしている重要なアクターがIAAERである。IAAERは，世界規模での会計教育と会計研究の卓越性を促し，会計実務に関する高品質でグローバルに認められた基準の開発と保持に対する会計学者の貢献を最大化することを目的として活動する学術組織である（IAAER [2012]）。その目的のもとに，IFRS財団のEAGやIASBのIFRS諮問会議といった国際組織への出席を通じて，高品質でグローバルな基準の開発に積極的に参加し，国際会計・監査基準の開発と承認のプロセスに客観的で研究をベースとした学識者の意見を発信している（IAAER [2012]）。

以上のようなグローバルなIFRS教育の現状を踏まえて，以下では，2011年11月にヴェネチアにて開催されたIFRS財団およびIAAER共催のIFRSカンファレンスにおけるIFRS教育イニシアチブのメンバーによる報告資料（Wells and Tarca [2011]）およびIAAERの学会誌である *Accounting and Accounting Education: An International Journal* の「IFRS教育」特集号に掲載された論文（Jermakowicz and Hayes [2011a] [2011b] [2011c]）をとりあげ，それらがどのようなIFRS教育を行おうとしているか，またそれにどのような効果があるか，どのような課題が残されているかを明らかにする。

2 フレームワークに基づくIFRS教育

(1) 原則に基づく基準

IAAERは，その公表資料等において一貫して「フレームワークに基づく教育」(framework-based education) を提唱している。これは，2010年1月にIFRS財団がその定款に「原則に基づく基準」(principles-based standards) の開発を明示したことを受けている[7]。「フレームワークに基づく教育」を示すには，まず「原則に基づく基準」を明らかにせねばならない。しかし，原則に基づく基準は，それをめぐる議論において，数値基準等を廃した最小限の原理原則に基づく会計基準であるとされてきたものの，これまでに明確な定義は示されてい

ない。IFRS財団は，上記の定款においてのみならず，これまでに「原則に基づく基準」の定義を示していない。

そこで，本節では，主要な先行議論およびIAAERによる公表資料に基づいて，「原則に基づく基準」とは如何なる基準であるかを整理しておきたい。先行議論として，原則に基づく基準の概念構成を明らかにしたSEC［2003］およびTweedie［2007］をとりあげる[8]。SEC［2003］は，FASB［2002］による報告を受けて公表されており，原則に基づく基準に対するアメリカの見解を示した報告書としてみなしうるであろう。一方，Tweedie［2007］は，前IASB議長であるSir David Tweedieの見解を示したものであり，IASBによる公的な見解ではない。しかし，当該文献の検討を通じて，IASBの姿勢を洞察することが可能である。

SEC［2003］は，原則に基づく会計基準設定の最適なそれを「目的指向型基準設定」(objectives-oriented standard setting) と規定している (SEC［2003］, C)。ここにいう最適とは，基準の適用範囲の最適なポイントを意味する。適用範囲とは，基準設定の過程でグルーピングされた経済的取引や事象に対して適用されるに充分な範囲であるが，多くの例外規定を必要とする程ではない適用範囲をいい，このなかにあるポイントが最適範囲である (SEC［2003］, ⅢC)。目的指向型基準において，適用範囲は例外適用を含むように広がり過ぎず，かつ狭くなり過ぎないことが必要であるとされる (SEC［2003］, ⅢC)。すなわち，SEC［2003］では，原則に基づく基準と規則に基づく基準との違いが例外規定等の程度にあるとしており，両基準を1つの会計基準において連続した関係としてとらえている。

これに対して，Tweedie［2007］によれば，原則に基づく基準において例外規定等は不要とされる (Tweedie［2007］, p.7)。原則に基づく基準では，「コア原則」(core principles) が明瞭に示され，必要であれば基本原則から派生する「準原則」(sub-principles) が規定されることはあっても (Tweedie［2007］, p.7)，基準の詳細化の要因となる要素は含まれない。すなわち，原則に基づく基準を規則に基づく基準と明確に区別しており，SEC［2003］のように両基準を1つの基

準における連続した関係としてとらえていない。

　また，SEC [2003] と Tweedie [2007] は，原則に基づく基準と概念フレームワークとの関係に触れている。Tweedie [2007] では，原則に基づく基準と概念フレームワークが密接な関係にあり，原則が概念フレームワークと如何に整合しているかについて，会計基準に付される「結論の根拠」(basis for conclusion) において詳細に示さねばならないとしている (Tweedie [2007], p.7)。これに対して SEC [2003] は，目的指向型基準設定が概念フレームワークに結び付いていることを明記しているわけではない。しかし，SFAC 第2号における主要な情報特質（目的適合性，信頼性）および副次的特質（比較可能性）が経済的実質の写像において重視される (SEC [2003], Ⅲ A) とし，さらに資産負債観が「経済的実質を概念的に最も強力に写像することによって，会計基準設定過程における最適なアンカーとなる」(SEC [2003], Ⅲ B) としている点から，目的指向型基準設定が概念フレームワークと関連していることが明らかである。

　以上を要するに，「原則に基づく基準」とは何かを明らかにするには，①原則と規則（原則に基づく基準と規則に基づく基準）との関係，および②概念フレームワークとの関係に留意する必要がある。

　では，IAAER において「原則に基づく基準」はどのように規定されているか。Barth [2011] では，原則に基づく基準として「理念的構造」，「一部の IFRS の構造」，および「その他の IFRS の構造」の3つをあげている[9]。「理念的構造」は，概念を中核とし，これを共通の基盤とする4つの原則すなわち「認識」「測定」「認識中止」，ならびに「表示および開示」とこれらの原則を説明する指針によって構成される。ついで，「一部の IFRS の構造」では，概念から導かれた「原則」が中心にあり，これに「例外」「解釈」および「原則を実行する指針の適用」が加わることによって「規則」が構成される。さらに，「その他の IFRS の構造」は，概念に基づいていない原則を中心として，これに「例外」「解釈」および「原則を実行する指針の適用」が加わることによって「規則」が形成される。ここにいう概念とは，「同意された概念」(agreed concepts) として IFRS に基づく財務報告の基礎を成す概念であり，IASB によ

る概念フレームワークに規定されている諸概念をさしている。

すなわち，Barth［2011］では，原則に基づく基準の「理念的構造」を基軸にして現実に見受けられるIFRSの構造を「一部のIFRSの構造」および「その他のIFRSの構造」として説明していると考えられる。これらの構造をみるかぎり，現行の原則に基づく基準では規則が排除されず，原則と規則は後者が前者を補完する関係にあり，それによって1つの基準を構成している。そのうえで，原則を導く基礎となった概念をIASBによる概念フレームワーク上のそれに限定せず，原則を中心とする構図をもつ基準を「原則に基づく基準」としており，「原則に基づく基準」を広義にとらえていると考えられる。

これは，「フレームワークに基づく教育」をどのように定義するかにあたって，定義の拠り所を提供しうるであろう。たとえば，Wells［2011］では，IFRSの要求事項が概念フレームワークに規定された概念と首尾一貫している場合の基準を原則に基づく基準として規定し，そのうえでフレームワークに基づく教育について論じている（Wells［2011］, p.304）。当該議論は，「その他のIFRSの構造」のように概念に依拠していない原則に基づいた基準があることを踏まえたうえで行われている。

(2) フレームワークに基づく教育

それでは，原則に基づく基準あるいはIFRSの「フレームワークに基づく教育」とは具体的にどのようなものであろうか。

Barth and Wells［2011］によれば，フレームワークに基づく教育とは，概念フレームワークに規定された「合意された概念」と教えられるべき特定のIFRSの要求事項とを結びつけて行う教育であるという[10]。また，フレームワークに基づく教育では，財務報告の目的およびその目的から導き出されるその他の主要な概念と，企業の経済的資源，請求権，資源および請求権の変動，その他の取引や事象とが関連付けられて教育される（Wells［2011］, p.307; Wells and Tarca［2011］, p.2）。

また，概念の教育は，どの概念が頑健であるか（または頑健でないか）を識別

すること，関連する要求事項を概念フレームワークの頑健な概念に遡って結びつけること，要求事項が概念フレームワークと不整合である場合の理由を説明すること，概念フレームワークと定款は同じであるといった俗説（myth）を見極めること，討論やケース・スタディを用いてテストをすることによって行われる（Barth and Wells [2010]）。また，IFRSの教育には，IFRSの理解や判断を行使するための学習（概念フレームワークの理解とケースを用いた教育などによる実践）が必要であり，IASBによる理由づけや採用されなかった代替的方法とその理由が記述してある「結論の根拠（Basis for Conclusion）」が役に立つという（Barth and Wells [2011]）。

ただし，ここにおいては，フレームワークに基づく教育の前提として，(1) フレームワークの意味を教えること，(2) 現在の規制内容を教えること，(3) どのようにして判断を行使するかを教えること，(4) 基礎的な経済概念を教えること，(5) 学生にグローバル化した世界に入る準備をさせること，(6) グローバルな視野を採用することがIFRS教育の基本要素として想定されていることに注意が必要であろう[11]。

また，概念フレームワークは，一般目的財務報告の目的から論理的に導かれているので，その目的を十分に理解することは，フレーワークに基づく教育の基礎となる（Wells [2011], p. 307）。このような目的演繹的なフレームワーク教育のもとで，判断を教育するに際してさらに「概念」から「原則／規則」を経て「判断」へという3段階アプローチが示されていることは注目に値する。具体的に，第1段階においては「基礎概念（underling concept）」が概念フレームワークに包含されているかどうか（整合的であるかどうか），第2段階においてはIFRSが基礎概念に適用可能な明確な「規則（rule）」を規定しているかどうか（ただし，特定の基準に概念フレームワークと不整合な規定が含まれる場合もある），第3段階においては「判断」がどのような場合に要求されるか，「判断」がどのように行われるべきかが識別される（Hodgdon *et al.* [2011], pp.415-419）。これは，Barth and Wells [2011] や Wells [2011] においては，財務報告の「目的」のもとで「概念 → 原則 → 規則」の3段階を経て「判断」に至ると示されてお

り,関係者間で使用法は統一されていないが,それを総合すればフレームワークに基づく教育では「目的 → 概念 → 原則 → 規則 → 判断」といった5つの階層が想定されていると解釈できよう。具体的に,IFRS財団の教材においては,財務報告の目的のもとで判断に至るまでの概念,原則,規則についての事例が示されており,図表3－1にはそれが要約されている。

さらに,以上検討してきたようなフレームワークに基づく教育は,すべてのコース・レベルで用いることができ,取り扱うべきIFRSの要求事項は,コースの目的とレベルによって異なる(Wells [2011])。Wells and Tarca [2011] では,勅許会計士(Chartered Accountants：CA)あるいは公認会計士(Certified Public Accountant：CPA)希望の学生に向けた3つのステージ(ステージ1：財務報告入門コース,ステージ2：CA/CPA中級コース,ステージ3：CA/CPA上級コース)の

図表3－1 フレームワークに基づく教育の具体例

	事例1　IAS第8号 会計方針,会計上の見積りの変更および誤謬	事例2　IAS第17号 リース	事例3　IFRS第3号 企業結合
概　念	忠実な表現 比較可能性	忠実な表現	忠実な表現 構成要素の定義
原　則	過年度の誤謬：遡及的修正再表示 方針の変更：遡及適用 見積もりの変更：将来に向かっての適用	広範に記述されたリースの分類の要件 実質的な購入(ファイナンス・リース) その他のリース＝未履行契約(オペレーティング・リース) 本要求事項は原則に基づいているか？	事業の取得企業(範囲) 取得した資産および引き受けた負債の認識(認識原則) 取得日の公正価値(測定原則) 利用者が企業結合の性質および財務上の影響を評価できるようにする情報の開示(開示原則)
規　則	実務上不可能な場合の例外 特定事項の開示	ガイダンス(例：変動リース料) 特定事項の開示	認識原則の例外 測定原則の例外 特定事項の開示

出典：Barth and Wells [2011] および Hodgdon *et al.* [2011] に基づき筆者作成。

それぞれにおいて用いられる教材が具体的に示されている（図表3－2）。

これらのステージを踏まえたうえで，次節以降では，具体的な教材例をとりあげる。

図表3－2　IFRSの教育段階

	ステージ1 入門コース	ステージ2 中級コース	ステージ3 上級コース
参考資料：基準およびその他の公表物	・概念フレームワークの抜粋 ・基礎的なIFRS原則の抜粋	・概念フレームワーク ・IFRS原則といくつかのIFRSの規則 ・その要求事項に関連して教えられるべき結論の根拠	・概念フレームワーク ・IFRSの原則と規則 ・IFRSの結論の根拠 ・（必要であれば）現地基準の要求事項 ・IASB討議資料および公開草案の主要な原則
講義資料（案）	・上記参考資料 ・ノート ・個人指導	・*A Guide through IFRSs*に書かれた上記参考資料（講義中および持ち込み可の試験で使用） ・IFRS財団の中小企業用トレーニング・モジュール ・IFRS準拠財務諸表 ・関連する規制当局の決定（例：ESMAの決定） ・ノート ・個人指導	・*A Guide through IFRSs*に書かれた上記参考資料（講義中および持ち込み可の試験で使用） ・IASBの討議資料および公開草案 ・IFRS準拠財務諸表 ・関連する規制当局の決定（例：ESMAの決定） ・関連記事 ・ケース・スタディ
IFRSの判断と見積り	IFRSの判断と見積りへの認識をもたせる アイデア： －ビデオ／ウェブ －討論 －個人指導（入門）	いくつかのIFRSの判断と見積りへの理解を深める アイデア： －ビデオ／ウェブ －討論 －個人指導（上級） －グループ間競争 －公表財務諸表からの抜粋 －規制当局による決定 －記事	IFRSの判断と見積りを行う能力を高める アイデア： －ビデオ／ウェブ －討論 －ケース・スタディ －グループ間競争 －公表財務諸表からの抜粋 －規制当局による決定 －記事
IFRSトピックを含めるか	必要であれば少し	適度に	十分に
その他の会計関連科目（例：監査，ファイナンス，税）を含めるか	必要であれば少し	適度に	十分に

ESMA（European Securities and Market Authority）：欧州証券市場監督庁。
出典：Wells and Tarca [2011]，pp.4-5に加筆修正し，図表タイトルを追加した。

3 IFRS 教材の分析（1）
　　―有形固定資産の会計基準に関する演習―

（1）はじめに

　上述したフレームワークに基づく教育を如何に実践するか。この点を明らかにすべく，本節では，有形固定資産（property, plant and equipment）の会計をテーマとする教育事例をとりあげる。IAS 第 16 号では，IFRS が原則に基づいているが故に，有形固定資産の測定にともなう見積りや判断について具体的な規定や業種別の特殊な指針を提供していない。その一方で，有形固定資産会計は，国によって税務や中央政府の影響を受けており，見積りや判断に関する具体的な規定が IFRS とは別に開発されてきた。こうした状況にある会計基準は，判断の育成を目的とするそれの事例として適当であるとされる（Wells and Tarca [2011]，pp.1-2）。

　以下では，Wells and Tarca [2011] によって詳細に例示されている教材をとりあげるが，なかでもステージ 2 のディスカッションで用いられる演習問題に焦点を当てることにする。図表 3 - 3 から明らかなように，講義資料は，演習問題および宿題を除き，IFRS をはじめとする IASB の公表文書やその関連資料である。これは，IFRS を理解するにあたって，どのような演習問題を設定し，それをどのように活用するかが重要であることを示唆しているといえる。

図表3－3　各ステージにおける教材（有形固定資産会計）

	ステージ1	ステージ2	ステージ3
参考資料	・概念フレームワーク（一部抜粋。認識および測定に関する規定を除く） ・中小企業版IFRS（IFRS for SME）のセクション17 またはIAS第16号（基本的な原則のみ）	・概念フレームワーク（全文） ・IAS第16号，23号 ・IFRS第5号，13号 ・IFRIC第1号，18号 ・中小企業版IFRSセクション17	・ステージ2に同じ。 ・自国のGAAP（設定されていれば） ・IASBの討議資料および公開草案（基本的な原則のみ）
講義資料	・学生のための覚書（講義に最低限必要な基準の概要など） ・ビデオ／ウェブ ・宿題（基礎レベル）	・IFRSに関する指針（IFRS全文書，広範なクロスレファレンスを含む） ・中小企業版IFRS（結論の根拠を含む） ・IFRSに準拠して作成された財務諸表 ・IFRS解釈委員会による見解 ・IASBによる見解 ・関連する報道記事 ・学生のための覚書（講義に最低限必要な基準の概要など） ・演習問題 ・宿題（中級レベル）	・IFRSに準拠して作成された財務諸表 ・規制当局による決定 ・関連する報道記事 ・IASBの討議資料および公開草案（基本的な原則以外の部分） ・関連するアジェンダペーパー ・ケース・スタディ ・宿題（上級レベル）

出典：Wells and Tarca ［2011］, pp.4-5, 21-22. なお，Wells and Tarca ［2011］, pp.4-5では教材の一覧表が掲載されているが，Wells and Tarca ［2011］本文にて示されている内容と一致していない部分がある。当該部分については，Wells and Tarca ［2011］本文に基づいて加筆および改訂を行った。なお，ステージ3の教材は，Wells and Tarca ［2011］本文には記されていないので，Wells and Tarca ［2011］, pp.4-5を参考にした。

(2) 演習問題とその実施

　筆者（齊野）は，会計大学院の担当講義において，Wells and Tarca [2011] による演習問題を試験的に用いてディスカッションを実施した。実際に学生がどのような議論を行うのかを観察し，分析することによって，IFRS 教材の効果および課題を明らかにするためである。試験的講義は，つぎの要領で行った。

　　担当科目：国際会計基準Ⅰ（概念フレームワーク），1 コマ 90 分，受講者 12 名。
　　実 施 日：2012 年 7 月 7 日，12 日，および 19 日の計 3 回。
　　資　　料：IFRS の概念フレームワーク（FASB/IASB [2010] および IASB [1989] の訳全文），IAS 第 16 号（邦訳全文），関連する講義資料（担当教員が作成して過去に配布したもの）

　試験的講義の目的は，これまで講義してきた概念フレームワークを用いて有形固定資産会計（IAS 第 16 号）の要求事項を学ぶことにある。しかし，本講義では，それによって IFRS の基礎にある考え方を理解することを意識した。これは，筆者が国際会計の関連講義を通じて日頃より強調している点である。演習問題を可能な限り取り入れ，ディスカッションの時間をより多く設けることにしたため，3 回の講義を敢えて同一テーマで行った。試験的講義では，IAS 第 16 号を下記の主要な論点ごとに説明し，論点のうちの識別（定義），認識，および測定に関する基準を解説する際に Wells and Tarca [2011] の演習問題を用いた。

　　　有形固定資産の論点
　　　　・有形固定資産の識別（定義）
　　　　・会計単位
　　　　・認　　識
　　　　・測　　定（当初認識時の測定および再評価）
　　　　・認識中止
　　　　・表示および開示

以下では，講義において実際に用いた演習問題を示し，その際の学生の議論を要約する。演習問題は Wells and Tarca [2011] から引用したが，なかには筆者が一部改作したものがある。

演習問題 1 —有形固定資産の識別—[12]
　つぎの設例における問いに答えなさい。

　設例 1 —製造—
　　ある企業では，土を焼き固めることによって煉瓦を製造する窯を購入した。この窯は，煉瓦製造業者によって廃棄されるまで約 10 年間有効に使用されると見積もられている。
　　問 1：窯は，資産か。その根拠はどのように説明されるか。
　　問 2：窯は，有形固定資産の項目であるか。
　設例 2 —小売—
　　上記の煉瓦製造業者は，製造した煉瓦を陳列するため，利便性の高い場所にショールームを購入した。約 50 年にわたって，このショールームを通じて煉瓦を売買することが期待されている。
　　問 1：ショールームは，資産か。その根拠はどのように説明されるか。
　　問 2：ショールームは，有形固定資産の項目であるか。
　設例 3 —管理目的の建物—
　　煉瓦製造業者は，自社の事業活動を管理する建物を購入した。この建物には経理機能が置かれており，そのための人材が揃えられている。この建物は，約 50 年間にわたって使用されると見積もられている。
　　問 1：建物は，資産か。その根拠はどのように説明されるか。
　　問 2：建物は，有形固定資産の項目であるか。

演習問題 1 において，学生はつぎのような説明を行った。まず，窯（設例1），ショールーム（設例2），および建物（設例3）が事業活動において利用されることによってキャッシュ・フローを生み出すことを説明し，当該キャッシュ・フローが資産の本質である経済的便益概念と一致することを示した。ついで，IAS 第 16 号に基づいて，それぞれが有形固定資産の定義に一致することを明らかにした。

> **演習問題2 — discussion question —**[13]
> 4つのシナリオに基づいて，つぎの（a）および（b）の問題を議論しなさい。
> 　問題（a）：企業実体の有形固定資産に関するどのような情報が，自分にとって有用であるか。
> 　問題（b）：何故，その情報が有用であると考えるのか。
>
> シナリオ1：あなたは，ある機械製造業の会社の株式を購入するかどうか判断しようとしているところである。
> シナリオ2：あなたは，コンピュータプログラムを開発する事業のために再び融資を受けるかどうか判断しようとしている。当該事業における唯一の有形固定資産は，会社が所有し，その事業活動を行うための建物である。
> シナリオ3：あなたは，自社で製造する封筒を郵便局に信用取引で供給するかどうか判断しようとしている。当該事業における唯一の有形固定資産は，会社が所有し，その事業活動を行うための建物である。
> シナリオ4：あなたは，10年以上保有してきた畜産業会社の株式を売却するかどうか判断しようとしている。当該事業における唯一の有形固定資産は農地であり，それは20年以上前に購入されたものである。その土地は現在，急速な開発によって建築された金融センターに囲まれている。

学生の議論を要約すれば，つぎのとおりである。

シナリオ1：投資対象となり得る会社の事業活動の成果を評価する場合，わが国の資産評価の考え方に基づく限り，当該会社の有形固定資産を原価で測定した情報が投資者にとって有用であると考えられる。しかし，これをIASBの概念フレームワークで説明することは難しい。投資者が企業価値を評価するために会計情報を利用するならば，有形固定資産を公正価値で評価し，さらに他の資産も公正価値で評価した情報が有用ではないか。

シナリオ2：融資を受ける立場としては，再融資の交渉や契約等を有利に進めるべく，自社が保有する有形固定資産（建物）にどれほどの担保力があるかを把握しておく必要がある。それゆえ，建物を公正価値で評価した情報が有用である。

シナリオ3：取引先との間で信用取引を開始し，その継続を可能にするには，自社の事業活動が安定した成果をあげていることを示す必要がある。この

ために有形固定資産を公正価値で評価する必要はなく，それゆえに有形固定資産は原価で測定される。ただし，これは，原価による情報が有用であることを積極的に示した説明ではない。

シナリオ4：自身が保有する株式が値上がりするか否かを評価できる情報が有用な情報となる。株式を発行した畜産業者の農地の価格は，農地を取り巻く環境の変化にともなって，現在と20年前とでは大きく異なっているはずである。畜産業者の現時点での企業価値を評価するために，農地を公正価値で評価した情報が有用である。

演習問題3─有形固定資産の認識─[14]
つぎの設例における問いに答えなさい。

設例1
　重役専用航空サービスの提供を事業とする企業では，事業目的で保有する航空機は航空業の管轄当局による大規模な検査を定期的に受けなければならない。当社では，当該検査が当期に実施された。
　問1：検査費用はどのように認識されるか。当期の費用か，または有形固定資産の一部であるか。
　問2：上の解答の理由を説明せよ。

設例2－1
　農薬の製造業者は，農薬を製造設備の保護材（protective lining）の腐食を一定間隔で検査することが法によって要求されている。製造設備に問題があるとされた場合，製造業者は当該設備をただちに取り替えねばならない。過去のデータに基づく限り，取替えは平均して4年毎に行われる。保護材以外の部分の見積り耐用年数は20年である。
　問1：保護材の取替費用はどのように認識されるか。当期の費用か，または有形固定資産の一部であるか。
　問2：上の解答の理由を説明せよ。

設例2－2
　上記の農薬製造業者は，自国の環境保全基準を遵守すべく，農薬の製造過程で使用する化学処理装置を購入した。
　問3：化学処理装置の購入費用はどのように認識されるか。当期の費用か，または有形固定資産の一部であるか。
　問4：上の解答の理由を説明せよ。

第3章　事例：IASBおよびIAAERによるIFRS教材の分析　89

> 設例3
> 　当社では，機械装置を効率的に稼動させるために，ひと月ごとに，すべての機械装置の稼動部分に摩擦を軽減する潤滑剤をさしており，この作業を担当者に実施させている。担当者は，すべての留めねじとボルトを強く締め直し，擦り切れたボルトの座金とその他の小さな部品を取り替え，塗替えによる工場の修復を行う。
> 　問1：これらの作業を行う担当者の賃金，および作業によって生じる諸費用はどのように認識されるか。
> 　問2：上の解答の理由を説明せよ。

　演習問題3では，認識規準を適用した場合の論点（当該項目に対する支出を，当期の費用または有形固定資産（の一部）のいずれとして認識するか）が問題として設定されている。これらの解答はIAS第16号第11項から第14項に該当するが，敢えてディスカッションのための問題として設定されているのは，解答がIAS第16号の規定と一致しているか否かという結果ではなく，学生による議論がどのようなプロセスを経てIFRS規定に辿り着くかが重視されているためであろう。

　ディスカッションでは，問題となっている項目が独立してキャッシュ・フローを生み出せるか否かが焦点となった。学生の議論を要約すれば，つぎのとおりである。

　設例1：キャッシュ・フローを生み出すのは航空機であって，検査費用はそれ自体が独立してキャッシュ・フローを生むものではない。検査費用のみをとりあげれば，それが資産であると主張することは難しいかもしれない。検査は航空機の安全性のために行うのであって，検査によって航空機の耐用年数を延長することができるわけではない。

　しかし，検査を受けなければ航空機を使用することができず，当該検査は強制的に行われる。それゆえ，検査費用を飛行機に関連付けて考察する必要がある。検査を受けることによって航空機の安全性が乗客に対して保障されるため，その航空機によってもたらされるキャッシュ・フローは検査を受けない（と仮定した）場合に比べて大きくなるであろう。それゆえ，検査費用は，航空

機とともに有形固定資産の一部をなす。

設例2－1：農薬の製造設備の耐用年数は，保護材と別に見積もられており，保護材の取替えによって農薬製造設備の耐用年数が延長されるわけではない。また，保護材自体が独立して企業に将来キャッシュ・フローをもたらすわけではない。そうであれば，保護材の取替えに要した額は，当期の費用として認識される。

農薬の製造設備を取替資産として考えれば，保護材の取替えに要した額は当期の費用として認識される。しかし，取替資産は，同種の資産が多量に集まって全体を構成し，毎期使用に耐えなくなった部分がほぼ同数量ずつ取り替えられることによって全体が維持される有形固定資産をいう。農薬の製造設備が取替資産といえるかどうか。また，製造設備を取替資産とみなす場合，当該設備に減価償却は行われず，その帳簿価額は当初の取得原価のまま維持されることになる。これは，棚卸資産会計の後入先出法と同様の手続きであるが，IAS第2号では後入先出法を認めていない。後入先出法に対するIASBの考え方について検討する必要はないのか。

企業が保護材の点検や取替えを怠ることによって農薬の製造設備に問題が生じた場合，それを取り替えなければならない以上，保護材を製造設備に関連付けて考察せねばならないのではないか。そうであれば，保護材は，間接的にキャッシュ・フローを企業にもたらしており，それゆえに有形固定資産の一部として認識される。

設例2－2：化学処理装置は，それ自体が独立して将来キャッシュ・フローを生み出すわけではない。しかし，化学処理装置を購入せずに環境安全基準に違反した状態では農薬の製造および販売を行うことはできない。それゆえ，化学処理装置は有形固定資産の一部とみなされる。これに関連して，化学処理装置は，それに減損が生じている可能性がある場合（IAS第36号第12項），減損の対象となるのではないか。そうであれば，国際会計基準の場合，有形固定資産の収益性が著しく低下した場合に減損を行うのではなく，むしろ当該資産の期末時点における回収可能額が帳簿価額を下回った場合に減損を行う。

設例3：上記の作業を行う担当者の賃金は，労務費として販売費および一般管理費に計上される。また，部品の取替えや工場の塗替えは，有形固定資産の

演習問題4―有形固定資産の当初認識時の測定（取得原価の決定）―⁽¹⁵⁾
つぎの設例における問いに答えなさい。

設例1―借入費用―
　2007年，IASBはIAS第23号（借入費用）を改訂し，すべての借入費用をその発生年度に費用として認識するという選択肢を削除した。これに対して，2009年に中小企業版IFRSを開発するにあたり，IASBは，借入費用を資産の一部として資本化することを認めないことを決定した。SMEは，借入費用をそれが発生した年度に費用として認識することが要求される。IAS第23号では借入費用のみを取り扱っており，持分の実際原価（actual cost）や付加原価（imputed cost）は扱われていない。
　　問1：IAS第23号に従って，借入費用は有形固定資産の原価の一部としてどの程度まで資産化されるか。それは，現在および将来の投資者，債権者，およびその他の与信者にとって有用な情報を提供し得るか。
　　問2：中小企業版IFRSによれば，借入費用はその発生年度の費用としてどの程度まで認識されるか。それは，現在および将来の投資者，債権者，およびその他の与信者にとって有用な情報を提供し得るか。
　　問3：企業実体の経営者が，IAS第23号に従って借入費用を資産化する場合に行う可能性のある重要な見積もりや判断とは，どのようなものか。
設例2―資産除去債務―
　ある企業実体は原子力発電所を有しており，それに関連する除去債務を負っている。
　原子力発電所は20X0年1月1日に稼動を開始した。その耐用年数は40年である。原子力発電所の当初認識時の原価は，CU120,000であり，これには資産除去債務費用CU10,000が含まれる。この資産除去債務費用は，40年で支払可能な見積りキャッシュ・フローを危険調整割引率5%で割引いた場合，CU70,400として表示される。この企業の決算日は，12月31日である。
　20X9年12月31日，発電所の稼動から10年が経った。減価償却累計額はCU30,000（＝CU120,000×10/40）である。10年にわたる割引率（5%）の適用によって，資産除去債務はCU10,000からCU16,300に増加した。
　20X9年12月31日，割引率が変更された。しかし，当該企業は，技術的な優位の結果として，資産除去債務の正味現在価値はCU8,000まで減少すると見積もった。したがって，当該企業は資産除去債務をCU16,300からCU8,300まで調整したことになる。
　　問：20X9年12月31日における，上述した変化を反映する仕訳を示しなさい。

修繕および維持を目的としたものである。それゆえ，これらの費用は当期の費用として認識される。

演習問題4では，設例1の問1および問2について，学生はつぎのような議論を行った。

問1：IAS第23号に基づいて借入費用を有形固定資産の原価の一部として資本化した場合，その情報の有用性とは，当該有形固定資産が将来キャッシュ・フローの創出に貢献しているか（企業による有形固定資産への投資の成否の判断であり，企業のキャッシュ・フロー創出能力評価に関係する）が明らかにされる点にある。これは，とりわけ投資者にとっての有用な情報である。

問2：これに対して，中小企業版IFRSに基づく場合，企業は借入費用を当期の費用として認識する。これは，中小企業の債権者にとって有用な情報を提供する。借入費用を有形固定資産としてではなく当期の費用として認識する方が，融資先の企業に利息の支払能力があるか否かが適正に判断できると考えられるからである。

(3) 学生の反応から得られた示唆

試験的講義の目的は，①概念フレームワークを用いてIAS第16号の要求事項を学ぶこと，②それによってIFRSの基礎にある考え方を理解することの2点であった。結論からいえば，これらの目的は概ね達成されたと思われる。学生は主に，（ⅰ）投資意思決定有用性，（ⅱ）忠実な表現，および（ⅲ）経済的便益（将来キャッシュ・フロー）の3点に基づいて演習問題を考察し，IAS第16号を説明したことによって，①の目的を達成した。そのうえで，ディスカッションでは，有形固定資産を取得原価と公正価値のいずれで測定すれば投資意思決定にとって有用であるかが主要な論点となり，公正価値を重視するというIASBの姿勢が浮き彫りにされ，②の目的の達成につながった。

担当者による講義形式の講義と比べた場合，試験的講義では，学生の反応につぎのような特徴が見受けられた。

・学生全体が積極的に議論に参加していた。日頃から自分の意見を積極的に

発言する数名の学生が中心となったが，彼らに促されて他の学生も議論に参加していた。
- 1つの問題に対して多様な視点および考え方が示され，議論に刺激を与えた。学生のなかには，他の学生の意見を聞いた後に自分の意見を修正する者が少なくなかった。なお，担当教員は，試験的講義の間，「ディスカッションに解答はない」「IAS第16号の要求事項が唯一の解答ではない」ことを適時強調した。
- 議論にあたってIFRSの概念フレームワークに基づく一方で，日本基準を参考にしたり，日本基準とIFRSを比較する学生が少なくなかった。

こうした特徴から，演習問題を活用することによって，IAS第16号の要求事項が論理的に理解されるだけでなく，学生がこれまでに獲得した専門知識の深化につながりうることが明らかとなった。この点が，学生の反応から得られた重要な示唆である。

4　IFRS教材の分析（2）
　　―ドイツ銀行を題材としたケース・スタディ―

　本節で取り上げるケースは，IAAERの学会誌 *Accounting and Accounting Education: An International Journal* の2011年8月号「IFRS教育」特集に掲載されたドイツ銀行（Deutsche Bank）を題材としたケース・スタディである。このケースは，IASBやIFACなどの国際組織とは直接的には無関係な大学教員[16]が，IASB関係者による「原則に基づく基準のフレームワークに基づく教育」というウェブ講義（Barth and Wells [2010]）にモチベートされて作成したものであり，同一の著者による「ケース」「ティーチング・ノート」および「教育目的および適用ガイダンス」という3本の論文から構成されている（Jermakowicz and Hayes [2011a] [2011b] [2011c]）。以下，本章の目的に沿って，当該論文の分析アプローチを検討していく。

(1) 学習のねらい

Jermakowicz and Hayes は,ドイツ銀行の IFRS への移行のケースを通じて,IFRS 第 1 号「財務報告基準の初度適用」の諸原則が実務においていかに適用されるか,IFRS の諸原則を選択・適用するに際して専門的な判断がいかに決定的な要素となるかを検証している。ここにおいてドイツ銀行がケースの題材として選択されたのは,銀行が近年のグローバルな金融危機の中心に位置しているためであるという (Jermakowicz and Hayes [2011a], p. 373)。

ドイツ銀行のケース・スタディの学習のねらいは,以下のとおりである (Jermakowicz and Hayes [2011c], p. 402)。

1. IFRS 第 1 号の目的,基礎概念,コア原則[17],規則に対する学生の理解を高める。
2. IFRS の初度適用に際する会計方針上の選択ならびに IFRS のもとでの会計方針を選択・適用するに際しての判断を行使する必要性を議論することから,リサーチ・スキルおよびクリティカル・スキルを開発する。
3. IFRS と US GAAP 間の主要な相違が財務諸表に及ぼす影響を分析することから,問題解決スキルを高める。
4. グループ・ワークや会計原則の適用に関する他者への説明が求められるであろう将来のキャリアに備えて,口頭・記述によるコミュニケーション・スキルを開発する。

教材としては,IFRS 第 1 号（結論の根拠を含む）,ドイツ銀行の 2006 年および 2007 年の年次報告書,ドイツ銀行の IFRS 移行報告書（Transition Report）が挙げられている。

(2) 演習問題および解答の手引き

この学習のねらいのもとに,Jermakowicz and Hayes [2011a] で示された演習問題は,次のとおりである (pp. 381-382)。

> 演習問題1：IFRS 第 1 号「IFRS の初度適用」のコピーを入手しなさい。
> (1) IFRS 第 1 号の目的，概念フレームワークの概念（本基準の要求事項，コア原則，特別な規則の根底にあるもの）を述べなさい。
> (2) 初度適用企業は第 1 期の IFRS 準拠財務諸表において現在版の IFRS を適用しなければならないと IASB が規定する理由を説明しなさい。どのように方針選択がなされたか，初度適用が将来の業績に影響を与えうるか，議論しなさい。
> (3) (a) IFRS 第 1 号における過年度遡及修正のコア原則に対する強制的例外規定と (b) その他の IFRS の選択的免除規定を分析しなさい。
>
> 演習問題2：会計上の方針を選択する際の会計における専門的判断の性質について議論しなさい。
> 　ドイツ銀行は，施行日に先立って IFRS 第 8 号の適用を決定した。ドイツ銀行の決定を IFRS の選択的例外規定の点から分析しなさい。IFRS への移行に際する会計方針の選択において要求される判断について説明しなさい。
>
> 演習問題3：図表1～4のドイツ銀行の財政状態および財務業績における IFRS 準拠によるインパクトを分析しなさい[18]。
> 　図表1　2006 年 12 月 31 日時点での会計項目別の貸借対照表への影響
> 　図表2　2006 年 12 月 31 日時点の連結貸借対照表
> 　図表3　2006 年 12 月 31 日時点での会計項目別の損益計算書への影響
> 　図表4　IFRS と US GAAP 間の主な方針の相違
> 　透明性との関連において，US GAAP から IFRS への移行によって企業が影響を受けた重要な項目と金額，US GAAP と IFRS のもとで選択された項目の会計処理を説明しなさい。
>
> 演習問題4：金融危機に対応した新たな基準および提案されている基準の連結方針に関する概念，原則および基本的な要件を説明しなさい。
> (1) 企業が他の企業に及ぼす影響の程度の決定（支配概念，重要な影響など）
> (2) 金融商品の分類・測定

　この演習問題に対してはさらに，次のような解答の手引きが示されている (Jermakowicz and Hayes [2011b], pp. 388-396)。

　まず，演習問題1では，初度適用に関するどのような情報が財務報告の目的を最も満たしているかという問いのもとに，「概念 → 原則 → 規則」といった3段階アプローチを用いた解答の手引きが示されている。

図表 3 − 4　演習問題 1：解答の手引き

概　念	忠実な表現，比較可能性，コスト・ベネフィット
原　則	・企業は，IFRS 開始財政状態計算書において，また最初の IFRS 財務諸表で表示される前期間を通じて，同一の会計方針を用いなければならない[19]。 ・企業は，IFRS で要求されている企業の財政状態，財務業績，キャッシュ・フローを公正に表示する会計方針を選択し，適用しなければならない。 ・企業は，目的適合性，忠実な表現，比較可能性ならびに理解可能性を有する情報を提供する会計方針を選択し，適用しなければならない。 ・企業は，従前の会計原則から IFRS への移行が，報告された財政状態，財務業績及びキャッシュ・フローにどのように影響したかを説明しなければならない[20]。
規　則	・強制的例外規定：見積りの測定，ヘッジ会計，金融資産及び金融負債の認識の中止，非支配持分の報告と測定に関する遡及適用の禁止[21]。 ・選択的例外規定：(1) 企業結合，(2) 株式報酬取引，(3) 保険契約，(4) みなし原価，(5) リース，(6) 従業員給付，(7) 換算差額累計額，(8) 子会社，共同支配企業及び関連会社に対する投資，(9) 子会社，関連会社及びジョイント・ベンチャーの資産及び負債，(10) 複合金融商品，(11) すでに認識されている金融商品の指定，(12) 当初認識時における金融資産又は金融負債の公正価値測定，(13) 有形固定資産の原価に算入されている廃棄負債，(14) IFRIC 第 12 号「サービス委譲契約」に従って会計処理される金融資産又は無形資産，(15) 借入費用，(16) 顧客からの資産の移転，(17) 資本性金融商品による金融負債の消滅，(18) 激しい超インフレ[22] ・特定の開示

出典：Jermakowicz and Hayes［2011b］，pp. 388-390 に基づき，基準を補足して筆者作成。

　IFRS 第 1 号によれば，企業は最初の IFRS 報告期間の期末日現在で有効な各基準に準拠しなければならない。しかしながら，移行日には有効でなかった基準が，報告日に有効である場合もある。また，報告日に適用されていないが，早期適用が認められている場合がある。そこで演習問題 2 では，学生に，IFRS の初度適用に際するこのような会計基準および会計方針の選択について議論させる。また，本演習問題を通じて，概念フレームワークおよび会計情報の質的特徴としての比較可能性について触れることもできる。

第3章 事例：IASB および IAAER による IFRS 教材の分析 97

図表3－5　演習問題2：解答の手引き

【ドイツ銀行の初度適用に際する選択的例外規定】
・移行日以前の IFRS 第3号企業結合の遡及適用は行われていない。
・移行日の US GAAP のもとでの有形固定資産の全項目について，取得原価から減価償却累計額を控除した帳簿価額がみなし原価として選択された。
・全ての保険数理差損益が移行日の株主持分において認識された。
・為替取引の換算から生じる為替換算調整勘定は，移行日にゼロにリセットされた。
・従前に損益を通じて公正価値で認識されたり，売却可能証券として認識されたりした一定の金融資産および金融負債は，IAS 第39号「金融商品：認識及び測定」の規定に従って適切に分類された。
・2002年11月7日に有効となった IFRS 第2号「株式報酬」が採用された。
・IFRS 第4号「保険契約」の移行規定が採用された。
・2002年10月25日以降公正価値で記帳された金融商品に関する取引日の収益の繰延べが行われた。公正価値の金額は，IAS 第39号に従って観察不可能なパラメーターもしくは価額から導出された。
・IAS 第39号の認識の中止の要件は，2004年1月1日以後に生じた取引について遡及的に適用された。

出典：Jermakowicz and Hayes［2011b］，pp. 390-391 に基づき筆者作成。

　演習問題3では，US GAAP と IFRS のもとでの重要な会計方針の相違を理解するため，ドイツ銀行の財務諸表情報を分析する。ドイツ銀行の IFRS 移行時の損益計算書および株主持分変動計算書に影響を与えた主要な要因は，次のとおりである。

・US GAAP ではなく IFRS に準拠した場合の非連結会社
・一定の融資組成コストの認識のタイミング
・IFRS の公正価値オプションのもとで設計された金融商品の帳簿価額の変動
・様々な金融商品の分類と測定に関する相違
・一定の株式報酬費用および年金に関する退職後給付費用の認識のタイミングの相違
・それらの相違による税効果

　具体的に，ドイツ銀行の場合，2006年12月31日現在，IFRS への移行によ

り，US GAAP 準拠時よりも連結会社が 205 社増加し（うち 116 社が US GAAP の適格 SPEs に分類される），その結果として総資産が 445 億ユーロ，総負債が 444 億ユーロ増加したという。

　学生は，移行報告書のエクゼクティブ・サマリーを検討することから，ドイツ銀行の IFRS と US GAAP 準拠の財務諸表における IFRS 適用の影響を分析する。また，ドイツ銀行の 2006 年公表財務諸表より，IFRS 準拠による数値と US GAAP による数値を抽出し，(a) 総資産利益率，(b) 総資産税引前利益率，(c) 株主資本利益率，(d) 自己資本比率などの比率を算出する。

　演習問題 4 では，連結および金融商品に関する新基準や新基準案の基本的な概念や原則を分析し，(1) 連結，(2) 金融資産の分類と測定，(3) 償却原価と減損，(4) 金融資産と金融負債の相殺に関する会計方針の適用に際して，会計上の判断のもつ性質を議論する[23]。本演習問題では，それぞれのトピックが，「概念 → 原則 → 規則」といった 3 段階アプローチに従って行われた「判断」が説明されている（しかし，ここでは規則が具体的に示されていない）。それを要約すれば，図表 3-6 のとおりである。

第3章　事例：IASBおよびIAAERによるIFRS教材の分析　99

図表3－6　演習問題4：解答の手引き

(1) 連　結	
概　念	概念フレームワーク[24]における報告企業のエンティティ概念は，財務報告の目的と整合している。 報告企業は，財務情報が現存のおよび潜在的な持分投資者，融資者及びその他の債権者にとって有益である可能性のある，経済活動の制限された領域である。彼らは，企業への資源提供に関する意思決定を行う際や企業の経営者や取締役会が提供された資源の効率的かつ効果的な利用を行っているかどうかについて評価する際に必要とする情報を直接入手することはできない。 企業は，ベネフィットを生みだす（もしくは毀損を制限する）ために，他の企業の活動に対して直接的な力をもつとき，他の企業を支配している。1社以上の企業を支配する企業が財務諸表を作成する際には，連結財務諸表を作成しなければならない。
原　則	親会社は，単一エンティティとして連結財務諸表を作成しなければならない[25]。
判　断	報告企業（投資会社）は，他の企業（被投資会社）を支配しているか。
(2) 金融商品の分類と測定	
概　念	目的適合性，有用性，構成要素の定義，忠実な表現
原　則	金融資産は，償却原価で測定されない場合は，公正価値で測定しなければならない。金融資産は，下記の条件の両方を満たす場合に償却原価で測定される[26]。 A）契約上のキャッシュ・フローを回収するために資産を保有することを目的とする事業モデルに基づいて，資産が保有されている。 B）金融資産の契約条件により，元本および元本残高に対する利息の支払いのみであるキャッシュ・フローが特定の日に生じる。
判　断	金融資産の償却原価による測定は，この金融資産に関する目的適合的で有益な情報をいつ提供するか。回答：一定の環境下において，それが報告企業の実際に生み出される可能性のあるキャッシュ・フローについての情報を提供した場合。
(3) 金融商品の償却原価と減損	
概　念	目的適合性，有用性，構成要素の定義，忠実な表現
原　則	償却原価は，実効金利法を用いて算出されなければならない[27]。ゆえに，償却原価とは，次のアウトプットを用いて算出された現在価値である。 A）期待キャッシュ・フロー／金融資産の残存年数 B）割引率は実効金利
判　断	予測貸倒高の当初見積りの評価に際して，必要とみなされる要因は何か。
(4) 金融資産と負債の相殺	
概　念	財務報告の目的と質的特性（比較可能性），構成要素の定義（資産および負債）
原　則	金融資産と金融負債を相殺する，無条件かつ法的強制力のある権利を有している場合，金融資産と金融負債を純額で決済する意図，または金融資産の実現と金融負債の決済を同時に行う意図を有している場合，企業は，認識された金融資産と認識された金融負債を相殺することを義務づけられる。
判　断	一般的に，相殺（ネッティング）により，いくつかの金融資産および金融負債の存在が見えなくなり，財政状態計算書の総額を変化させる。純額表示された資産及び負債は，企業の財務上の強みと弱みを評価するのに，財務諸表利用者の能力を制限するか。

出典：Jermakowicz and Hayes [2011b], pp. 394-396に基づき筆者作成。

(3) 学習効果の検証

Jermakowicz and Hayes は，以上のような演習問題を用いて MBA の 2 つのクラスおよび学部の 2 つのクラスで実際に講義を行い，その学習効果を検証している（Jermakowicz and Hayes [2011c]）。

MBA の会計ビジネス科のコースでは，26 人が前述の 4 つの演習問題を完成させたが，その平均スコアは 76% であった。ここでは，学習目的の達成度が学生へのアンケートで計られた。

一方，単位数が多い MBA の会計学入門コースでは 16 人のうち 15 人が前述の 4 つの演習問題を完成させたが，平均スコアは 79% であった。学生の達成度は教員の評点により 1 から 5（低 ⇔ 高）の 5 段階で点数化された。上述の 4 つの演習問題の平均値は，それぞれ① 4.2，② 4.1，③ 4.5，④ 4.4 であったという。また，このクラスでは，演習問題を取り扱った後に，ケースの教育上の目的を議論した。

また，学部中級Ⅱのクラスでは，4 つの演習問題のうち演習問題 3 と 4 のみが取り扱われ，次のような演習問題の解説が示された。

ドイツ銀行のケース教材ならびにその他の資料を用いて，「金融資産の認識と測定」に関するあなたの理解を読み手に表現・伝達するように，記述式の演習問題を完成させなさい（1600-1800 単語）。レポートでは，特に次の点に言及しなさい。
(1) 金融資産の処理という点から，ドイツ銀行の移行報告書における重要な会計方針を説明しなさい。
(2) 金融資産の処理という点から，ドイツ銀行の US GAAP と IFRS の政策上の重要な相違を明示しなさい。
(3) ドイツ銀行の金融資産の初度適用に際する分類／再分類を説明しなさい――金融資産の測定は分類とどのように関連しているか。
(4) ドイツ銀行の金融資産の認識の中止に対するアプローチを分析しなさい。
　特に，IFRS 第 1 号の適用に関するドイツ銀行の財務報告，およびそれに続くドイツ銀行の IFRS への変更に関して，財務報告の「比較可能性」の問題を論じなさい。

学生は2週間でこれらの演習問題を完成させたのち，3段階で評価された。不十分であると判定された場合は0，十分であると判定された場合には3，優れていると判断された場合には5と評点されたが，その該当者数はそれぞれ3名，3名，25名であった。

一方，学部上級会計のクラスは，9名の学生が，演習問題3および4について金融資産と連結方針に関する問題に焦点を当てた演習問題に取り組んだ。このクラスに対しても，演習問題の解説が示された。

ドイツ銀行のケース教材ならびにその他の資料を用いて，「連結原則」に関するあなたの理解を読み手に表現・伝達するように，記述式の演習問題を完成させなさい（1600-1800単語）。レポートでは，特に次の点に言及しなさい。
(1) 連結という点から，ドイツ銀行の移行報告書における重要な会計方針を説明しなさい。
(2) 特別目的会社（Special Purpose Companies：SPEs）および適格SPEsの処理という点から，ドイツ銀行のUS GAAPとIFRSの政策上の重要な相違を明示しなさい。
(3) IFRS第1号の適用から生じるドイツ銀行の連結方針が，利益および株主持分に及ぼす影響を，将来の期間に対するインプリケーションを含めて分析しなさい。
(4) どのような環境のもとでSPEsおよび適格SPEsが連結されるべきか説明しなさい。
　特に，IFRS第1号の適用に関するドイツ銀行の財務報告，およびそれに続くドイツ銀行のIFRSへの変更に関して，財務報告の「比較可能性」の問題を論じなさい。

この演習問題も先の方法と同じく3段階で評価されたが，すべての学生が5と判定された。このケースでは，学生は演習問題に取り組む期間が6週間与えられており，レポート提出後にグループ討論の機会が与えられ，クラス内で学生によるフィードバックがあった。

本節で取り上げたドイツ銀行のケースでは，以上の4つの学習効果の検証を通じてケース学習の有効性が証明されており，演習問題後に行われたフォローアップのためのグループ討論ではより効果が高かったことが明らかにされている。

なかでも，注目すべきは財務報告の「目的」のもとに「概念」から「原則」

を経て「規則」に従い「判断」するといった5階層の「フレームワークに基づく教育」の教育アプローチであり，これには原則に基づく基準のもとに判断を行う際のプロセスを具体的に示しているという点で一定の意義があると思われる。しかしながら，本節で指摘したように，それらの用語は統一した形で用いられておらず，それらが個々の基準において具体的に何を示しているかが示されていないため，その普及には概念の精緻化と具体化が必要となろう。また，判断に至るまでの概念，原則，規則の抽出が一部行われているものの，それがすべての基準について体系的・包括的に行われておらず，それは利用者側に委ねられているといった問題点も残されており，「フレームワークに基づく教育」の実施にはさらなる検討が必要である[28]。

5　分析から得た教訓

　これまで明らかにしてきたように，「フレームワークに基づく教育」では，専門的判断の養成を目的として，ディスカッションやケース・スタディの実施を提唱しており，そのなかで用いられる演習問題等がIFRS教材として示されている。では，こうしたIFRS教材に如何なる効果があるのか，それは専門的判断の養成に資するものであるのか。また，実践に際しての課題は何か。これらを明らかにして，本章のむすびに代えることにしたい。

(1) 効　果

　第3節および第4節の議論から，IFRS教材の効果として，①講義に対する学生の意識や姿勢が改善される，②教員の役割が変化することがあげられる。
　まず，①であるが，IFRS教材を用いた講義において学生は常に考えなければならず，何を拠り所として如何なる考察を行い，どのような結論に至ったかを説明することが求められる。結論が正解か不正解であるかではなく，考察するというプロセスが重視される。これは講義の主体が学生であることを意味している。自分達が講義の主体であることを自覚したうえで能動的に講義に参加

するならば，ディスカッションやケース・スタディを通じて多様な視点や考え方があることを知り，他学生の意見を参考にして自分の意見を修正し，改善することを理解できる。これは，学生自身による判断の育成につながり得る。

こうした効果は，②によって促進されることになる。ディスカッションやケース・スタディにおいて教員に求められることは，学生がより深い考察を行うように促し，彼らの議論を整理することである。教員の役割は，演習問題に対して解答を示すことではなく，学生の議論から解答を引き出すことにある。こうした自身の役割を教員が意識して講義に臨むことによって，①の効果をより一層引き出すことが可能になるであろう。

すなわち，IFRS教材は，①および②の効果を有するがゆえに，「フレームワークに基づく教育」の目的に資するといえる。

しかし，このことは，IFRS教材をただちに導入することを意味しない。考察およびその論理的表現の機会を増やすのであれば，そのための教材を開発すれば足りるからである。とはいえ，講義においてディスカッションやケース・スタディを初めて導入する場合，IFRS教材は具体的で，かつ実践的な演習問題の事例を提供する。この点において，IFRS教材を導入することは有益であるといえる。

(2) 課　題

では，IFRS教材を用いた場合，如何なる課題が生じるであろうか。これには，学生側と教員側のそれぞれに生じる課題がある。

まず，学生の側に生じる課題として，つぎの点を指摘しうる。学生は，自分達が講義の主体になる以上，ディスカッションやケース・スタディの水準に相応する準備を行ったうえで受講することが求められる。学生によっては，これが負担となり，講義に参加しない学生が現れる可能性がある。

これは，教員の側に生じる課題でもある。ディスカッションやケース・スタディを用いた講義に参加することが難しい学生を如何に支援するか。IFRS教材を用いる場合の課題の1つであり，教員に求められる役割の1つである。さ

らに，教員には，具体的につぎの役割が求められる。

（ⅰ）学生から多様な意見が出された場合，または議論の収拾がつかなくなった場合，意見を適時整理し，議論の方向を修正する。

（ⅱ）ディスカッションやケース・スタディの途中で，議論が取り扱っているテーマに関連する別のテーマに派生し，その日にとりあげたIFRS以外の基準に触れる必要が生じる場合がある。また，学生が現行のIFRSをその論拠も含めて理解するだけでなく，IFRSの矛盾点に気付き，将来のIFRSについて意見する可能性が考えられる。教員は，こうした状況に柔軟に対応せねばならない。

（ⅲ）ディスカッションやケース・スタディの後，学生自身によって彼らの多様な意見や議論をまとめさせる工夫が必要であると思われる。たとえば，講義終了前に学生に小レポートを課すなどの方法が考えられる。第3節において明らかにした試験的講義では，ディスカッションの内容を学生が自主的にノートに記録した。また，担当教員は後日，演習問題を期末試験に出題することを学生に知らせたうえで，担当教員が作成したディスカッションの要約を学生に配布した。学生が期末試験前の自習において自分の意見を整理するよう促すためである。しかし，講義中または講義期間中に学生によってフィードバックを実施させなければ，ディスカッションやケース・スタディが完結しないことを認識した。第4節で示した事例では，ケース・スタディの後にレポート提出を課し，さらにグループ・ディスカッションの機会を与えることによって，学生によるフィードバックが行われている。こうした作業を通じて，学生は自分の思考を整理することが可能になるであろう。

[注]

（1）2009年7月に発行された中小企業版IFRSは70カ国以上に採用されている（IFRS [2012]）。

(2) 定款第15条 (j)。
(3) EAG の役割は，教育ディレクターおよび評議員会に助言をすることである。その目的は，1) 国際財務報告に関する教育の必要性，2) IFRS 財団の教育活動における優先事項，3) IFRS 財団の教育用教材および教育サービスの市場，4) IFRS 財団の教育用教材および教育サービスを提供する手段，5) IFRS 財団が教育活動と協働する可能性のあるパートナー，6) IFRS 財団の教育用教材とサービスの教育の質について助言を行う。EAG は，様々な地域出身の6~10名のメンバーで構成される。評議員会によって任命された EAG のメンバーは，TECSC に勧告を行う。EAG には，IAAER 会長であり Dayton 大学教授の Donna Street が参加している（以上，IFRS [2012]）。
(4) 約 2,000 頁にわたる中小企業版 IFRS の教育用パワーポイント・ファイルである。これは，29 の会計トピックを網羅しており，それにより 24 時間の教育時間を行うことができるという（IFRSF [2011], IFRS [2012]）。そのほかの教育用教材としては，*Guide through IFRSs*（注釈付 IFRS。通称グリーンブック）(IASB [2011]) や教育文書「減価償却と IFRS」(Upton [2011]) などがある。
(5) 2009年3月から2012年7月末までの期間に，IFRS 財団の主催により世界各地で 105 回もの IFRS イベントと 26 回のワークショップが開催されており，そこでは関係者により同様の内容のプレゼンテーションが繰り返し行われている（IFRS [2012]）。
(6) この3名の学術研究員は，サバティカルをとった大学教員であり，順にケープタウン大学（南アフリカ），FIPECAFI（ブラジル），西オーストラリア大学（オーストラリア）に所属している。
(7) IFRS Foundation [2010], par.2.
(8) SEC [2003] および Tweedie [2007] の詳細は，拙稿 [2011] において議論している。
(9) Wells [2010] においても，同じ図が示されている。
(10) Wells [2011], p.306 も参照。このような教育により，学生に (1) IFRS を十分に理解させる，(2) 判断を行使する能力を高める，(3) IFRS の知識と能力を継続的にアップデートさせるといったベネフィットが期待されるという（Tarca [2011]）。
(11) バース [2009] を Hodgdon *et al.* [2010] により修正し，本章の意図に沿うよう順番を入れ替えた。ここにおいて，(4) 基礎的な経済概念とは，「財務報告の根本を形作る概念は，概念フレームワークのなかにこそ存在する。…ここで財務報告に内在する概念と言っていることは，経済学，財務理論，情報経済学，誘因の役割，合理的期待，ポートフォリオ価格理論，価値評価といった領域に関する知識である」（バース [2009]，107頁）と解釈される。
(12) Wells and Tarca [2011], pp.10-11. ただし，Wells and Tarca [2011] では，この演習問題をステージ1において用いている。
(13) 本稿にいう演習問題2は，Wells and Tarca [2011] において，discussion questions と

して示されている。これは、example（設例）と別に設けられており、複数のシナリオに基づいてディスカッションを行うものである。本稿では、両者を区別せず、いずれも演習問題としている。

(14) Wells and Tarca [2011], pp.32-36. 4つの設例のうち3つを抜粋した。また、順序を入れ替えている。

(15) Wells and Tarca [2011], pp.37-38.

(16) 著者のひとりである Jermakowicz は、アメリカ公認会計士であるとともにテネシー州立大学会計ビジネス学科の教員であり、アメリカの著名な会計学テキスト *Wiley* の IFRS 版の著者である。一方の Hayes は、アメリカの公認会計士であり、テネシー州立大学の元教員である。

(17) Jermakowicz and Hayes では、他の論者が「原則」と表現しているものに対して「コア原則」という用語を用いている。コア原則については、Tweedie [2007] での議論も参照せよ。

(18) 紙幅の関係上、図表1～4の内容は省略した。

(19) IFRS 第1号，par. 7. ここではさらに、「それらの会計方針は、第13項から第19項及び付録Bから付録Eで定める場合を除き、最初の IFRS 報告期間の期末日現在で有効な各基準に準拠しなければならない。」と定められている。

(20) IFRS 第1号，par. 23.

(21) IFRS 第1号，付録Bには、(a) 金融資産及び金融負債の認識の中止、(b) ヘッジ会計、(c) 非支配持分、(d) 金融資産の分類及び測定、(e) 組込デリバティブと区分されている。

(22) IFRS 第1号，付録C及びD.

(23) Jermakowicz and Hayes [2011b], pp. 394-396. 本稿では、理解しやすいようこれらの項目を連番で番号を付した。

(24) ここでは概念フレームワークとして、公開草案（IASB [2010a]）が用いられているが、「報告企業」の部分は未だ発行されていないことに注意が必要である。

(25) IASB [2010b].

(26) IFRS 第9号，par. 4.1.2.

(27) IAS 第39号，par. 9.

(28) それらの問題点克服の一環として、本書第2章において IFRS 諸原則の抽出が試みられている。

参考文献

Barth, M. [2011] "Introduction to Framework-based Teaching," Joint IAAER-IASB Foundation, IFRS Teaching Special Interest Session, 5. November 2011, Venice Italy.

Barth, M. and M. Wells [2010] Framework-based teaching of principle-based standards, http://media.ifrs.org/FrameWork101210/files/lobby.html

Deutsche Bank [2006] *Transition Report 2006 IFRS Comparatives*, Deutsche Bank.

FASB [2002] *Proposal : Principles-Based Approach to U.S. Standard Setting*, October 21.

FASB/IASB [2010], IASB, *The Conceptual Framework for Financial Reporting 2010, September 2010 ; Statement of Financial Accounting Concepts No. 8 : Conceptual Framework for Financial Reporting : Chapter 1, The Objective of General Purpose Financial Reporting, and Chapter 3, Qualitative Characteristics of Useful Financial Information, September 2010*.

IAAER [2012] http://www.iaaer.org/

IASB [1989] *Framework for the Preparation and Presentation for Financial Statements*.

IASB [1998] IAS 16, *Property, Plant, and Equipment*.

IASB [2007] IAS23, *Borrowing Costs*.

IASB [2009] IFRS for SMEs, *Section 17, Property, Plant, and Equipment*.

IASB [2009] Training Material for IFRS for SMEs, Module 17, Property, Plant, and Equipment, http://www.ifrs.org/NR/rdonlyres/2882F652-B451-4159-A514-5ED3BADD5AC2/0/Module17_version2010_1.pdf

IASB [2010a] *The Conceptual Framework for Financial Reporting, Chapter 1 : The Objective of General Purpose of Financial Reporting; Exposure Draft : The Reporting Entity*.

IASB [2010b] *Staff Draft Consolidated Financial Statements*.

IASB [2011] Exposure Draft, *Asset and Liability Offsetting*.

IASB [2011] *Supplementary Document Financial Instruments : Impairment*.

IASB [2011] *A Guide through International Financial Reporting Standards (IFRSs)*, July 2011, IASB.

IASB, EAG [2012] *Terms of Reference*, IFRS Foundation.

IFRS [2012] http://www.ifrs.org/Home.htm

IFRS Foundation (IFRSF) [2010] *International Financial Reporting Standards (IFRSs) - A Briefing for Chief Executives, Audit Committees and Boards of Directors*. (日本 CFO 協会訳『経営幹部のための IFRS ガイド 2010 年版』)

IFRS Foundation (IFRSF), TECSC [2011] *IFRS Education Initiative Plan 2012, Part of the strategy for co-ordinated education activities to meet the Foundation's objectives through the period 2012-2016*, IFRS Foundation.

Jermakowicz, E. K. and R. D. Hayes [2011a] "Framework-Based Teaching of IFRS : The

Case of Deutsche Bank," *Accounting Education : An International Journal*, Volume 20, No. 4, pp. 373-385.

Jermakowicz, E. K. and R. D. Hayes [2011b] "Framework-Based Teaching of IFRS : The Case of Deutsche Bank Teaching Notes," *Accounting Education : An International Journal*, Volume 20, No. 4, pp. 387-397.

Jermakowicz, E. K. and R. D. Hayes [2011c] "Framework-Based Teaching of IFRS : The Case of Deutsche Bank Case Learning Objectives and Implementation Guidance," *Accounting Education : An International Journal*, Volume 20, No. 4, pp. 399-413.

SEC [2003], *Study Pursuant to Section 108 (d) of the Sarbanes-Oxley Act of 2002 on the Adoption by the United States Financial Reporting System of a Principles-Based Accounting System*, Modified, July 25.

Tarca, A. [2011] "A Framework-based approach to teaching accounting : property, plant and equipment," Joint IAAER-IASB Foundation, IFRS Teaching Special Interest Session, 5. November 2011, Venice Italy.

Tweedie, D. [2007], "Can Global Standards Be Principle Based?," *The Journal of Applied Research in Accounting and Finance*, Vol. 2, No.1, pp.1-8.

Upton, W. [2010] *Occasional Education Notes : Depreciation and IFRS*.

Wells, M. [2010] "Framework-based teaching of principles-based standards," Joint IAAER-IASB Foundation, IFRS Teaching Special Interest Session, 4 November 2010, Singapore.

Wells, M. [2010] "Framework-based teaching of principle-based standards," http://www.ifrs.org/NR/rdonlyres/6C5F37EF-3928-4B6C-90A5-5DFCE2DB3A2B/0/TorontoFrameworkbasedteachingofprinciplebasedstandards.pdf

Wells, M. [2011] "Framework-based Approach to Teaching Principle-based Accounting Standards," *Accounting Education : An International Journal*, Volume 20, No. 4, pp. 303-316.

Wells, M. J C. and A. Tarca [2011] "A Framework-based Approach to Teaching Accounting : Property, Plant and Equipment," Joint IAAER-IASB Foundation, IFRS.

齊野純子 [2011]「原則主義に基づく会計基準設定の方向—原則主義の概念構成と「真実かつ公正な概観」をめぐって—」『會計』第179巻第6号，12-24頁。

バース，メアリー [2009]「講演録 国際財務報告基準のアドプションと会計教育・研究に対する影響」『企業会計』第61巻第8号，105-111頁。

$$\begin{pmatrix} 2\ (1),\ 3,\ 5:齊野純子 \\ 1,\ 2\ (2),\ 4:潮﨑智美 \end{pmatrix}$$

── 第4章 ──

事例：アメリカのIFRS教育の実際

杉本徳栄・井上定子

1 アメリカにおけるIFRS教育の実態の解明に向けて

　アメリカの一般に認められた会計原則（U.S. GAAP）と国際財務報告基準（IFRS）を採用する「ダブルGAAPシステム」が，事実上，アメリカで確立された。アメリカ証券取引委員会（SEC）が，外国民間発行体に対するIFRSの適用を容認した2007年以降，アメリカの会計基準は，いわゆるダブルスタンダードによる「ダブルGAAPシステム」にある。この会計制度の転換にこそ，アメリカにおけるIFRS教育の必要性や重要性の認識の始まりがある。

　IFRS教育の実態を解明するには，いくつかの方法論が考えられる。アメリカの高等教育機関におけるIFRS教育の実態について探る場合，IFRSという共通の糸口を頼りに，公認会計士試験制度と大学の教育プログラムをもとに検討するのも1つの方法として成り立つ。というのも，2011年から，IFRSがアメリカの公認会計士試験である全米統一公認会計士試験（Uniform Certified Public Accountants Examination）の「財務会計（FAR）」（財務会計と報告）の試験科目の出題範囲に含まれており，また大学での教育プログラムが公認会計士試験の受験資格要件として組込まれているからである。

　本章では，公認会計士試験の受験資格要件と大学の教育プログラムとの結び付きをもとに，アメリカの公認会計士試験のIFRSに関わる問題の出題傾向などを捉え，そのうえで，ニューヨーク大学（New York University）とポートランド州立大学（Portland State University）の各教育プログラムを事例として，アメ

リカにおける IFRS 教育の実態の一端を探り，その特徴などについて引き出してみたい。

2　公認会計士試験受験要件と大学の教育プログラム

アメリカの公認会計士試験の受験に際しては，公認会計士法（Uniform Accountancy Act）の Section 5（c）(2) に，150 単位時間数（150 Semester Hours）の大学教育が教育要件（学歴要件）として課されている。公認会計士試験は全米統一試験とはいえ，この教育要件としての単位時間数や学士学位の要件については，州によって異なる。とくに，教育要件は大学でのカリキュラムが問われると同時に，このカリキュラムによる大学の教育プログラムが，各州の教育局に登録され，しかも承認を得ていることが問われる。

公認会計士試験は全米統一のものであるが，アメリカの公認会計士資格は，各州が独立的に管轄している。

たとえば，ニューヨーク州（New York State）で公認会計士の資格を得るためには，年齢（21歳以上），教育（学歴）および実務経験の要件を満たす道徳的人格への適正（品行方正）な者で，所定の試験に合格しなければならない。とくに，教育要件を満たすには，次の項目の修了が求められる。

① 　ニューヨーク州教育局（New York State Education Department）に登録された会計プログラムの修了

② 　ニューヨーク州教育局が承認する認証機関が認定した会計プログラムの修了。現在，大学ビジネススクール発展協会（Association for the Advancement of Collegiate Schools of Business）（AACSB）が当該認証機関として認定されている。このプログラムによる会計学修士の学位の取得は，ニューヨーク州の 150 単位時間数の教育要件を満たす。

③ 　登録プログラムと同等となるための，学業成績証明書の審査後，ニューヨーク州教育局の定めるプログラムの修了

④ ニューヨーク州公認会計士審査会（State Board for Public Accountancy）の承認を得た15年間にわたる公開会社に対する会計実務経験

これらの要件を踏まえて，結局のところ，ニューヨーク州教育局は，次の2つの選択肢のいずれかによって公認会計士試験の受験資格である教育要件を満たすとしている。

【第1の選択肢】
①ニューヨーク州の150単位時間数の教育要件を満たすものとして，ニューヨーク州教育局に登録されたプログラムからの学士学位またはそれ以上の高位の学位取得者，②AACSBの認証を得た会計プログラムによる会計学修士の学位取得者，③地域で認証された大学等からの学士学位またはそれ以上の高位の学位取得者で，150単位時間数の教育[1]を修了している者

【第2の選択肢】
ニューヨーク州公認会計士審査会の承認を得た15年間の会計実務経験があれば，受験と資格を承認する上記の要件に相当するものとして取り扱う。この実務経験は，アメリカ公認会計士またはニューヨーク州公共会計士（Public Accountant）の直接監督下で行なわれなければならない。

ニューヨーク大学の会計学科（Department of Accounting）を擁するレナード・N・スターン・スクール（Leonard N. Stern School of Business）が提供する教育プログラムは，ニューヨーク州教育局に登録されている。スターンの会計学科には，公認会計士教育課程（CPA Track）と複数専攻に資する一般会計教育課程（General Accounting Track）が設けられ，公認会計士試験の受験に向けた講義はもとより，教育プログラムが資格取得要件である単位数にも直接的に関わっている。いずれの課程の教育プログラムも，ニューヨーク州教育局に登録され承認を得ている。

3 アメリカの公認会計士試験における IFRS の出題事例

(1) 公認会計士試験の出題基準と範囲

　2011年1月1日からのアメリカの公認会計士試験制度の改正により，IFRS が「財務会計（FAR）」(財務会計と報告）の試験科目で出題されている。

　この「財務会計（FAR）」の試験科目は，民間企業，非営利組織および政府機関の各財務報告のフレームワークについての知識とその理解度を問う形式で出題される。この財務報告のフレームワークは，具体的には財務会計基準審議会（FASB），国際会計基準審議会（IASB），SEC および政府会計基準審議会（GASB）が公表する基準によるものである。「財務会計（FAR）」の試験科目における IFRS の出題に注目した場合，アメリカ公認会計士協会（AICPA）の出題基準語彙表（Content Specification Outlines）(AICPA, Content and Skill Specifications for the Uniform CPA Examination, Approved by the Board of Examiners, AICPA, May 15, 2009）は，とくに U.S. GAAP と IFRS に基づいて作成された財務諸表間の差異の認識と理解について問うと明記している。

　出題基準語彙表には，受験者の財務会計や報告の習熟度をはかる項目が詳細に明記されている。そのなかで，IASB や IFRS が具体的に示されている項目は，「Ⅰ．概念フレームワーク，諸基準，基準設定および財務諸表の表示」(「財務会計（FAR）」の試験科目の出題範囲の 17％～23％を出題）である（図表4－1参照）。会計基準の設定プロセスと会計基準設定主体の役割，概念フレームワークおよび財務報告，一般目的財務諸表の表示と開示は，IASB や IFRS の知識と理解度が必要である。また，「財務会計（FAR）」の試験科目の受験に際しての参考文献として，IASB の IFRS，国際会計基準（IAS）およびその解釈指針が示されている。

第4章 事例：アメリカのIFRS教育の実際 113

図表4−1 アメリカ公認会計士試験の出題基準語彙表におけるIFRS関連出題範囲

I．概念フレームワーク，諸基準，基準設定および財務諸表の表示（17%〜23%）
A．会計基準の設定プロセスと会計基準設定主体の役割
1．アメリカ証券取引委員会（SEC）
2．財務会計基準審議会（FASB）
3．国際会計基準審議会（IASB）
4．政府会計基準審議会（GASB）
B．概念フレームワーク
1．民間企業の財務報告
2．非営利組織の財務報告
3．州政府および地方政府機関の財務報告
C．財務報告，一般目的財務諸表の表示と開示
1．貸借対照表
2．損益計算書
3．包括利益計算書
4．株主持分変動計算書
5．キャッシュ・フロー計算書
6．財務諸表注記
7．連結財務諸表および結合財務諸表
8．IFRSの初度適用

注：「D．SECの報告要件（例：Form 10-Q, Form 10-K）」と「E．その他包括的基準（OCBOA）に沿った財務諸表を含む，その他の財務諸表の表示」の詳細については省略。
出典：American Institute of Certified Public Accountants（AICPA）[2009], Content and Skill Specifications for the Uniform CPA Examination, Approved by the Board of Examiners, AICPA, May 15, 2009（Effective Date：January 1, 2011), p.14.

（2）公認会計士試験の出題傾向と特徴

① AICPA公表の公認会計士試験問題の出題傾向と特徴

アメリカの公認会計士試験問題は，毎年1回，AICPAがその一部を公表している[2]。公表された「財務会計（FAR）」の4択による選択式問題（公表され

た50問の試験問題）をみると，今般の公認会計士試験制度の改正後，次のようなIFRSに関わる問題が出題されている。

① 2011年の公認会計士試験問題
　その他の包括利益の構成要素について（公表された試験問題の問題49）
② 2012年の公認会計士試験問題
　棚卸資産の評価単価について（公表された試験問題の問題33）

　日本の公認会計士試験の短答式試験問題とは違って，アメリカの公認会計士試験の選択式問題は，全問題にわたって，試験問題文そのものがとても簡潔かつ明瞭である。選択式試験とは別に出題される事例研究によるシミュレーション形式問題の詳細さや反復性と比較しても，そのシンプルさは際立つ。
　しかし，「財務会計（FAR）」の試験科目の出題範囲にIFRSを盛り込んだとはいえ，制度改正後の2年間の，あくまでもAICPAが公表した公認会計士試験問題をみる限り，IFRSの出題数はとても少なく，公表された50問の試験問題のなかでせいぜい1問であり，しかもそれは難解な問題ではない。「財務会計（FAR）」の試験科目の出題割合が，全体のうち80％を占める財務会計（企業会計）と全体のうち20％を占める非営利組織・政府会計からなっていること，またIFRSの出題は財務会計（企業会計）の分野に含まれることから，むしろ選択式問題全体のなかでIFRSに関わる出題よりも非営利組織・政府会計に関する出題が比較的多く感じられる。非営利組織・政府会計を「財務会計（FAR）」の試験科目の出題範囲とすることも，日本の公認会計士試験との違いである。

② 公認会計士試験受験テキストのサンプル問題等の出題傾向と特徴
　「財務会計（FAR）」の試験科目におけるIFRSの出題傾向やその対策については，公認会計士試験の受験対策の見地からも確認できる。
　たとえば，Wiley CPA Exam Reviewは，公認会計士試験受験のための定番テキストである。Wiley社の財務会計および財務報告の試験科目に対応する

Wiley CPA Exam Review 2012: Financial Accounting and Reporting は，IFRS の簡潔な解説をはじめ，付録には次のような財務会計と報告の分野のサンプル試験問題などが収録されている。

① 付録A：「財務会計（FAR）」のサンプル試験問題
② 付録B：AICPA が公表したサンプル・テストレット（Sample Testlet）
③ 付録C：2011 年公表の AICPA 問題

これら付録の公認会計士試験問題サンプル等をもとに，IFRS の出題傾向や特徴などを捉えておこう。

付録 A のサンプル試験問題は，30 問で 1 つのテストレットをなす 4 つのテストレットが示されている。これらテストレットのうち，テストレット 1 からテストレット 3 において，IFRS に関わる問題が次のようにそれぞれ 2 問おさめられている。

① テストレット 1
❖ IFRS における「引当金」の定義（IAS 第 37 号第 10 項）（問題 29）
❖ IFRS による財務諸表の表示とキャッシュ・フロー計算書（問題 30）
（前受金や当座借越のキャッシュ・フロー計算書の表示区分）（IAS 第 7 号第 15 項）
② テストレット 2
❖ IFRS による財務諸表の表示についての誤り（特別項目の表示）（問題 29）
（その他の項目：包括利益計算書と株主持分変動計算書の区分，後入先出法の原価の流れに関する仮定，特別項目の表示，減損）
❖ IFRS による非支配持分の評価（問題 30）
（公正価値または被取得者の識別可能資産や識別可能負債の価値の持分割合での評価）（IFRS 第 3 号第 18 項・第 19 項）
③ テストレット 3
❖ IFRS によるリース会計（問題 26）
（土地と建物の一括リースの取扱い（IAS 第 17 号第 15A 項，第 16 項））

❖ IFRS による連結財務諸表の作成（問題 28）
（親会社の連結財務諸表の表示免除（IAS 第 27 号第 10 項））

なお，付録 B と付録 C の問題には，IFRS に関連した出題はみられない。

以上のように，AICPA が公表した「財務会計（FAR）」の 4 択による選択式問題や定番テキストである Wiley CPA Exam Review における IFRS に関わる問題は，いずれも出題基準語彙表を踏まえた，IFRS の基本的な規定や U.S. GAAP との差異について問うているところに共通の特徴がある。この特徴は，「財務会計（FAR）」の試験科目の出題傾向をも示していると解せる。IFRS に関わる問題は，改正された公認会計士試験制度が緒に就いたばかりなため必ずしも出題数は多くはないが，今後その出題傾向は高まっていくものと考えられる。

4　IFRS 教育の実際（1）─ニューヨーク大学の事例─

（1）ニューヨーク大学の教育環境

　ニューヨーク市のマンハッタンにあるニューヨーク大学は，1831 年に創立された私立総合大学である。ワシントン・スクエア・パーク（Washington Square Park）の南東部に位置するヘンリー・カウフマン・マネジメント・センター（Henry Kaufman Management Center）が，商業，会計およびファイナンスなどの専攻を擁するレナード・N・スターン・スクールの拠点である。

　ニューヨーク大学における会計教育の端緒は，実業家を目指す学生の職業訓練を提供する目的から，1900 年に創設された商業，会計およびファイナンスに関する学部にある。また，大学院のビジネス教育のプログラムは，ウォールストリート地区で 1916 年に始まっている。1988 年に卒業生であるレナード・N・スターンの寄付により，マンハッタンで分散していた商業，会計およびファイナンスなどを専攻とする学部と大学院がワシントン・スクエア・キャンパスに集結され，レナード・N・スターン・スクールと名付けられた。

　ニューヨーク大学のレナード・N・スターン・スクールは，世界の金融セン

ターであるニューヨークのマンハッタンにキャンパスを構えていることから，金融をはじめとした実務界との関係が強固な大学である。

(2) 会計教育プログラム
① 学部における会計教育プログラム

レナード・N・スターン・スクールの学部生は，主専攻と共同専攻の選択が要求される。この主専攻と共同専攻 (Co-major) の選択が，スターンの学部における会計教育のカリキュラムである公認会計士教育課程と複数専攻に資する一般会計教育課程に結び付いている。

公認会計士教育課程の専攻者は，60単位の一般教養科目を履修しなければならない。ニューヨーク大学の公認会計士プログラムは，ニューヨーク州教育局に登録され，公認会計士試験の受験資格を得るための教育要件（学歴要件）を満たしている。公認会計士教育課程の代表的な履修モデルとして，1年次（32単位），2年次（36単位），3年次（34単位），そして4年次（26単位）のものが示されており，会計学関連科目には，2年次の財務会計の諸原則（4単位）と管理会計の諸原則（2単位），3年次の財務諸表分析（3単位），上級管理会計（3単位）および財務報告と分析（3単位），4年次の合併・買収等の会計（3単位），監査（3単位）および個人所得税と法人所得税（3単位）がある。

一般会計教育課程は，ファイナンス，国際ビジネス，情報システムおよびマーケティングといった分野との共同専攻を可能にするプログラムである。一般会計教育課程の代表的な履修モデルとして，1年次（32単位），2年次（30単位），3年次（34単位），そして4年次（32単位）のものが示されており，会計学関連科目には，1年次の財務報告と分析（3単位），2年次の財務会計の諸原則（4単位）と管理会計の諸原則（2単位）および4年次の財務諸表分析（4年次）がある。

② 大学院における会計教育プログラム

スターンのMBAプログラムには，年齢，対象，キャリアなどの違いから教育プログラムを編成した全日制MBA (Full-Time MBA)，定時制MBA (Part-Time

MBA），エグゼクティブ MBA（Executive MBA）およびトリウム・グローバル MBA（TRIUM Global MBA）がある。

　MBA プログラムの修了単位数は 60 単位である（1 科目につき 3 単位が基本）。履修すべき科目は専攻により異なるが，財務会計と報告および統計とデータ分析の 2 科目が必修のコア科目に指定されており，また 7 つのコア科目のうち 5 科目が選択コア科目である。そのほとんどが選択科目であるが，スターンでは，MBA の修士学位とともに，講義の履修内容によって，23 の専攻分野のなかから最大で 3 つの専攻分野（Specializations）の証明が付与される。会計学も専攻分野の 1 つである。

　MBA の会計学関連科目には，会計ワークショップ，財務会計と報告，公認会計士責任，財務報告と開示，財務諸表分析の統合的アプローチ，財務諸表モデリング，E-コマース：会計，統制およびバリュエーション，効率的なコスト・利益管理のための情報分析，討論演習：会計と財務諸表の不正，監査，企業戦略と財務開示のトピック，金融機関と金融商品の分析，合併・買収等の会計，国際報告と分析，エンターテイメント，メディアおよびテクノロジー産業の会計とバリュエーション問題，企業家精神の会計，租税と法的問題，個人所得税と法人所得税およびコーポレート・ガバナンスなどがある。

　スターンには，公認会計士学士学位―修士学位の教育プログラム（Bachelor of Science and Master of Science in Accounting program）（CPA BS-MS）がある。2012 年卒業から 2014 年卒業の公認会計士学士学位―修士学位クラスの教育プログラムは，一般教養コア科目群（24 単位），ビジネスのコア科目群（32 単位），社会的影響のコア科目群（14 単位），一般会計の主要要件科目群（15 単位），グローバルビジネスのコア科目群（8 単位），選択科目群（35 単位），修士学位要件科目群（会計）（16 単位），修士学位要件科目群（ビジネス）（6 単位）の 150 単位時間数で構成されている。この公認会計士学士学位―修士学位の教育プログラムの履修モデルによれば，学部における 8 セメスター（年間 2 セメスター×4 年）での 134 単位[3]と大学院における 2 つのサマーセッションでの 16 単位[4]で 150 単位時間数が充足される。

第4章　事例：アメリカのIFRS教育の実際　119

　会計学関連科目は，一般会計の主要要件科目群と修士学位要件科目群（会計）に配置されている。一般会計の主要要件科目群に配された科目には財務諸表分析，公認会計士ワークショップ，財務報告と開示，上級管理会計，個人所得税と法人所得税，上級ファイナンスの選択科目がある。また，修士学位要件科目群に配された科目には財務諸表モデリング，討論演習：会計と財務諸表の不正，監査，金融商品会計，上級会計諸概念，国際報告と分析がある。

(3) 会計教育に占めるIFRSの位置づけ
① 学部教育におけるIFRSの位置づけとIFRS対応のための工夫

　ニューヨーク大学のスターンにおける2012年秋学期の会計学の開設科目には，財務会計の諸原則（9クラス），管理会計の諸原則（7クラス），財務諸表分析（3クラス），財務報告と財務分析（1クラス），合併・買収等の会計（1クラス），財務モデリングと分析（2クラス）がある。これら開設科目の各シラバスのなかで，IFRS教育を明確に謳っているのは，財務会計の諸原則の1クラスだけである。

> 「U.S. GAAPは，国際会計基準（IFRS）とのコンバージェンスに向けて近づいている。SECは，アメリカの発行体に対するIFRSの強制的移行をもたらしうるマイルストーンの大要を説明したIFRS『ロードマップ』案を公表した。このクラスは，U.S. GAAPとIFRSの間の主たる差異について，またこの変化が会計情報の将来の利用者に及ぼす影響についてとくに採り上げる。」(ACCT-UB.0001.02 Principles of Financial Accounting by Prof. Mascia Ferrari)

　ただし，IFRS教育について直接シラバスに明記されてはいないものの，先の柴健次編著『IFRS教育の基礎研究』（創成社，2012年）の第2章「アメリカのIFRS教育」で指摘したように，アメリカでは財務会計のテキストに工夫をこらし，それをもとにIFRS教育を行っているところに特徴がある。

　ニューヨーク大学で複数開講されている財務会計の諸原則のすべてのクラス

で，Libby, R., P.A. Libby, and D.G. Short, *Financial Accounting, 7th ed.*, McGraw Hill, New York, 2011 がテキストとして使用されている。

この財務会計のテキストは教育と学習の両面からさまざまな工夫が凝らされており，とても高い評価を得ている。その高い評価は，このテキストが各章で各界の先駆的な企業を採り上げ，財務諸表の理解と財務会計の実世界でのインプリケーションを明らかにする方法論を用いており，またさまざまな企業のケースやプロジェクト（アニュアル・リポート事例，財務報告・分析事例およびチーム・プロジェクトなど）も豊富だからである。

世界4大会計事務所の1つであるプライスウォーターハウスクーパース（PricewaterhoouseCoopers）が2010年に公表したIFRS Ready Programは，アメリカでもIFRSに重きが置かれ始めていることを踏まえて，大学2年生と3年生以上の学生などが，それぞれの段階でIFRSの重要性の理解，IFRSの設定主体，IFRSとU.S. GAAPの差異などを明確に言えるIFRSの知識修得に関わ

図表4－2　Libby, et al.［2011］によるIFRSとU.S. GAAPの差異等を解説したコラム

章	トピック
第1章　財務諸表とビジネスの意思決定	IASBと会計基準のグローバルなコンバージェンス
第2章　投資・財務の意思決定と貸借対照表	IASBとFASBの概念フレームワーク・プロジェクト 財務諸表の名称と貸借対照表様式の差異
第3章　営業活動の意思決定と損益計算書	損益計算書様式の差異
第5章　会計情報の伝達と解釈	IFRSとU.S. GAAPで認められた会計方法の差異 特別項目の処理
第7章　売上原価と棚卸資産	棚卸資産の後入先出法の利用
第8章　有形固定資産・天然資源・無形資産	有形固定資産の測定基準 開発費の会計
第9章　負債の報告と解釈	債務の特別条件変更の分類 偶発債務
第11章　所有者持分の報告と解釈	株主持分の専門用語
第13章　キャッシュ・フロー計算書	受取利息と支払利息の処理

出典：Libby, R., P.A. Libby, and D.G. Short, *Financial Accounting, 7th ed.*, McGraw Hill, New York, 2011, p.7.

る基準を示したが，この財務会計のテキスト（Libby et al.［2011］）はその基準を超えている。とくに顕著なことは，このテキストのほとんどの章で，財務会計の初学者向けにIFRSの理解やU.S. GAAPとの会計基準上の差異などを解説したコラム（International Perspective Boxes）を設けていることである（図表4－2参照）。公認会計士試験の出題基準語彙表にみられるIFRSに関する基本的な知識習得が可能となっている。

② **大学院教育におけるIFRSの位置づけとIFRS対応のための工夫**

ニューヨーク大学スターンの大学院における2012年秋学期の会計学の開設科目には，財務報告と開示（2クラス），財務諸表分析（2クラス），租税とビジネス戦略（1クラス），財務諸表モデリング（2クラス），合併・買収等の会計（1クラス），監査（1クラス），上級管理会計（1クラス），国際報告と分析（国際会計と財務諸表分析）（1クラス），個人所得税と法人所得税（1クラス）がある。コア・コースの会計の開設科目には，財務会計と報告（10クラス）がある。これら開設科目の各シラバスのなかで，IFRS教育を明確に謳っているのは，国際報告と分析だけである。

> 「本コースの目的は，国際会計における主たるトピックについて概説し，財務諸表分析の国際的な特徴について手ほどきすることにある。財務上の測定と報告実務における国際的な差異，この差異が生じる理由，その結果生じる財務諸表上の影響およびこの差異の対処方法について修得することになる。また，国際財務報告基準（IFRS）の動向やIFRSによる財務諸表を読解することのインプリケーションについても学ぶことになる。」
> （B10.6335, B10.3335 International Reporting and Analysis by Choi, F.D.S.）

2012年春学期の国際報告と分析（ACCT-GB.6335-20, ACCT-GB.3335.20 International Reporting and Analysis）の担当者は，Mascia Ferrariであり，いずれの学期のシラバスも一貫して同じである。

国際報告と分析のテキストは，Choi, F.D.S. and G.K. Meek, *International*

Accounting, 7^(th) ed, Prentice-Hall Inc., 2011 であり，講義ノートやその他の資料が教育用の総合プラットフォーム（Blackboard）を通じて提供される。2012年春学期の国際報告と分析を担当した Mascia Ferrari は，先に示したように，学部における財務会計の諸原則のクラスで IFRS をシラバスに明示した教員である。その授業スケジュールによれば，各回のテーマに該当するテキストの章が指定されており，加えて「U.S. GAAP と IFRS のコンバージェンス：ロードマップ」「IFRS のフレームワーク」「経営者による IFRS の実態説明」などについて作成した資料を活用している。

国際報告と分析は，実のところ，前年度（2011年度秋学期）の「国際会計と財務諸表分析」のシラバスと同じものであり，担当者は Frederick D.S. Choi であった。開設科目の名称は異なるものの，授業スケジュールの各回のテーマも基本的には同じである。「U.S. GAAP と IFRS のコンバージェンス：ロードマップ」などではなく，IAS の講義（3回）や国際監査（International Auditing）の講義（2回）などを設定していることに違いがある。

財務会計の諸原則は学部での財務会計の入門科目であったが，大学院での入門科目は財務会計と報告である。10クラスによる複数開講のこの科目で採用されているテキストは，次の3冊のいずれかである。

① Horngren, C.T., G.L. Sundem, J.A. Elliott, and D.R. Philbrick, *Introduction to Financial Accounting, 10^(th) ed.*, Prentice-Hall, 2011.
② Easton, P., Wild, J., Halsey, R., and M. McNally, *Financial Accounting for MBAs, 4^(th) ed.*, Cambridge Business Publishers, 2010.
③ Libby, R., P.A. Libby, and D.G. Short, *Financial Accounting, 7^(th) ed.*, McGraw-Hill Companies, 2010.

最も多くのクラスで採用されているのが，①の Horngren et al. [2011] である[5]。このテキストの第10版は，U.S. GAAP と IFRS の差異を網羅しており，2つの会計基準の差異を例示するために国際的に事業活動等を行う会社の事例を多く採り入れている。

5 IFRS 教育の実際 (2) —ポートランド州立大学の事例—

(1) ポートランド州立大学経営学部の概要

　ポートランド州立大学は，オレゴン州（Oregon State）ポートランド市に位置する大学で約26,000名の学生が所属するオレゴン最大の大学である。なかでも経営学部（School of Business Administration）はアメリカ国内で広く認められており，アスペンビジネス教育センター（Aspen Institute Center for Business Education）による2011年から2012年の"Top 100 MBA Programs"ランキングにおいて世界14位に選ばれている[6]。また，ザ・プリンストン・レビュー（The Princeton Review）において"Best Business Schools（West）"に選ばれるなど高い評価を得ている[7]。

　会計教育は，経営学部とその大学院において取り組まれている。学部では8つの専攻[8]があり，その1つに会計専攻コースが置かれている。そのコースは公認会計士試験の受験資格取得を目指したプログラム（Post-Baccalaureate Accounting Certificate）と，学士学位取得を目指したプログラム（Bachelor's Degree in Accounting）があり，会計を専攻する学生はその目的や自身の学歴に応じて，プログラムを選択することになる。

　大学院には3つのビジネス・プログラムがある。その1つが，リーダーシップ，イノベーション，サステナビリティに焦点を当てた教育を行うMBA（Master of Business Administration）プログラムである。そして，アジア太平洋諸国経済を念頭においた経営に焦点を当てた教育を行うMIM（Master of International Management）プログラムと，ファイナンスや会計に焦点を当てた教育を行うMSFA（Master of Science in Financial Analysis）プログラムがある。

　以下では，経営学部における会計専攻コースと大学院のMSFAプログラムをもとに，ポートランド州立大学の会計教育やIFRS教育の実態を探ってみる。

(2) 学部における会計教育
① 2つのプログラム

上述したように,経営学部では公認会計士試験の受験資格取得と学士学位取得を目指した2つの会計プログラムが設置されており,学生はその目的や学歴に応じていずれか1つのプログラムを選択することになる。公認会計士試験の受験を目的とした場合,オレゴン州にて公認会計士試験を受験するために必要な要件,つまり認定された大学において学士学位の取得を含めて225単位時間(225 Quarter Credit Hours)を満たさなければならない[9]。この225単位には,会計学科目の36単位と会計学科目あるいは会計学関連科目(経営学科目,経済学科目,ファイナンス科目,記述・口述コミュニケーション)の36単位が含まれていなければならない[10]。そのため,ポートランド州立大学では,①いずれの学位もまだ取得していない学生が,まず会計学士の学位を取得する学士学位取得プログラムを選択し,それに加えて45単位取得する選択肢と,②専攻に関わらずすでに学士学位を取得済みの学生が,学士学位取得プログラムで第2の学位として会計学士学位を取得して同じく追加的に45単位を取得するか,あるいは公認会計士試験の受験資格取得プログラムまたは大学院のMSFAプログラムを選択して公認会計士受験資格を取得するという選択肢がある。いずれのプログラムを選択しても,公認会計士試験の受験には特定科目の必要単位数や225単位を取得しなければならない。なお,公認会計士試験の受験資格取得のプログラムの申請要件として,いずれかの学士学位と経営学,経済学および会計学の科目を履修のうえ所定の単位を取得していることが要請されている[11]。

(a) 学位取得プログラム

経営学部において会計専攻コースを選択した学生は,次の科目を取得することが要請されている[12]。

【教養必須科目】
　　PS 101 アメリカ政府（4単位）
　　PS 102 アメリカ政治（4単位）
　　PHL 308 倫理学入門（4単位）
　　　または，PHL 309 ビジネス倫理（4単位）
　その他の科目として，人類学，心理学あるいは社会学から3～4単位を取得する。

【会計学専門必須科目】
　　ACTG 335 会計情報システム（4単位）
　　ACTG 360 管理会計（4単位）
　　ACTG 381, 382, 383 財務会計と報告Ⅰ・Ⅱ・Ⅲ（12単位）
　　ACTG 421 税務入門（4単位）
　　ACTG 430 政府および非営利組織会計（1単位）
　　ACTG 492 監査概念および実務（4単位）
　　ACTG 495 会計に関する統合的論点（4単位）

　なお，1つ高次に設定されている会計学科目を選択することもできる。具体的には，ACTG 422 上級税務（4単位），ACTG 460 上級管理会計（4単位），ACTG 485 商事法（4単位），ACTG 490 上級財務会計報告（3単位），ACTG 493 上級監査（4単位）の5科目があげられている。公認会計士試験を受験する予定の学生は，ACTG460を除く，上記4科目のすべてを取得することが推奨されている。

　このように，科目は専攻コース記号（たとえば，会計学専門科目はACTG，教養の政治学科目はPS，哲学はPHL）が付され，すべての科目は番号で整理されている。科目番号の数字が大きくなるほど専門性が高い科目となる。つまり，ACTG 460 上級管理会計はACTG380 管理会計よりも高度な科目となる。また，ACTG381・382・383 財務会計と報告Ⅰ・Ⅱ・Ⅲは数字が大きくなるほど取り扱う内容が高度になるのではなく，連続科目であることを意味する。さらに，いくつかの科目には先行履修の要件が課されおり，所定の成績以上での単位取得が求められる。つまり，ある科目を単位取得最低スコア（C）で単位取得したとしても，先行履修要件の科目がB以上の成績であることが要請される場合がある。会計学専門科目に関する先行履修科目一覧表は，図表4-3のとおりである。

図表4－3　先行履修科目一覧表

履修予定科目	先行履修科目
ACTG 281 簿記	BA 211 財務会計の基礎
ACTG 335 会計情報システム	BA 213 会計情報による意思決定 BA 325 情報技術の基礎
ACTG 360 管理会計	BA 213
ACTG 381 財務会計と報告Ⅰ	BA 213 ＊推奨科目 ACTG 281 簿記
ACTG 382 財務会計と報告Ⅱ	ACTG 381
ACTG 383 財務会計と報告Ⅲ	ACTG 382
ACTG 421 税務入門	BA 213
ACTG 422 上級税務	ACTG421
ACTG 430 政府および非営利組織会計	ACTG 382
ACTG 460 上級管理会計	ACTG 360 BA 339 オペレーションと質的管理
ACTG 485 商事法	BA 213
ACTG 490 上級財務会計と報告	ACTG 382
ACTG 492 監査概念および実務	ACTG 335, ACTG 382
ACTG 493 上級監査	ACTG 492
ACTG 495 会計に関する統合的論点	ACTG 360, ACTG 421, ACTG 492

出典：Portland State University, School of Business Administration Website
　　（*http://sbaweb.pdx.edu/registration/Documents/actg_seqFINAL.pdf*）．

　なお，必須科目ではないが ACTG 381 財務会計と報告Ⅰの履修に先立ち，ACTG 281：簿記の受講を強く推奨されている点が特徴的である。複式記入や財務諸表の作成のプロセスについて取り扱う科目は，この簿記と必須科目である ACTG 335 会計情報システムの2科目である。簿記以外に 200 番台の会計学関連科目として，ビジネスの 200 番台の科目に財務会計の基礎（BA 211）と会計情報による意思決定（BA 213）が設置されている。このことから，ポート

ランド州立大学では財務諸表や会計情報の分析を行うにあたり，その作成プロセスの理解の必要性を認識させる会計教育が行われていることがわかる。また，政府および非営利組織会計が1単位分であるが，会計学コア科目のなかに組み込まれていることも1つの特徴である。

また，ポートランド州立大学では，7つの四半期タームにて会計学専門科目を中心とした学士学位取得プログラムの履修モデルが示されている（図表4－4参照）。この履修モデルは，難易度あるいは先行履修科目を意識したモデルとなっている。

図表4－4　学士学位取得プログラムの履修モデル

第1ターム	第2ターム	第3ターム	第4ターム	第5ターム	第6ターム	第7ターム
ACTG 281	ACTG 381	ACTG 382	ACTG 383	ACTG 421	ACTG 492	ACTG 495
BA 325	ACTG 335	ACTG 360	ACTG 303	ACTG 430	会計学選択科目	会計学選択科目
				会計学選択科目	会計学選択科目	

出典：Portland State University (2011-2012), Accounting Advising Guide, p.5 参照。

(b) 公認会計士試験の受験資格取得プログラム

このプログラムは，すでにいずれかの学士学位を取得した学生が，オレゴン州で公認会計士試験を受験するために必要とされている225単位を満たすためのコースである。ファイナンスや会計学以外の学士学位を取得した学生がこの225単位を満たすためには，通常は5年教育（Fifth Year of Education）が必要となる。しかしながら，すでにポートランド州立大学以外でファイナンスや会計学の学士学位を取得した学生には，取得単位科目の読み替えが行われるため，通常は2年間でこの225単位が満たされる。ポートランド州立大学では，この公認会計士試験の受験資格を得るために次の科目の48単位の取得を要請している[13]。

【会計学専門必須科目】(33 単位)
　ACTG 335 会計情報システム（4 単位）
　ACTG 360 管理会計（4 単位）
　ACTG 381, 382, 383 財務会計と報告 I・II・III（12 単位）
　ACTG 421 税務入門（4 単位）
　ACTG 430 政府および非営利組織会計（1 単位）
　ACTG 492 監査概念および実務（4 単位）
　ACTG 495 会計に関する統合的論点（4 単位）

【会計学専門選択科目】(7～8 単位)
　ACTG 422 上級税務（4 単位）
　ACTG 460 上級管理会計（4 単位）
　ACTG 485 商事法（4 単位）
　ACTG 490 上級財務会計と報告（3 単位）
　ACTG 493 上級監査（4 単位）

【その他専門外必須科目】(8 単位)
　BA 303 ビジネス金融（4 単位）
　BA 325 情報技術の基礎（4 単位）

　この公認会計士試験の受験資格取得プログラムは先の学士学位取得プログラムとおおむね同じであるが，その特徴としては会計学専門必須科目が多いことやその他専門外必修科目としてビジネス金融が指定されていることなどがあげられる。公認会計士試験の受験資格取得プログラムも，学士学位取得プログラムと同様に先行履修科目が設定されている（図表 4 - 3 参照）。また，このプログラムのもとでは，ファイナンスや会計学の学士学位を取得する学生は通常 2 年間で修了するため，5 つの四半期タームにおける会計学専門科目を中心とした図表 4 - 5 のような履修モデルも示されている。
　図表 4 - 4 と図表 4 - 5 から明らかなように，両プログラムの履修モデルは科目の難易度や先行履修科目を意識したものである。それは，公認会計士試験の受験資格取得プログラムの目的上，短期間に会計学専門科目を学べるモデルとなっている。

最後に，ポートランド州立大学でのこれら2つのプログラムで提供される講義は，公認会計士試験の受験対策のためのものではないことを明言している点に着目したい。具体的には，ポートランド州立大学では，上記科目の履修だけでは不十分であるとして，自主勉強あるいは専門学校による教材を通じた勉強を提案している。つまり，ポートランド州立大学は，大学における会計教育を公認会計士試験の受験対策のための教育とは明確に区別して位置づけているのである。

図表4－5　公認会計士試験の受験資格取得プログラムの履修モデル

第1ターム	第2ターム	第3ターム	第4ターム	第5ターム
ACTG 381	ACTG 382	ACTG 383	ACTG 421 または 会計学選択科目	ACTG 495
ACTG 281	ACTG 335	ACTG 492		
ACTG 360	ACTG 421 または 会計学選択科目	ACTG 430		
BA 325	BA 303	会計学選択科目		

出典：Portland State University (2011-2012), Accounting Advising Guide, p.4 参照。

② 教　員[14]

経営学部全体（学部と大学院を含む）でおよそ150名の教員が所属し，そのうち14名が会計学専攻の教員である。その職位構成は，教授7名，准教授2名，専任講師5名である（2012年7月現在）。また，9名の教員が公認会計士の資格をもち，1名の教員が公認管理会計士（CMA）の資格を有している。このように，日本の大学教員と比較すると，公認会計士などの資格を取得している教員の数が多く，また多くの教員が実務に携わった経験があることがわかる。会計学の専門分野についてみると，財務会計分野3名，管理会計分野3名，監査分野3名，税務分野2名，会計倫理分野2名，その他1名となっており，全体的

にバランスのとれた構成となっている。

③ 教育ツール

(a) オンライン講義システム—D2L

ポートランド州立大学が提供しているオンライン講義システムを「D2L」と呼ぶ[15]。このシステムは議論を中心とした講義には不向きであるが，正解が1つであるような項目やプロジェクトを行う科目には，学部を問わず広く採用されている。学生はウェブサイト上で自己の理解度や成長過程を逐次確認でき，質問があればウェブサイト上あるいは直接質問することも可能である。

会計学科目ではACTG 281簿記がオンライン講義であるが，このD2L以外のシステムを適用している。その他の会計学科目は通常の講義形式を採るが，シラバスや教材資料などがD2Lを通じて配布されている。学生は講義で使用する教材資料を適宜プリントして持参しなければならない。

(b) 講義サイズ，内容およびテキスト

各科目の定員は，おおむね40名〜50名と設定されている。そのため，200番台あるいは300番台の科目は異なる担当教員により複数開講されている（最大で6クラス，最小で2クラス。平均的には4クラス）。

複数開講科目のテキストはおおむね同じであり，講義で取り扱う内容も統一化が図られている。しかしながら，講義でのプロジェクト内容や試験問題などは各担当教員により異なる。テキストには紙媒体とデータベース媒体の2つの形態がある。また，紙媒体であっても通常の冊子になったもの以外に，各ページが切り離せるルーズリーフ形式のものもあり，これらは講義内容に応じて使い分けられている。会計学科目では，ACTG 381・382・383財務会計と報告Ⅰ・Ⅱ・Ⅲが同じテキストを章ごとに分けて使用するため，ルーズリーフ形式のテキストが使用されている。

このほかの特徴的なテキストとして，ACTG 351会計情報システムで使用されるテキストがあげられる。この講義では，Arens, A.A. and D.D. Ward,

第 4 章 事例：アメリカの IFRS 教育の実際　131

Systems Understanding Aid, 7th ed., Armond Dalton Publishers, 2008 をテキストとして使用している。このテキストは，帳簿体系を学ぶことを目的としたもので，自らがスポーツ用品店の経理を行うキッドとなっている。そのため，実際に使用するさまざまな帳簿，伝票，証券等を処理できる構成内容となっている。このように，この講義でのテキストは実際性を意識しており，その学習を通じて，学生は直ちに個人商店レベルの経理処理はできるまでになる。それに対して，日本では簿記の記帳手続一巡の流れを学習させるために，複式記入に重きを置いた実際よりも簡便な例題や，簿記検定試験を意識した問題等を配したテキストが使用されることが多い。

④ IFRS 教育の位置づけ

ポートランド州立大学の会計学関連科目には，国際会計という科目はみられない。しかしながら，IFRS については，ACTG 381・382・383 財務会計と報告Ⅰ・Ⅱ・ⅢおよびACTG 495 会計に関する統合的論点において取り扱われている。ACTG 381・382・383 財務会計と報告Ⅰ・Ⅱ・ⅢではU.S. GAAPに重きが置かれているが，それと比較する形でIFRS が取り扱われている。ACTG 495 会計に関する統合的論点では財務諸表分析に重きが置かれており，いくつかのIFRS が紹介されているに過ぎない。

(a) 教　材

ACTG 381・382・383 財務会計と報告Ⅰ・Ⅱ・Ⅲで使用されているテキストは，次のものである。

Kieso, D.E., J.J. Weygandt, and T.D. Warfield, *Intermediate Accounting, 14th ed.*, Wiley, 2012.

このテキストは全体で約 1,600 ページあり，24 章で構成されている。それぞれの章では事例説明，概念の説明，U.S. GAAP における会計処理の説明および練習問題が順に設けられている。各章末には，関連する IFRS が比較形式で

図表4－6　ACTG 381・382・383 財務会計と報告Ⅰ・Ⅱ・Ⅲにおける講義内容と時間数

科目	章	講義内容	時間数（回）
ACTG381 財務会計と報告Ⅰ	1	財務会計と会計基準	0.5
	2	概念フレームワーク	0.5
	3	会計情報システム（簿記）	1
	4	損益計算書と関連情報	3
	5	財務諸表とキャッシュ・フロー計算書	2
	6	会計と時間価値	0.5
	7	現金と受取債権	2.5
	8	棚卸資産の評価：原価アプローチ	1.5
	9	棚卸資産：その他の評価問題	1.5
	18	収益認識（一部のみの取り扱い）	3
	23	キャッシュ・フロー計算書	1
ACTG382 財務会計と報告Ⅱ	10	有形固定資産の取得および処分	2
	11	減価償却，減損，減耗償却	2
	12	無形資産	2
	13	流動負債および偶発債務	2
	14	長期負債	3
	15	株主持分	3
	16	潜在的普通株式および1株当たり利益	3
	17	投資（一部のみの取り扱い）	3
CTG383 財務会計と報告Ⅲ	17	投資（一部のみの取り扱い）	2
	19	法人所得税の会計	2
	20	年金および退職給付の会計	3
	21	リース会計	3
	22	会計方針の変更および誤謬の分析	2
	23	キャッシュ・フロー計算書	3
	24	開示	3

出典：ACTG 381/382/383 財務会計と報告Ⅰ・Ⅱ・Ⅲの各シラバスをもとに要約のうえ作成。なお，ACTG 381 財務会計と報告Ⅰは2011年秋タームのシラバスを，ACTG 382 財務会計と報告Ⅱは2011年冬タームのシラバスを，またACTG 383 財務会計と報告Ⅲは2012年春タームのシラバスを参照。時間数は週1回の授業（1時間50分）を1（回）としてカウントしており，シラバス上，2つの章が配されている場合には0.5とカウントしている。なお，通常時間数は総計21回となるが，祝日や各教員により中間試験の実施回数が異なるため，各講義の総時間数（回）が異なっている。

採り上げられ，IFRS に関する問題も設けられている。ただし，IFRS の取扱いは全体の 10％から 15％ほどである。

　このテキストのすべての章が，ACTG381・382・383 と 3 つの連続講義を通じて習得できるように設定されている。ACTG 381・382・383 財務会計と報告Ⅰ・Ⅱ・Ⅲの各講義では，テキストに沿った内容が取り扱われている（図表 4 − 6 参照）。

（b）シラバスの事例

　講義の単位数が 4 単位（クオーター制）の場合，1 回当たり 1 時間 50 分の講義が 1 週間に 2 回行われる。第 1 週から第 10 週まで講義が行なわれ，第 11 週がテストというのが基本となる。通常，中間試験も実施されるが，その実施回数は担当教員により異なる。シラバスには，講義目標，準備項目，評価方法および授業スケジュールなどが記載される。評価方法ならびに宿題等についてはこと細かく記されており，講義も授業スケジュールに従って正確に進められる。そのためシラバスの分量は比較的多い（平均して A4 サイズで 3 枚〜5 枚ほどの分量）。

　たとえば，2011 年度（秋ターム）の ACTG 381 財務会計と報告Ⅰのシラバスにおける授業スケジュール（一部）は，図表 4 − 7 のとおりである。

図表4－7　ACTG381 財務会計と報告Ⅰ（2011年秋ターム）のシラバス（一部）

日付	トピックス	宿題	予習箇所
第1週 9/27 （火）	イントロダクション 会計の仕組み：借方と貸方		Textbook：Ch. 3, 3A
9/29 （木）	財務会計と会計基準 FASB概念フレームワーク	E3-6, E3-9, E3-11, E3-14, E3-15, E3-16	Textbook：Ch. 1, Ch.1 IFRS Insights（pp.32-38）；Ch. 2, Ch.2 IFRS Insights（pp.81-81）
第2週 10/4 （火）	倫理的フレームワーク 包括利益 ・包括利益と会計等式（貸借対照表等式） ・業績の報告書：有用性，限界点，フォーマット ・臨時的・偶発的損益項目，前期修正損益項目など Reading Assignment #1 Due	CA1-3, CA1-8, CA1-9, CA1-13, CA1-14, IFRS1-1, IFRS1-2, IFRS1-3, IFRS1-4 BE2-6, BE2-7, BE2-8, E2-4, E2-5, IFRS2-1, IFRS2-3	Textbook：Ch. 4 Reading Assignment 1： ・"Why does the FASB have a Conceptual Framework?" ・"The Ethics of Organizational Politics" ・Ethics Case："Reporting Inflated Numbers"
10/6 （木）	包括利益 公共の利益における会計の役割 Reading Assignment #2 Due	BE 4-11, E4-2, E4-4, E4-5, E4-12, E4-13, E4-15	Textbook：Ch. 4 Reading Assignment 2： ・Kapnick："In the Public Interest." ・Wyatt："Accounting professionalism – they just don't get it!" ・"A Litigator's Perspective"
第3週 10/11 （火）	包括利益	P4-1, P4-7, IFRS4-3	Textbook：Ch. 4；Ch.4 IFRS Insights（pp.204-208）
10/13 （木）	貸借対照表 財政状態の報告書：有用性，限界点フォーマット 第1回中間試験の練習	E5-2, E5-4, P5-2 IFRS5-2, IFRS5-4	Textbook：Ch. 5（omit pp.227-235）；Ch.5 IFRS Insights（pp.301-305）

（c）プロジェクトの事例

　ACTG 381・382・383 財務会計と報告Ⅰ・Ⅱ・Ⅲは，いずれも講義形式の授業であるが，各講義で平均して2つほどのグループあるいは個人のプロジェクトが設けられている。とくに，ACTG 383 財務会計と報告Ⅲでは4つの個人

プロジェクトが設定され，そのすべてがIFRSについて問うものである。

そのプロジェクトの一例を示せば，次のとおりである。

【設例】マークス＆スペンサー（M&S）はIFRSを適用した財務諸表を作成していることから，その年次報告書（2011年度決算）をウェブサイトから入手する。次にM&Aグループ財務諸表（U.S. GAAPでいえば連結財務諸表である）に焦点を当て，以下の質問に答えなさい。
1．M&Sによって使用されているリースのタイプは何か？
2．貸借対照表の有形固定資産の部に着目すると，2010年度と2011年度にどのような固定資産がキャピタル・リースを使用して取得されているのか？ そのリース資産の金額について当該2年間の金額を示しなさい。当該2年間において新たなリース資産が追加されているのか？ もし，追加されているのであれば，その金額はどのくらいか？
3．M&Sは連結財政状態報告書のどこにリース負債を報告しているのか？ 2011年度と2012年のリース負債の額はいくらであるのか？ リース期間はどのくらいか？
4．M&Sはリース資産に関するキャッシュ・フロー情報を提供しているか？ もしそうならば，その情報は金額等を確認できるのか，あるいは記述のみであるのか？
5．IFRSを適用したM&Sのリースに関する会計処理をU.S. GAAPの会計処理と比較しなさい。

ACTG 383財務会計と報告Ⅲでは，上記の設例からわかるように，IFRSについてはプロジェクトを通じて自主学習させている。ACTG 381財務会計と報告ⅠやACTG 382財務会計と報告Ⅱと同じく，ACTG 383財務会計と報告Ⅲでもテキストを通じたU.S. GAAP中心の講義を行っており，IFRSは比較する形で紹介されているに過ぎないものの，プロジェクトによるIFRS教育が導入されているのである。

以上のカリキュラムや履修モデルから明らかなように，IFRS教育は学部開講科目では「International」や「Global」，さらには「IFRS」の用語を冠した会計学科目は見当たらず，アメリカ以外の国や地域の会計制度などを採り上げ

た科目も見当たらない。しかしながら，IFRS教育は，ACTG 381・382・383 財務会計と報告Ⅰ・Ⅱ・ⅢにおいてIFRSをU.S. GAAPと比較する形で取り組まれていることが確認できた。ただし，これらの講義にて採用されているテキストは，基本的にU.S. GAAPに準拠した内容であり，IFRSは各章末に取り扱われるに過ぎず，その割合は少ない。また，IFRSが宿題やプロジェクトによって自主学習という形で取り込まれていることも確認できた。

(3) 大学院における会計教育
① MSFAプログラムの特徴

MSFAプログラムは，太平洋北西エリアおよび世界において持続可能な財務管理実務を行うことを念頭に置き，将来の専門家を育成することを目的としたコースである。経営学部のMBAプログラムとは異なり，MSFAプログラムでは経営や管理スキルを幅広く取り扱った教育プログラムを提供するのではなく，ファイナンスや会計についての高度専門知識を習得する教育プログラムを提供している。また，他の大学にみられる会計学修士（Master of Accountancy）プログラムとも異なり，ファイナンスや戦略の分野も取り扱っている点に特徴がみられる。加えて，ポートランド市の会社，CFA協会認定証券アナリストや公認会計士などからなるファイナンシャル・コミュニティと提携して，学生にインターンシップ，実際のプロジェクト参画や就職先などへの機会を多く提供していることも特徴である。たとえば，MSFAプログラムのカリキュラムには，学生が6桁の投資ファンドを運営管理するコースも設けられている[16]。

MSFAプログラムに所属する学生は，2011年の全日制の学生を対象とした調査結果によれば，平均年齢が29歳であり，またおよそ4.6年の実務経験がある。そのため，講義の多くは夜間に開講されている。学生の45％がアメリカ国籍をもち，55％が留学生である。主に中国，インド，台湾およびベトナムからの留学生である[17]。

② MSFAプログラムのカリキュラム

MSFAプログラムでは，次の3つの分野から49単位を取得しなければならない[18]。

【ファイナンスおよび会計基幹科目】（30単位）
　ACTG 542 ビジネス決定における税要因（4単位）
　ACTG 551 会計情報システム（4単位）
　ACTG 552 戦略的管理会計（4単位）
　ACTG 553 財務諸表分析（4単位）
　ACTG 560 公認会計士職業倫理規則と公共の利益（2単位）
　FIN 551 財務アナリストのための財務管理（4単位）
　FIN 553 財務分析とビジネス評価（4単位）
　FIN 555 財務アナリストのための応用計量経済学（4単位）

【経営戦略およびプロジェクト経験】（11単位）
　BA 523 エクゼクティブのためのリーダーシップ（1単位）
　MGMT 562 経営戦略と経営方針（4単位）
　BA 525 キャップストーン・コンサルティングの経験（6単位）

【財務分析の選択科目】（8単位）[19]

MSFAプログラムで提供される科目は，すべて500番台の科目である。受講者数については学部と同様に制限があり，1科目当たり平均で40名ほどである。これらの科目群，とくに経営戦略とプロジェクトを経験させる科目群から，MSFAプログラム修了後に即戦力としてコーポレート・ファイナンスあるいは経理や会計を管理，担当できる人材を育成するというMSFAプログラムの目的が伺える。財務分析の選択科目にはさまざまな科目があり，なかでも大学院で提供される500番台以上の科目を参考までに示すと，図表4－8のとおりである。なお，MSFAプログラムの大学院生が学部の300番台や400番台の科目を選択することも可能であるが，その修得単位はMSFAプログラムの単位としては認められない。

図表4-8　MSFAプログラムの選択科目

科目番号	科目名	先行履修科目
ファイナンスに関する知識を深めたい学生向き		
FIN 545	ヘッジとリスク管理（4単位）	FIN 551
FIN 552	投資（4単位）	FIN 551
FIN 556S	国際財務管理（4単位）	FIN 551
FIN 565	コーポレート・ファイナンス管理の事例（4単位）	FIN 551
FIN 573	投資分析およびポートフォリオ管理（4単位）	FIN 551
FIN 574	ポートフォリオ管理：問題とパフォーマンス評価（2単位）	FIN 573
MGMT 533	アライアンスと買収（4単位）	なし
公認会計士試験を受験する学生向き		
ACTG 507	法医学会計（4単位）	なし
ACTG 522S	上級税務（4単位）	なし
ACTG 585S	商事法（4単位）	なし
ACTG 592S	監査概念と実務（4単位）	AIS 奨励科目
ACTG 593S	上級監査（4単位）	ACTG 592 奨励科目

出典：Portland State University, Master of Science in Financial Analysis Website (http://www.pdx.edu/gradbusiness/ms-in-financial-analysis-electives/).

③　履修モデル

　MSFAプログラムでは，全日制の大学院生が修了に必要な49単位を1年間（4ターム）で取得できるような履修モデルが提示されている（図表4-9参照）。

　学部と同様に，各科目の履修には先行履修要件がある。つまり，関連科目をすでに履修しておくことだけではなく，所定の成績で修了しておくことが要求されている。図表4-9での履修モデルは，MSFAプログラムで要請される49単位の取得を念頭に置いて作られている。しかし，ACTG 542ビジネス決定における税要因とACTG 552戦略的管理会計は，ACTG 512管理会計とコントロールを先行履修科目としている。さらに，このACTG 512管理会計と

図表4－9　MSFAプログラムの履修モデル（年間）

秋ターム[*1]	冬ターム	春ターム	夏ターム
ACTG 553（4単位）	ACTG 542（4単位）	ACTG 551（4単位）	BA 525（3単位）
BA 523（1単位）	ACTG 552（4単位）	ACTG 560（2単位）	選択科目[*2]または在外研究（4～8単位）
FIN 551（4単位）	MGMT 562（4単位）	FIN 553（4単位）	
FIN 555（4単位）	選択科目（4単位）[*2]	BA 525（3単位）	

注 *1：MSFA プログラムは秋タームからの入学しか認められていない。
　*2：選択科目は，8単位分が要請されている。選択科目は，冬タームと夏タームにそれぞれ4単位ずつ分けて取得するか，あるいは夏タームにフランスでの在外研究プログラム（8単位）に参加しなければならない。
出典：Portland State University, Master of Science in Financial Analysis Website
　　（*http://www.pdx.edu/gradbusiness/full-time-ms-in-financial-analysis-schedule*）.

コントロールは ACTG 511 財務会計を先行履修科目にしている。このような先行履修要件が体系化されていることからすると，この履修モデルを満たすことは簡単ではないといえる。なお，夏タームは通常8週間で実施されるが，その講義内容は10週間のその他のタームと同じであるため，ある一定の成績で単位を取得するには相当の努力が必要となる。

④　IFRS 教育の位置づけ

　MSFA プログラムにおいても，学部と同様に，「International」や「Global」，さらには「IFRS」という用語を冠した科目は見当たらない。しかしながら，IFRS は ACTG 511 財務会計で多少取り扱われている。ACTG 511 財務会計は，企業外部に財務情報を公開するための報告システムについて学ぶ導入科目であり，MSFA プログラムでの基幹科目の先行履修科目として位置づけられている。そこで，MSFA における IFRS 教育の位置づけを確認するために ACTG511 財務会計を事例として採り上げる。

　2011年秋タームに開講された ACTG 511 財務会計のシラバスによれば，この科目の担当教員は John L. Eckroth であり，受講者の定員は50名のクラス

である。この科目は大学院開講科目ではあるが，公認会計士試験の受験資格取得プログラムの学生も受講できる。

ACTG 511 財務会計で使用されているテキストは，次のものである。

Horngren, C.T., G.L. Sundem, J.A. Elliott, and D.R. Philbrick, *Introduction to Financial Accounting 10th ed.*, Pearson Prentice Hall, 2010.

ACTG511 財務会計の目的として，次の7つがあげられている。

① 会計専門用語と基礎概念の理解
② 3つの主要財務諸表（簡易版）の作成（私企業向け）
③ 財務諸表の解読と理解
④ 企業経営により行われる会計選択の識別
⑤ 公表されたデータを利用した企業の財政状態分析
⑥ 持続可能性報告書における公認会計士の役割のように，組織環境，社会やガバナンスの報告動向についての調査
⑦ 財務諸表や注記，その他の利用可能な情報を使用した企業の財務業績の基本分析の実施

また，ACTG 511 財務会計の講義は，学部での ACTG 381・382・383 財務会計と報告Ⅰ・Ⅱ・Ⅲとは異なり，テキストを中心として行われるのではなく，新聞や雑誌記事等を主に活用して行われている。ACTG 511 の授業スケジュールでは，各講義の学習項目を理解するための記事等が詳細に列挙されている（図表4－10参照）。

図表4－10から，ACTG 511 財務会計は財務会計について幅広く学習できる講義内容であること，ならびに IFRS 教育に関しては，U.S. GAAP との統合を意識した講義内容であることがわかる。また，具体的な会計処理項目をみても，IFRS と U.S. GAAP に差異があり，アメリカに大きな影響を及ぼすと考えられる項目（具体的には，棚卸資産の後入先出法に関する問題やリース会計など）が主に取り扱われていることも確認できる。

第4章 事例:アメリカのIFRS教育の実際 141

図表4-10 ACTG 511財務会計の授業スケジュール

週	記事のタイトル	学習項目
1	"The SEC Rules" "Goodbye GAAP" "The SEC:Cracking Down on Spin" "IFRS and US GAAP similarities and differences,"	1. 会計基準設定過程 2. 財務諸表の概要 3. 基本会計フレームワーク 4. 「現金主義会計」対「発生主義会計」
2	"Materiality Debate Emerges from the Dark" "Speech by SEC Chairman:Remarks Before the Financial Accounting Foundation's 2011 Annual Board of Trustees Dinner" "US Firms Clash Over Accounting Rules"	会計基準設定と財務諸表の概要
3	"The Effects of Business Environment and Strategy on a Firms Rate of Return on Assets"	認識と測定,ファンダメンタル財務分析
4	"The Power of Cash Flow Ratios"	キャッシュ・フロー計算書
5	"Slow Burn:What should you do when customers are slow to pay?" "Earning Management and It's Implications" "Big Changes Proposed for Revenue Recognition"	受取債権項目と再現性のない項目
6	"Sucking the LIFO Out of Inventory" "How Efficient is that Company"	棚卸資産
7	"How Far Can Fair Value Go" "Taking the "Ease" Out of "Lease"?"	固定資産とのれん
8	"Balancing Act:A lease accounting journey" "Managing Pension Liabilities:The Road Ahead"	長期負債
9	"The CEO/CFO Certification Requirement" "Understanding Internal Control and Internal Control Services"	株主持分と内部統制
10	"Integrated Reporting-A New Model for Corporate Reporting" "Sustainability Reporting"	持続可能性報告

出典:Portland State University, School of Business Administration Website (*http://www.sba.pdx.edu/faculty/resources/CI.html/*).

6 アメリカにおけるIFRS教育からの教訓

アメリカの高等教育機関におけるIFRS教育は,教育界や実務界などでその

必要性が十分に認識されている。その必要性の認識の存在こそがIFRS教育の生命線であり，IFRSの導入期や定着期のIFRS教育の方法論や内容などを問うための大前提となる。IFRS教育を醸成するには，その社会的・経済的な認知は不可欠である。

そもそもアメリカでIFRS教育の必要性が認識されたきっかけは，IFRS適用の制度設計にある。アメリカの発行体に対するIFRS強制適用に関する規制措置が展開されるか否かを問わず，SECによる外国民間発行体へのIFRS適用を容認する規制措置化にこそ，IFRS教育の社会的・経済的な認知の端緒といってよい。この規制措置は，アメリカ公認会計士試験である全米統一公認会計士試験の「財務会計（FAR）」の試験科目の出題範囲にIFRSを取込む制度改正ももたらした。また，この制度改正は，公認会計士試験の受験資格取得のための大学や大学院の教育プログラムやカリキュラムが結び付くだけに，IFRS教育はその教育プログラムなどでも不可欠なものとなる。

現に，ニューヨーク大学とポートランド州立大学の事例によれば，公認会計士試験の受験資格取得のための教育プログラムやカリキュラムは，アメリカにおける私立や公立のいずれであれ，編成されていた。アメリカの高等教育機関におけるIFRS教育の本質は，U.S. GAAPとIFRSの差異の理解を促すことにある。そのためには，講義での教材，ケースや演習問題を活用することも有益であるが，なによりもIFRS教育の基本は活用すべき財務会計テキストにある。アメリカにおけるIFRS教育の真価は，財務会計テキストにあるといってよい。

このように，アメリカのIFRS教育の事例は，自国の会計基準や会計制度をベースにした，IFRSとの差異を盛り込むなどの工夫をした財務会計テキスト作りと，それによる教育の重要性を物語っている。これは，日本のIFRS教育にも有益な示唆をもたらしている。

アメリカの公認会計士試験とは違って，日本の公認会計士試験は公会計や非営利会計の分野が財務会計ないし財務会計論の出題範囲に盛り込まれていない。しかし，日本の財務会計論の「出題範囲の要旨」には，「現行の会計諸規

則及び諸基準に関する知識のみでなく，それらの背景となる会計理論及び国際会計基準等における代替的な考え方も出題範囲とする」と明記しており，IFRS の考え方は等閑視できないものとなってきている。もちろん，すでに日本でも IFRS の解説書が多く出版され，また IFRS と日本の会計基準の比較や日本の会計基準の理解を目指した IFRS の影響などについて触れたテキストも散見される。

とはいえ，アメリカにおける IFRS 教育の実態を目の当たりにするとき，日本でも自国の会計基準や会計制度をベースにした，IFRS との差異を盛り込むなどの工夫を凝らした財務会計テキスト作りは必ず必要となる。このような財務会計テキストを作成し，その知見を蓄積する能力をわれわれも備え持っているはずである。その能力をもとに，IFRS 教育の必要性の認識を前提とした挑む姿勢が問われている。

[注]

(1) 具体的には，財務会計と報告，原価会計と管理会計，税務，監査と証明サービスの会計領域のなかで 33 単位時間数，ビジネス選択科目の 36 単位時間数，スタンドアローンのコースまたは他のコースと統合されたものによるカリキュラムで，それにはビジネスまたは会計のコミュニケーション研究，倫理と会計士責任および会計研究も含まれていなければならない。
(2) 公表された試験問題は，AICPA が再度活用することを意図していないものである。
(3) 1 年次の第 1 セメスター（16 単位）と第 2 セメスター（18 単位），2 年次の第 3 セメスター（18 単位）と第 4 セメスター（18 単位），3 年次の第 5 セメスター（14 単位）と第 6 セメスター（18 単位），4 年次の第 7 セメスター（17 単位）と第 8 セメスター（15 単位）による 134 単位である。
(4) 第 1 サマーセッション（9 単位）と第 2 サマーセッション（7 単位）による 16 単位である。
(5) Horngren et al. [2011] の採用率は 40%，Easton et al. [2010] と Libby et al. [2010] のそれはそれぞれ 30% である。
(6) アスペンビジネス教育センターによるランキングは隔年で実施され，この調査は，社会問題や環境問題を経営学のカリキュラムや研究に統合した刷新的な MBA プログラ

ムに焦点を当て実施されている（The Aspen Institute Center for Business Education Website（*http://www.aspencbe.org/awards/bgp.html*）を参照されたい）。
（7）Princeton Review Website（*http://www.princetonreview.com*）.
（8）経営学部では会計専攻のほかにファイナンス専攻，不動産金融専攻，経営・リーダーシップ専攻，人的資源専攻，マーケィング専攻，広告管理専攻，サプライ・ロジスティック専攻のコースが設置されている。
（9）公認会計士試験の受験資格取得のための教育要件は，公認会計士法で150単位時間数と規定しているが，これはセメスター制の教育プログラムについてのものである。ポートランド州立大学はクオーター制の教育プログラムを採用しているため，その1.5倍の225単位時間が受験資格取得のための単位時間数となる。
（10）The Oregon Board of Accountancy Website（*http://egov.oregon.gov/BOA/Pages/ExamReq.aspx*）.
（11）公認会計士試験の受験資格取得プログラムへの申請要件として，以下の5科目をすでに所定の成績で履修しておかなければならない。BA 211財務会計の基礎，BA 213会計情報による意思決定，STAT 243 & 244統計Ⅰ・Ⅱ，EC 201ミクロ経済原理，EC 202マクロ経済原理。
（12）Portland State University（2011-2012），Accounting Advising Guide, pp.4-5参照。
（13）Portland State University, School of Business Administration Website（*http://www.pdx.edu/sba/post-baccalaureate-accounting-certificate*）.
（14）Portland State University, School of Business Administration Website（*http://www.pdx.edu/sba/staff-directory/*）.
（15）Portland State University, The Center for Online learning Website（*http://www.pdx.edu/psuonline/*）.
（16）「Portland State University, Master of Science in Financial Analysis パンフレット」参照。
（17）Portland State University, Master of Science in Financial Analysis Website（*http://www.pdx.edu/gradbusiness/full-time-ms-in-financial-analysis-class-profile/*）.
（18）Portland State University, Bulletin 2011/2012, Vol. 45, summer 2011, p.84（*http://www.pdx.edu/sites/www.pdx.edu.oaa/files/2011% 20Bulletin.pdf*）.
（19）この8単位を取得する代わりに，MBAプログラムの学生とともにフランスでの在外研究において経営学やファイナンスを学ぶこともできる。

$$\begin{pmatrix} 1\sim 4,\ 6：杉本徳栄 \\ 5：井上定子 \end{pmatrix}$$

第5章

事例：わが国のIFRS教育の実際

パートA 大学における事例

柴　健次・正司素子・孫　美灵・山内　暁

　本章パートAでは，日本の大学（学部・会計専門職大学院）にみられるIFRS教育の事例を示すことにしたい（これらの事例はインタビュー調査にもとづくものである）。

　本スタディ・グループは2011年度の学会において，1年目の成果として「スタディ・グループ中間報告『IFRSの教育に関する研究』」を提出している。その第1部「IFRS教育の現状」第8章「日本におけるIFRS教育（井上定子・正司素子担当）」の第2節「日本の高等教育機関におけるIFRS教育（井上定子担当）」では，既に日本における大学（学部（80大学）・会計専門職大学院（18大学））を対象として，そこでのIFRS教育についての現状分析がなされている。

　具体的にそこで用いられた手法は，Web上で入手できる情報（IFRS教育に充てられる時間数（単位数）・配当年次・講義内容・使用テキスト等）にもとづく分析であった。その分析により，ある程度，日本の高等教育機関におけるIFRS教育の現状を把握することはできたが，把握することができない課題も残っていた。

　そのひとつが，「現場における生の声」である。実際にIFRS教育に携わっている教員は，どのような工夫をし，どのような悩みを抱えているのか。インタビュー調査により，それを浮き彫りにすることでIFRS教育の現状を把握

し，今後検討すべき課題を明確にする。それが，本章パートAの目的である。

　本スタディ・グループ1年目に行った「日本におけるIFRS教育」に該当する研究とは異なり，今年度は，上記したような情報のみからは把握することのできない現場における生の声を聞き，その現場における生の声を聞くことによってのみ掴むことのできる現状を把握することを優先的な目標としている。そのため，本章パートAでは，1年目において取り上げられていたような情報については，必要最小限しか含めてはいない。

　また，本章パートAにおける各事例の構成も，そのような目標に沿うように組まれている。具体的には，各事例の構成は図表5-1のようになっている。まず，「1　教育環境の概要」においては，「大学の教育理念・教育目的」を中心に取り上げ，対象となる大学（学部・会計専門職大学院）がどのような学生を育成したいのかを確認したうえで，「2　会計教育に占めるIFRSの位置づけ」において，その育成のためのモデルのなかでIFRS教育がどのような位置づけにあるのかを確認している。そして，「3　IFRS対応のための特徴的な工夫」では，実際に行ったインタビュー調査の結果を纏めている。

　ここではとくに，1年目のようにWeb上で入手できる情報（シラバス等）を載せるのではなく，「1　教育環境の概要」と「2　会計教育に占めるIFRSの位置づけ」において確認した大学の教育理念，教育目的，育成したい学生像，その育成のためのモデルのなかでのIFRS教育の位置づけを受け，担当教員等がどのような工夫をしているのかに焦点をあてるように心がけた。それこそが「現場における生の声」であり，インタビュー調査でしかわからないことであると考えたからである。そして，そこから得られた教訓等を「4　本事例からの教訓」において纏めている。最後の「5　参考資料」は，単なる引用文献という意味合いのものではない。上記したように，本章パートAでは，1年目において取り上げられていたような情報については，必要最小限しか含めてはいない。そのため，各自が必要とする情報を入手できるよう，とくに外部からアクセスできる資料に限定している。

第5章 事例：わが国のIFRS教育の実際　147

図表5－1　各事例の構成

> 事例X　○○大学○○学部の場合
> 1　教育環境の概要（大学の教育理念・教育目的等）
> 2　会計教育に占めるIFRSの位置づけ
> 3　IFRS対応のための特徴的な工夫
> 4　本事例からの教訓（他者が参考にしうる点）
> 5　参考資料（とくに外部からアクセスできるものに限定）

　事例として取り上げる大学（学部・会計専門職大学院）は，図表5－2に示したとおりである。これらは本スタディ・グループのメンバーが所属する（または関係する）大学（学部・会計専門職大学院）である。これらを対象としたのは，1年目から研究会において何度も意見交換を行い，ある程度IFRS教育についての考えを共有しているメンバーが関係する大学（学部・会計専門職大学院）であれば，今回のインタビュー調査の趣旨を理解してもらいやすく，より率直な「現場の生の声」を引き出すことができると考えたからである。

図表5－2　本章パートAで取り上げる事例

学　部	●明治学院大学 経済学部（国際経営学科） ●専修大学 商学部（会計学科） ●ICU（国際基督教大学）教養学部（経営学メジャー） ●広島市立大学 国際学部
会計専門職 大学院	●早稲田大学 大学院会計研究科 ●明治大学 会計専門職研究科 ●関西大学 会計専門職大学院

1 明治学院大学　経済学部（国際経営学科）の場合

山内　暁

(1) 教育環境の概要

　「明治学院大学は，教育と医療による伝道を試みたことで知られるヘボンが江戸時代末の1863年に創設したヘボン塾を起源とする大学[1]」である。当該大学の経済学部では，外国人を排斥しようとする社会的風潮が強かった時代にさまざまな困難を克服して最新の教育と医療を日本において実現したヘボンの意志を受け継いで，経済学と経営学の最新の研究成果を提供しようとしている[2]。

　経済学部のなかには，3つの学科（経済学科・経営学科・国際経営学科）が設置されている[3]。これら3つの学科のうち国際経営学科では，たとえば「人材養成上の目的・教育目標」と「学位授与に必要とされる学生の能力」として，以下が示されている。

■人材養成上の目的・教育目標[4]
　世界経済のボーダレス化が進むなか，企業や組織ではこれまで以上に国際的に活躍できる人材が求められている。国際経営学科では，新しい時代の要請に応えて，企業の諸問題をグローバルな市場環境のもとで正しく理解できる基礎学力を養うとともに，それをビジネスに活かす国際的なコミュニケーション能力を高めることを教育目標とする。

■学位授与に必要とされる学生の能力[5]
- 企業活動のグローバル化が急速に進展するなかで，広く経済学・経営学に関する知識を有するとともに，企業の諸問題をグローバルな市場環境のもとで正しく理解したうえで，自らの考えを日本語はもとより英語で表現できる能力。
- 高い倫理観のもとで，常に自らの言動を批判的に内省できる能力。
- 異なる価値観および文化的背景を理解し，グローバルな視野に立って活躍できる能力。

当該学科の名称は「国際経営学科」であるが，上記の「人材養成上の目的・教育目標」と「学位授与に必要とされる学生の能力」における説明をみると，まさに「経営」（ビジネス）というフィールドにおける国際的（グローバル）な視点が非常に重視されていることがわかる。

当該学科の学生は，（帰国子女やインターナショナルスクール出身者ではないという意味での）日本における教育を受けてきた学生であるが，英語によるコミュニケーションや表現に関心があり，将来国際的なビジネスの場で活躍したいと考えているものが多いという点に特徴がある[6]。実際に，当該学科では「国際ビジネスの場で活躍するグローバル・マネジャーを養成する[7]」ことを目標に掲げており，国際社会におけるコミュニケーションに不可欠な外国語のスキルアップのための講座（「ビジネス外国語」「外国書講読」）や国際ビジネスを理解するためのプログラム（「国際研修プログラム」「海外フィールドスタディ」）が設置されており[8]，英語でのプレゼンテーション能力の強化やグローバルな視点を向上させる機会が多く提供されている[9]。

(2) 会計教育に占めるIFRSの位置づけ

当該学科では，IFRS[10]に関係する科目として「国際会計論1」と「国際会計論2」が設置されている（図表5-3）[11]。それら科目の前段階として，財務会計の知識を習得するための3科目（「アカウンティング入門」「財務会計論1」「財務会計論2」）が設置されている。これら3科目は選択必修であるが[12]，「国際会計論1」を履修する学生のほとんどはこれらを履修済みであり，「国際会計論1」の講義開始時点において，日本の会計基準のもとでの財務諸表（貸借対照表と損益計算書）の基本的な読み方は理解しているということである（財務諸表分析を取り扱っている科目である「海外企業分析」については，未だ履修していない学生が多いということである）[13]。なお，当該学科における会計科目にみられる特徴として，いずれの科目においてもいわゆる資格試験的な簿記教育がなされていないという点があげられる（ただし，簿記でいうところの貸借均衡の意味および貸借対照表と損益計算書との繋がりについては教育されている）[14]。「国際会計論1」や「国際会計論

図表5－3　国際経営学科における会計科目（すべて2単位）

1年次	アカウンティング入門
2年次	財務会計論1／財務会計論2／海外企業分析
3年次	マネジメント・アカウンティング／国際税務／国際会計論1／国際会計論2／アカウンティング・ファイナンス特講

2」を履修する学生は，資格試験的な簿記の知識を有していないわけである。

(3) IFRS対応のための特徴的な工夫[15]

ここでは，2012年度における「国際会計論1」（山田純平先生担当）の事例を示すこととしたい（3年次/2単位/履修者は40名程度[16]）。

当該科目では，前半数回においてIASBやIFRSを巡る動向（コンバージェンスやアドプション等）を取り扱っているが，もっとも特徴的な点は，その動向にかんする比較的新しい海外の研究論文を紹介している点である。講義内において紹介された論文は，以下の2本である。

- Ball, Ray. 2006. International Financial Reporting Standards (IFRS): pros and cons for investors. Accounting & Business Research Special Issue (36).
- Sunder, Shyam. 2007. Uniform Financial Reporting Standards. CPA Journal 77 (4).

これら2本の論文は，一見すると学部生にとって難解なようにも思われるが，学生は，（全文を英語で解読することは難しいようであったものの）論文自体には興味を示したという。

その要因のひとつとして，当該学科の学生は，もともと英語によるコミュニケーションや表現に関心があり，英語力を鍛え国際的なビジネスの場で活躍したいと考えているものが多いということがあげられるが，それに加えて，担当教員の工夫も大きな要因であったと考えられる。担当教員の工夫として，単に

英語論文を配布するだけではなく，英文の横に簡単な一言コメント（日本語）を要点として付していた点が印象的であった。また，日本語による関連資料がある場合には，その資料も配布するということであった。そのような工夫をすることで，難解にみえる英語論文にも興味を示したのではないかと考えられる。また，上記2本の論文自体が非常に長いものであったため，さらなる工夫として，それらの論文については講義内で学生自身に読んでもらうということはせず，教員による説明に留める一方で，その代わりとして関連する以下の新聞記事を読んだということであった。

- Fearnley, Stella and Shyam Sunder. June 3, 2012. Global Accounting Rules-an Unfeasible Aim. ft.com.
〔http://www.ft.com/intl/cms/s/0/d467e660-a977-11e1-9772-00144feabdc0.html#axzz1zZIANJ5N〕（accessed 2012/07/15）

なお，当該科目では，英文財務諸表（貸借対照表と損益計算書）の基本的な読み方についての講義も行っている。それは学生からの英文財務諸表を読みたいというニーズに応えたものであったというが，これも国際的なビジネスの場で活躍するための知識を習得したいというモチベーションによるものであったと考えられる。また，当該学科では「マネジメント＆ストラテジー」「アカウンティング＆ファイナンス」および「トレード＆インダストリー」の3分野について専門科目が配置されており[17]，アカウンティングとファイナンス両方の知識を習得しようとする学生が，財務諸表の数字を読むということに興味を示しやすいということもあったのかもしれない。

(4) 本事例からの教訓

本事例は，英語によるコミュニケーションや表現に関心があり，将来国際的なビジネスの場で活躍したいと考えている学生（ただし，（帰国子女やインターナショナルスクール出身者ではないという意味での）日本における教育を受けてきた学生）に対して，IFRSにかんするどのような講義を提供すればよいかという教訓の得

られる事例である。

　そのような学生に対して，IASB / IFRS の動向にかんする比較的新しい海外の研究論文を紹介するという方法は，効果的な方法のひとつであるように思われる。彼等は，英語を「話す」「聞く」「書く」ことを重視する一方で，「読む」ということを苦手とする，または軽視する傾向があるものの[18]，実際には教員のひと工夫で（全文を解読できないにしても）興味を示すということがわかった。

　国際的なビジネスの場で活躍するためには，会計にかんする専門英語を「読む」ということも決して欠かすことのできない要素であるはずである。そのような，学生が見落としている重要な要素を教員がすくいあげ，提供する。それにより学生が，その要素に興味を持つ。そこに，学生の当該要素に対する「気づき」が生じたのではないだろうか。その意味で，当該試みの教育効果は，非常に高かったものと思われる。また，当該試みは，まさに「ヘボンの意志を受け継いで経済学と経営学の最新の研究成果を提供しようとしている[19]」当該学科の方針とも整合的なものであったと考えられる。

　本事例はまた，アカウンティングとファイナンス両方の知識を習得しようとしているが，資格試験的な簿記の知識はない（習得する予定もない）学生に対して，IFRS にかんする如何なる内容の講義を提供すればよいのかということについて，考えさせられる事例でもあった。少なくとも IASB / IFRS を巡る動向に加えて，英文財務諸表の読み方についての講義を行う必要があるということはわかった。

　なお，担当教員の悩みとして，会計専門家を目指していない学生を対象とする講義において，IFRS の具体的な会計処理をどこまで取り扱えばよいのかということがあげられた。現時点で，IFRS にかんする詳細な会計処理を取り扱っているテキストは出版されているが，本事例でみられた学生を対象とするテキストはみあたらないということであった。また，財務会計の講義と IFRS を取り扱う講義との線引きについての悩みもあげられた。最近では，財務会計の講義のなかで IFRS についての紹介がなされることも増えてきている。財務

会計という側面からIFRSの講義を展開する場合，その講義は，IFRSの紹介もなされている財務会計の講義とどのように異なるのであろうか。担当教員から投げかけられたこれらの悩みは，今後検討しなくてはならない課題であろう。

【注】
（1）「学部長からのメッセージ」より引用。
（2）「学部長からのメッセージ」より修正・引用。
（3）「経済学部」を参照。
（4）「経済学部：人材養成上の目的・教育目標と3つのポリシー」を参照。
（5）「経済学部：人材養成上の目的・教育目標と3つのポリシー」を参照。
（6）「インタビュー（山田純平先生）」による。
（7）「国際経営学科」より引用。
（8）「国際経営学科」を参照。
（9）「インタビュー（山田純平先生）」による。
（10）本章パートAでは，IASも含む意味でIFRSという用語を用いている。
（11）「国際経営学科カリキュラム一覧」より引用。
（12）「国際経営学科カリキュラム一覧」を参照。
（13）「インタビュー（山田純平先生）」による。
（14）「インタビュー（山田純平先生）」による。
（15）本節は，「インタビュー（山田純平先生）」にもとづく。
（16）大学（学部・会計専門職大学院）の規模をあらわす情報として，事例対象の大学（学部・会計専門職大学院）における在籍学生数を，本章パートAの各事例の後に 資料 として示している。
（17）「カリキュラムの概要とポイント」を参照。
（18）「インタビュー（山田純平先生）」による。
（19）「学部長からのメッセージ」より修正・引用。

【参考資料】
■「インタビュー（山田純平先生）：明治学院大学 経済学部（国際経営学科）准教授」（2012/06/25）
■「学部長からのメッセージ」（accessed 2012/06/22）
〔http://www.meijigakuin.ac.jp/econ/message/〕

- ■「カリキュラムの概要とポイント」(accessed 2012/06/25)
  〔http://www.meijigakuin.ac.jp/faculty/economics/international_business.html#curriculum〕
- ■「経済学部」(accessed 2012/06/22)
  〔http://www.meijigakuin.ac.jp/faculty/economics/〕
- ■「経済学部 学部案内 デジタルパンフレット」(accessed 2012/06/22)
  〔http://frompage.pluginfree.com/weblish/frompage/7696213845/index.shtml?rep=1〕
- ■「経済学部：人材養成上の目的・教育目標と3つのポリシー」(accessed 2012/06/22)
  〔http://www.meijigakuin.ac.jp/faculty/economics/policies.html#international_business〕
- ■「国際経営学科」(accessed 2012/06/22)
  〔http://www.meijigakuin.ac.jp/faculty/economics/international_business.html〕
- ■「国際経営学科カリキュラム一覧」(accessed 2012/06/22)
  〔http://www.meijigakuin.ac.jp/faculty/economics/download/curriculum_international_business.pdf〕

2 専修大学　商学部（会計学科）の場合

山内　暁

(1) 教育環境の概要

　専修大学商学部では,「ビジネス・インテリジェンス, すなわちビジネスに必要とされる実践的な知識及び技術並びに倫理観等の教育研究を通して, 社会的事象の本質を理解し, 真に行動を起こすことのできる人材を養成すること[1]」が目的とされている。

　専修大学商学部は「マーケティング学科」と「会計学科」という2つの学科からなるが, このように「会計学科」がひとつの学科として独立している点が特徴的である。また, 古くから「計理の専修」と呼ばれてきたことからもわかるように, 会計学への教育上の比重が高く[2], 会計学関係の科目数も非常に多い。また, 会計学科に所属する教員(ゼミナール担当)は15名以上であり, そのテーマも多岐に渡り非常に充実している[3]。

　会計学科では,「会計学の理論と実践の修得を通して, 最先端の会計専門知識及び技術を駆使して活躍することができる人材を養成すること[4]」が目的とされており, 図表5-4における4つの履修モデルが示されている。

図表5－4　4つの履修モデル[5]

履修モデル	モデルの概要
「会計プロフェッショナル」履修モデル	将来の職業的進路として，公認会計士，税理士，国税専門官など，会計学の知識を身につけて将来，職業的会計専門家として社会・企業と関係していこうと希望している学生のための履修モデル。
「財務会計」履修モデル	企業の経理や財務部門などに勤務し，主として資本市場向けの会計報告書作成業務の専門家を将来志向する学生のための履修モデル。
「管理会計」履修モデル	企業の製造関連部門や経営管理部門などで，会計学の専門知識を活用できる生産管理責任者や投資意思決定分析などにも精通する経営者を将来志向する学生のための履修モデル。
「財務情報分析」履修モデル	シンクタンクや企業格付け，コンサルティング関連部門に従事し，会計情報を利用して，企業活動戦略の策定や企業外部からの企業活動分析を行う専門家を将来志向する学生のための履修モデル。

（2）会計教育に占める IFRS の位置づけ

　図表5－4における4つの履修モデルのなかで IFRS に関連する科目である「国際会計論」の履修が示されているのは，「会計プロフェッショナル」履修モデルと「財務会計」履修モデルである。なお，両履修モデルにおける当該科目の位置づけは図表5－5と図表5－6において示したとおりである。

図表5－5　「会計プロフェッショナル」履修モデルで示されている主要科目履修の流れ[6]

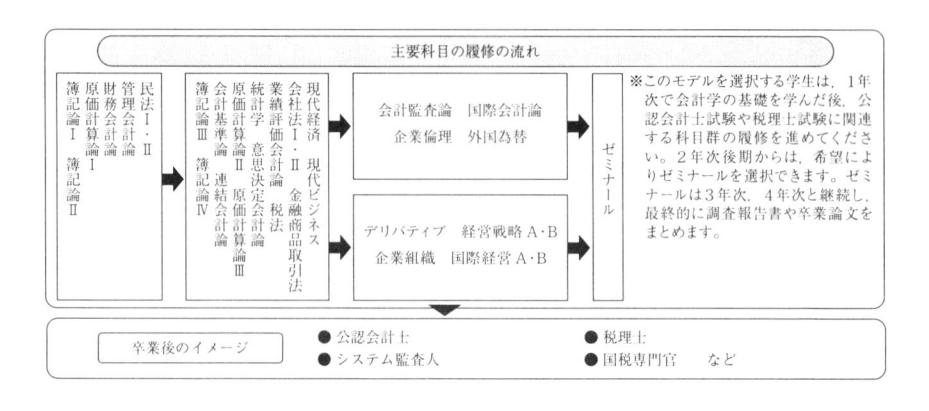

第5章 事例：わが国のIFRS教育の実際　157

図表5－6　「財務会計」履修モデルで示されている主要科目履修の流れ[7]

```
┌─────────────────────────────────────────────────────────────────┐
│                        主要科目の履修の流れ                      │
├──────┬──────┬──────┬──────────────┬──┬───────────────────┤
│簿記論Ⅰ・Ⅱ│民法Ⅰ・Ⅱ│簿記論Ⅲ│商取引法 コンピュータ会計Ⅰ・Ⅱ│ │国際会計論 環境会計論│※このモデルを選択する学生は、1年│
│原価計算論│財務会計論│税法 会計基準論│金融商品取引法 現代ビジネス│ │会計史 会計外国書講読A│次で会計学の基礎を学んだ後、企│
│簿記論Ⅱ│管理会計論│簿記論Ⅳ│会社法 連結会計論│ゼ│ │業が会計報告書を作成する際にし│
│ │ │ │ │ミ│ │たがうべき会計基準や金融商品取│
│ │ │ │ │ナ│会計外国書講読B│引法および会社法に関する知識を│
│ │ │ │ │ー│デリバティブ│学ぶために必要な科目群の履修を│
│ │ │ │ │ル│証券論 国際金融│進めてください。2年次後期から│
│ │ │ │ │ │ │は、希望によりゼミナールを選択で│
│ │ │ │ │ │ │きます。ゼミナールは3年次、4年│
│ │ │ │ │ │ │次と継続し、最終的に調査報告書│
│ │ │ │ │ │ │や卒業論文をまとめます。│
├──────────┼──────────────────────────────────────┤
│卒業後のイメージ│●企業の経理・財務部門　　●企業の国際戦略・IR部門          │
│                │●金融機関・保険会社・証券会社　●企業の営業・企画　　など │
└──────────┴──────────────────────────────────────┘
```

（3）IFRS対応のための特徴的な工夫

ここでは，2009年度，2010年度および2011年度における「国際会計論」（山内暁担当）の事例を示すことにしたい（3・4年次/4単位/履修者は例年200名程度）。

図表5－5と図表5－6からわかるように，「国際会計論」は（商業）簿記と財務会計の上級的な知識を習得したうえで履修する科目となっている（図表5－5と図表5－6で示されている簿記論Ⅰは簿記3級，簿記論Ⅱは簿記2級，簿記論Ⅲと簿記論Ⅳは簿記1級に相当する内容を習得する科目であり，財務会計論は基礎的な財務会計の知識，会計基準論は応用的な財務会計の知識を習得する科目である）。

そのため，「国際会計論」を履修する学生の（商業）簿記と財務会計にかんする知識レベルは非常に高く，（商業）簿記や財務会計の基本的な内容を復習することなく講義を展開することができた。一方で，とくに簿記1級に相当する内容まで習得した学生にみられる特徴として，決められたルールを暗記することに集中するあまり，自分の頭で考え，判断する力が不足しているという点がみられた。

そのような学生を対象とする「国際会計論」の講義では，現行IFRSにおける会計処理を示すのみならず，日本および米国の会計基準における会計処理との比較検討，過去の会計基準において採用されてきた会計処理や現在議論中の

会計処理との比較検討を行うことで，現行IFRSにおける会計処理を相対化し，「なぜそのような会計処理になっているのか」ということを常に考えさせるような工夫をした。このような講義を展開できたのは，もともと日本の会計基準における会計処理に対する学生の知識レベルが非常に高かったからである。

　また，すべての会計処理や論点について網羅することは難しいため，当該科目開講期間において議論となっていた主要トピック（利益概念・退職給付会計・収益認識・概念フレームワーク・金融商品会計・公正価値会計等）や担当教員が得意とする分野（無形資産会計や企業結合会計）を中心に取り上げた。また，当該講義では，知識のインプットを目的とするのではなく，自分の頭で柔軟に考えることができるようになることを目的としていたため，設定等を過度に複雑化せず，できるだけ単純化するという工夫も行った。もともと日本の会計基準における会計処理に対する学生の知識レベルが非常に高いため，いくつかの主要トピックを単純化して取り上げることで，多くの学生は，その他のトピックについても必要に応じて自分で調査するなどして，それなりに対応できるようになったようである。

（4）本事例からの教訓

　本事例は，日本の会計基準についての知識レベル自体は高いが，資格取得を目標として暗記中心の学習をしてきたため，自分の頭で考え，判断する力が不足している学生を対象としたIFRSにかんする講義において，いかに柔軟に考える能力を習得させるようにすることができるかという点についての教訓を得ることのできる事例である。

　現行IFRSのみならず，日本や諸外国の会計基準，過去の会計基準，変更の議論の行方によっては将来の会計基準となりうる事項について示し，それらを比較検討することにより，現行IFRSをスナップショット的に暗記するのではなく，相対化できるようになり，現行IFRSがなぜそのようになっているのか，また，どう判断すべきか，という事まで自分の頭で考えることができるよ

うになると考えられる。

【注】
（1）「学部及び学科における教育研究上の目的について」より引用。
（2）「学部紹介」を参照。
（3）「専修大学商学部 2013 年パンフレット」, 14 頁を参照。
（4）「学部及び学科における教育研究上の目的について」より引用。
（5）「専修大学商学部 2013 年パンフレット」, 13 頁より修正・引用。
（6）「専修大学商学部 2013 年パンフレット」, 15 頁より引用。
（7）「専修大学商学部 2013 年パンフレット」, 16 頁より引用。

【参考資料】
■ 「学部紹介」（accessed 2012/05/20）
　〔http://www.senshu-u.ac.jp/sc_grsc/sho/intro_schoolbus.html〕
■ 「学部及び学科における教育研究上の目的について」（accessed 2012/05/20）
　〔http://www.senshu-u.ac.jp/sc_grsc/kyoiku_mokuteki.html#c〕
■ 「専修大学商学部 2013 年パンフレット」（accessed 2012/06/19）
　〔http://www.senshu-u.ac.jp/dbps_data/_material_/localhost/koho/sc_pamphlet/2013_pamph_c.pdf〕

3 ICU（国際基督教大学）教養学部（経営学メジャー）の場合

山内　暁

(1) 教育環境の概要

　ICU では，大学の3つの使命として，「学問への使命」「キリスト教への使命」に加えて「国際性への使命」があげられている。その「国際性への使命」について「日本にあって，世界と日本を結ぶ架け橋としての使命を自覚し，国際理解と文化交流の進展に貢献することをめざします[1]」と述べられていることからもわかるように，ICU はとくに国際色が豊かな大学として有名である。全専任教員のなかで日本を出身国としない専任教員の割合は3割を超え，その出身国も，アメリカ，韓国，イギリス，カナダ，アルメニア，オーストラリア，ブルガリア，チェコ，フィンランド，フランス，スペイン，ドイツ，ハンガリー，オーストラリア，アイルランドと多岐に渡る[2]。

　当該大学の学部は，教養学部のみである。当該学部のなかにメジャーとよばれる32の専修分野（図表5－7参照）が設けられており，3年次になる前の段階でメジャーを決定することとされている[3]。

図表5－7　ICUにおける32のメジャー[4]

美術・文化財研究　音楽　文学　哲学・宗教学　経済学　経営学　歴史学　法学
公共政策　政治学　国際関係学　社会学　人類学　生物学　物理学　化学　数学
情報科学　言語教育　言語学　比較教育　教育・メディア・社会　心理学
メディア・コミュニケーション・文化　日本研究　アメリカ研究　アジア研究
ジェンダー・セクシュアリティ研究　開発研究　グローバル研究　環境研究

(2) 会計教育に占める IFRS の位置づけ

上記32のメジャーのなかで会計学関連の科目が設置されているのは、経営学メジャーである。経営学メジャーでは、その目的として以下があげられている。

> 「経営学メジャーでは、市場経済における企業経営の実態とその仕組みを学ぶことが大きな課題となっている。現代の企業の活動は、経営の意思決定、資金の調達、経理・人事管理等、環境対応等、多岐に渡っており、また国境の壁を越えて多国籍企業が大きな役割を果たしている。そうした企業の活動の実態について総合的に判断することが主要な目的である[5]。」

そして、会計学関連の講義科目としては、図表5－8に示した科目が設置されている。

図表5－8　経営学メジャーにおける会計学関連の講義科目[6]

基礎科目	会計学（3単位）
中級科目	財務管理論（2単位）　国際会計（3単位）
上級科目	財務会計論（3単位）　企業財務と評価（3単位）　管理会計論（3単位）

図表5－8における科目のほとんどが3単位科目であるが、これは、当該大学において図表5－9に示されているような3学期制が採用されていることによる。具体的には、1学期が11週からなり、1時限（70分）の講義科目においては、「授業＋授業以外の予習・復習2時限分」が1単位と数えられており、たとえば3単位の科目では、「週3時限の授業＋週6時限分の予習・復習」が求められている（このようなシステムがとられることにより、海外への留学や9月生受け入れも円滑に行なわれているという）[7]。

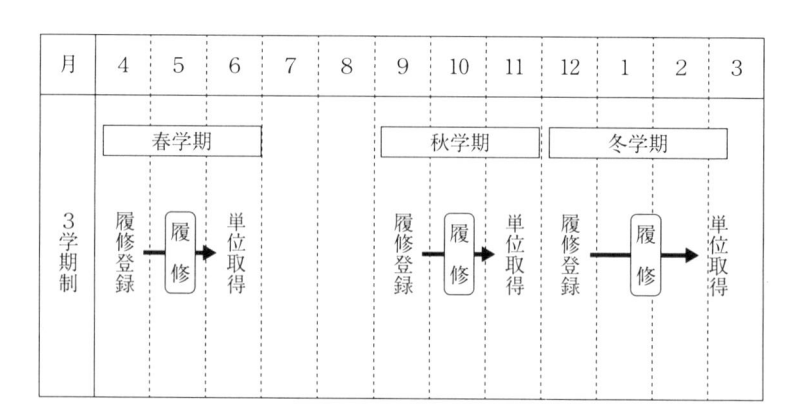

図表5-9　ICUにおける3学期制のシステム[8]

月	4	5	6	7	8	9	10	11	12	1	2	3
3学期制	春学期 履修登録→履修→単位取得					秋学期 履修登録→履修→単位取得			冬学期 履修登録→履修→単位取得			

(3) IFRS対応のための特徴的な工夫

ここでは，2010年度および2011年度における「国際会計」(山内暁担当)の事例を示すこととしたい(中級科目/3単位/履修者は例年40名程度)。

図表5-8に示したとおり，「国際会計」は中級科目であり，その前段階としてほとんどの学生が基礎科目である会計学を履修している。会計学では，簿記3級レベルに相当する内容の講義が提供されている。そのため，「国際会計」を履修する学生のほとんどは簿記3級程度の会計の知識は有している。一方，簿記3級程度以上の会計の知識は有していない。そのため，「国際会計」の講義において，個別具体的な会計処理の内容を取り扱うことは難しかった。

一方で，ICUは周知のとおり，非常に国際色の豊かな大学であり，留学生はもとより帰国子女や日本国内のインターナショナルスクール出身者も多く在籍していることから[9]，IFRSを巡る動向自体に対する関心は高い。

そのため，ICUにおける「国際会計」の講義では，具体的な会計処理自体は取り扱わず，とくにIASC (IASB) やIFRSの歴史およびそれを巡る各国の動向と日本の対応に焦点をあてた講義を行った。なお，具体的な会計処理自体は取り上げなかったものの，日本および米国の会計基準にもとづき作成された財務諸表ならびにIFRSにもとづき作成された財務諸表の基本的な読み方につ

いては，それらの実物を比較しながら講義を行った。英語を得意とする学生が多いため，英文財務諸表を読むことに対する興味は高いようであった。

　また，講義の初期段階で，当該大学の学生が，少人数のクラスでのプレゼンテーション・ディスカッションに慣れており，自分の頭で考える能力が非常に高いことがわかった。そのため，当該講義では，講義時間の一部をグループワークとし，IFRS 関連の新聞記事や論文等を読み，IFRS を巡る世界的な動向，日本の立ち位置についてのディスカッションを行うこととした。さらに，総括として，最終プレゼンテーションの機会を設けた。当該大学の学生は，英語以外の他言語（日本語以外）に精通した者も多く，さまざまな国におけるIFRS への対応についての情報や意見が集約され，有意義なディスカッションが行われた。個々人の得意分野を生かすことにより，学生間での良い相乗効果も生まれたようである。

(4) 本事例からの教訓

　本事例は，会計の知識レベル自体は高くないが，国際色豊かな環境のなかで教育を受け，国際的な問題に非常に高い関心を有している学生に対して，少人数教育のなかで，IFRS にかんするどのような講義を提供すればよいかという教訓の得られる事例である。

　そのような学生に対してはとくに，会計基準（個別具体的な会計処理）ではなく IASC（IASB）/ IFRS の歴史やそれを巡る国内外の動向を中心とした講義を展開するという方法が考えられる。ICU の学生は IFRS を，会計というフィールドにおける国際的な問題として捉えるのではなく，国際的なフィールドにおける会計という問題として捉え，あらゆる分野における国際的な視点と繋ぎ合わせて IFRS の論点を習得していったようである。これは，ICU 全体としての大学の目的とも整合的であったと考えられる。

　また，当該大学では，一方的に講義を行うだけではなく，各自が自発的に考えることのできるグループワークや最終プレゼンテーションの時間を設け，そのなかで発見した未知の論点について，学生が教員に質問をしたり，学生自ら

が調査したりすることにより，自然に知識を習得していくという方法をとることにより，個々人の得意分野を生かすことができ，学生間の相乗効果が生まれるということも確認できた。

【注】

（1）「3つの使命」より引用。
（2）「教職員数，専任教員の出身国・地域，年代別専任教員数」を参照。2012年5月1日時点。
（3）「教養学部」を参照。
（4）「メジャー紹介」を参照。
（5）「教養学部 メジャー紹介 経営学」より引用。
（6）「授業科目 Business」を参照。
（7）「教育システム」を参照。
（8）「教育システム」より引用。
（9）「国際基督教大学概況 学生数」を参照。

【参考資料】

- 「教育システム」（accessed 2012/07/15）
  〔http://www.icu.ac.jp/liberalarts/educational/system.html〕
- 「教職員数，専任教員の出身国・地域，年代別専任教員数」（accessed 2012/06/19）
  〔http://www.icu.ac.jp/info/facts/pdf/1205/1205_faculty.pdf〕
- 「教養学部」（accessed 2012/05/20）
  〔http://www.icu.ac.jp/liberalarts/index.html〕
- 「教養学部 メジャー紹介 経営学」（accessed 2012/05/20）
  〔http://www.icu.ac.jp/liberalarts/major/major_6.html〕
- 「国際基督教大学概況 学生数」（accessed 2012/05/20）
  〔http://www.icu.ac.jp/info/facts/pdf/1110/1110_students.pdf〕
- 「授業科目 Business」（accessed 2012/05/20）
  〔http://ehandbook.icu.ac.jp/cgi-bin/Public/cs2008jp.cgi?major=BUS〕
- 「大学概況」（accessed 2012/05/20）
  〔http://www.icu.ac.jp/info/facts/index.html〕
- 「3つの使命」（accessed 2012/05/20）
  〔http://www.icu.ac.jp/info/history/commitment.html〕
- 「メジャー紹介」（accessed 2012/05/20）
  〔http://www.icu.ac.jp/liberalarts/major/index.html〕

4 広島市立大学 国際学部の場合

孫　美灵・山内　暁

(1) 教育環境の概要

広島市立大学では，建学の基本理念として「科学と芸術を軸に世界平和と地域に貢献する国際的な大学」が掲げられており，その言葉には，科学・文化の発展と世界平和を願う広島市の意志と，公立大学としての地域貢献への期待が込められている[1]。

当該大学には，国際学部，情報科学部および芸術学部の3学部があり，そのうち国際学部が目指すところは「国際社会で活躍できるグローバル人材育成[2]」である。当該学部は「国際学部」という名のとおり，非常に国際色が豊かな学部であり，たとえば国際学部に所属する専任教員は45名であるが，そのうち日本を出身国としない教員（アメリカ，ドイツ，フランス，ロシア，中国，韓国）は8名である[3]。

また，当該学部では，教育方針のひとつとして，「「学際性」の実現に向けて」というコンセプトが示されており，当該コンセプトについて以下のように説明されている。

> 「既存の枠だけにとらわれず，私たちの周りや世界各地域の異質で多様なものを，多面的・複眼的に関連づけて理解できる学際的なカリキュラムを設けています[4]。」

(2) 会計教育に占めるIFRSの位置づけ

当該学部では，図表5－10に示した5つのプログラムが示されており，そのうち会計科目は「国際ビジネスプログラム」に属している（学生は，2つ以上のプログラムを修得することができる。また，ほぼ半分以上の学生が2つ以上のゼミをとっている[5]）。

そこでの会計科目は,「簿記論」(前期),「会計学」(後期),「国際会計論」(後期)および「公会計論」(後期)の4つであり(すべて2年次配当(2単位)),このなかでIFRSを取り扱っているのは「国際会計論」である[6]。4つという少ない会計科目のなかで「国際会計論」が設置されているのは,国際社会で活躍できるグローバルな人材の育成を教育目標として掲げている当該学部ならではと考えられる。

なお,「国際会計論」の履修にあたっては,「簿記論」を履修しておくことが望ましいということと「会計学」を同時に履修することが望ましいということが示されている[7]。実際に,「国際会計論」履修の前段階としてほとんどの学生が「簿記論」を履修し,「国際会計論」と同時並行的に「会計学」を履修しているということである(「簿記論」では簿記3級レベル,「会計学」では財務諸表の読み方と分析が取り扱われている)。

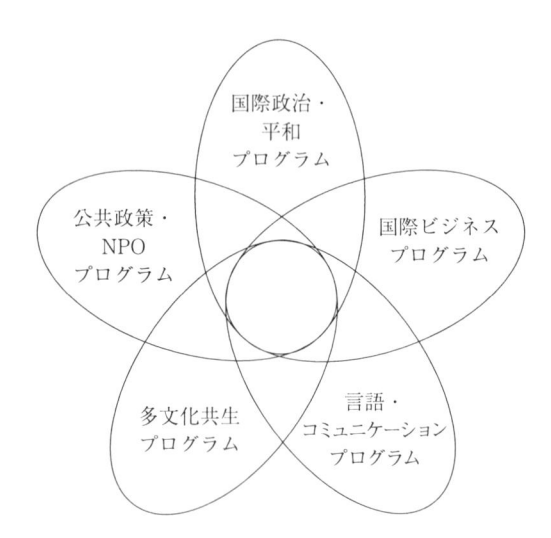

図表5−10　5つのプログラム[8]

（国際政治・平和プログラム／公共政策・NPOプログラム／国際ビジネスプログラム／多文化共生プログラム／言語・コミュニケーションプログラム）

(3) IFRS対応のための特徴的な工夫[9]

ここでは,「国際会計論」(潮﨑智美担当)の事例を示すこととしたい(2年次/2単位/履修者は例年20名程度[10])。

当該科目ではまず,「会計と会計環境」を学んだうえで,IFRSを巡る国際的な動向(IFRSの歴史・コンバージェンスとアドプション・IASBとEU・IASBと米国・IFRSへの日本の対応)を理解し,その後,概念フレームワークと個別のトピック(包括利益・金融商品・減損・退職給付・リース・収益認識・企業結合)を習得するという流れになっている[11]。

最初の講義で示される「会計環境」とは,さまざまな国や地域における会計制度,政治制度,法制度,社会制度や文化等をいう。そのさまざまな国や地域における「会計環境」を,その後の一連の流れ(IFRSを巡る国際的な動向 → 概念フレームワーク → 個別のトピック)のなかで常に意識させながら講義が進められているということであり,それが当該科目の特徴となっている。「会計環境」にかんする参考書としては,以下が用いられている。

- Mueller, Gerhard, Helen Gernon and Gary Meek. Accounting：An International Perspective. 4th Edition, Irwin.(野村健太郎・平松一夫監訳[1999]『国際会計入門(第4版)』中央経済社)
- Radebaugh, Lee H., Sidney J. Gray and Ervin L. Black. 2006. International Accounting and Multinational Enterprises. 6th Edition, Wiley.(小津稚加子監訳[2007]『多国籍企業の会計―グローバル財務報告と基準統合―』中央経済社)
- 徳賀芳弘[2000]『国際会計論』中央経済社。

当該科目ではまた,講義内において学生によるディベートやディスカッションの機会が多く設けられており,それも特徴のひとつとなっている。たとえば新聞記事を用いてグループ内で知識を確認した後にディベートやディスカッションを行う講義(4-5回)や,テーマを設定してそれについてのディベートやディスカッションを行う講義が展開されているという。具体的テーマとしては,たとえば「会計の国際的調和化」や「原則主義と細則主義」を取り上げた

ということである。

(4) 本事例からの教訓

　「国際会計論」の講義では，さまざまな国や地域における「会計環境」がひとつの軸として示され，その後の講義が展開されているが，それは，当該学部における教育方針のひとつとして示されている「「学際性」の実現」と強く繋がっているものであると考えられる。

　当該学部では「「学際性」の実現」について，「私たちの周りや世界各地域の異質で多様なものを，多面的・複眼的に関連づけて理解できる[12]」ということがあげられているが，「世界各地域の異質で多様なもの」とはまさに，「国際会計論」の講義の軸となっている「会計環境」にあてはまるものである。実際に当該講義では，「会計環境」と結びつけて教えることを通じて，さまざまな国や地域を総合的に理解できるよう努めているということで，会計の問題として国際会計を捉えるのではなく，社会問題として捉えるような講義になっているということである[13]。

　当該講義では，ディベートやディスカッションのテーマとして「会計の国際的調和化」や「原則主義と細則主義」が示されており，これらのテーマは学部生にとって，一見すると非常に抽象的で難しいテーマであったかもしれない。しかし，さまざまな「学際的」な教育のなかで「自分たちの周りや世界各地域の異質で多様なものを，多面的・複眼的に関連づけて理解できる[14]」ようになりつつある学生にとっては，非常に興味深いテーマであったのではないだろうか。

　実際に，学生の反応は非常によく，ディベートやディスカッションを通じて問題がより具体的に理解できるようにもなり，また，答えのない未解決の問題について，専門領域においても取り組む姿勢ができ，自分の意見を形成することができたという[15]。なお，当該学部の教育方針のひとつとして，少人数クラスが打ち出されており，「学生同士はもちろん学生と教員がしっかりとした議論ができるように，少人数の演習科目を重視し，各授業クラスも可能な限り少人数で編成[16]」していることが示されているが，当該講義は，その方向性

とも整合的なものであったと考えられる。

　IFRSが注目されるようになって以来，国際会計という名が付された科目ではIFRSが取り扱われることが多くなってきた。一方で，国際会計という名称の科目において伝統的に取り扱われてきた（さまざまな国や地域における会計制度，政治制度，法制度，社会制度や文化等の）「会計環境」は，取り扱われることが少なくなってきたように思われる。しかし，そのような伝統的な「国際会計」の手法を取り入れることによりIFRSの講義を展開している本事例をとおして，IFRSは，そのような「会計環境」と結び付けて学んでこそ，その存在意義や考え方をより深く理解することができるものなのではないかと感じた。また，「会計環境」は，さまざまな環境下において「原則主義」をどのように適用していくかについてのひとつのヒントともなりうるべきものであり，その意味においても，その理解は非常に有益なものなのだということがわかった[17]。

　もっとも，限られた講義時間のなかでそのような「会計環境」をどこまで学生に示し，それを理解させることができるのかという問題もあるかもしれない。そのような意味では，当該学部のなかで当該講義が行われているということ自体が，非常に意義があることのように思われる。当該学部には，もともと「学際性」と「国際的」という土壌がある。そこで学ぶ学生であれば，「会計環境」というひとつの問題を投げかけられると，即座にそれを受け止め，それほど時間をかけることなく吸収し，自分なりの考えを構築していくことができるのではないだろうか。

【注】
（1）「建学の基本理念」を参照・引用。
（2）「学部長メッセージ」より引用。
（3）「教員数」，「世界との交流」および「インタビュー（潮﨑智美）」による。2012年7月22日時点。
（4）「教育方針」を参照。
（5）「インタビュー（潮﨑智美）」による。
（6）「シラバス情報（国際学部）」を参照。

（7）「国際会計論シラバス」を参照。
（8）「5つのプログラム」より引用。
（9）本節は，「インタビュー（潮﨑智美）」にもとづく。
（10）「インタビュー（潮﨑智美）」による。
（11）「国際会計論シラバス」を参照。
（12）「教育方針」を参照。
（13）「インタビュー（潮﨑智美）」による。
（14）「教育方針」を参照。
（15）「インタビュー（潮﨑智美）」による。
（16）「教育方針」を参照。
（17）「インタビュー（潮﨑智美）」による。

【参考資料】

- 「5つのプログラム」（accessed 2012/07/18）
  〔http://intl.hiroshima-cu.ac.jp/modules/intl/feature/index.html〕
- 「インタビュー（潮﨑智美）：広島市立大学 国際学部 准教授」（2012/06/12 および 2012/07/22）
- 「学部長メッセージ」（accessed 2012/06/19）
  〔http://intl.hiroshima-cu.ac.jp/modules/intl/f_learn/message.html〕
- 「学生数」（accessed 2012/06/19）
  〔http://www.hiroshima-cu.ac.jp/aboutus/content0020.html〕
- 「教育方針」（accessed 2010/07/18）
  〔http://www.hiroshima-cu.ac.jp/department/category0001.html〕
- 「建学の基本理念」（accessed 2012/07/19）
  〔http://www.hiroshima-cu.ac.jp/aboutus/content0002.html〕
- 「国際会計論シラバス」（accessed 2012/06/19）
  〔http://rshpub.office.hiroshima-cu.ac.jp/OpenSyllabus/2012_114E1501.html〕
- 「国際ビジネスプログラム」（accessed 2012/07/18）
  〔http://intl.hiroshima-cu.ac.jp/modules/intl/feature/program5.html〕
- 「シラバス情報（国際学部）」（accessed 2012/06/19）
  〔http://rshpub.office.hiroshima-cu.ac.jp/OpenSyllabus/Page2.html〕
- 「大学の教育研究上の目的」（accessed 2012/06/19）
  〔http://www.hiroshima-cu.ac.jp/aboutus/content0111.html〕
- 「求める人材像」（accessed 2012/06/19）
  〔http://www.hiroshima-cu.ac.jp/department/category0001.html〕

5 早稲田大学　大学院会計研究科の場合

山内　暁

(1) 教育環境の概要

　早稲田大学大学院会計研究科では,「会計の知識に加えて自分の得意分野をもち,活躍のフィールドを広げる」という「会計プラス1」が謳われており,それが当該研究科の特徴のひとつとなっている[1]。当該研究科では,会計の世界におけるIT化やグローバル化のニーズに応えるために,「情報システム関連」「コンサルティング関連」や「英語・コミュニケーション関連」の科目が多数設置されており,「会計プラス1」の「プラス1」を習得できるようになっている。これらの概要は,図表5－11のとおりである[2]。

図表5－11　3つの「会計プラス1」[3]

情報システム関連	企業経営のソリューションを提供するERP（Enterprise Resource Planning）システムとして,世界のデファクト・スタンダードとなっているSAP® ERPシステムをPC教室に導入しており,これを実際に操作しながら,体系的に学ぶことができる。
コンサルティング関連	多くの有力コンサルティング企業と連携した講座を開設している。ビジネスの最前線で活躍中のプロフェッショナルが直接指導を行い,会計コンサルタントとして必要な専門知識やスキルを習得することができる。
英語・コミュニケーション関連	IFRSを取り上げた授業科目の他,原文での解釈に役立つ英語文献の読解能力や,英語を用いたコミュニケーション能力を養う科目も多数配置している。

　また,当該研究科では,「会計専門家として必要な高い倫理観を備え,会計の高度な専門知識・能力およびビジネス分野における幅広い能力を有する人材

を育成すること[4]」が教育の理念とされており,「高度な専門実務教育」「倫理教育の展開」および「リカレント教育の実施」に加えて,「国際基準に対応した教育」が具体的教育理念としてあげられている[5]。

(2) 会計教育に占める IFRS の位置づけ

早稲田大学大学院会計研究科では,「会計専門コース(2年間で「アカウンティング・マインド」を持った会計のスペシャリストを目指すコース(2年制))」「高度会計専門コース(指定の国家資格取得者あるいは実務経験者を対象とし,1年間で専門職学位論文を執筆するコース(1年制))」および「国際会計専門コース(英語力を活かし,国際的に活躍する会計専門家を目指すコース)(2年制)」という3つのコースが提供されている[6]。

「会計専門コース」では会計専門家が以下の4つのカテゴリー(①から④)に分けられ,参考としてそれら4カテゴリーの履修モデル(参考例)が示されている[7]。

---
① 公認会計士試験を受験し,独立の会計専門家となるためのモデル。
② 企業内の会計専門家となるためのモデル。
③ 財務・会計・経理の専門知識に対するニーズの広がりから,政府・自治体,非営利組織等において活躍する会計専門家となるためのモデル。
④ 高度かつ最新の知識を有するコンサルタントとなるためのモデル

IFRSに関連する科目としては,「国際会計基準Ⅰ」「国際会計基準Ⅱ」「IFRSワークショップ」「国際会計実務ワークショップ」および「Financial Accounting Workshop」が設置されている(いずれも2単位)。このうち,「国際会計基準Ⅰ」(1年次・秋学期)は,①から④すべてのカテゴリーの履修モデル(参考例)において示されている一方,「国際会計基準Ⅰ」の上級科目である「国際会計基準Ⅱ」(2年次・春学期)については,①と②のモデルにおいてのみ示されている。

なお,「国際会計専門コース」は,英語に特化しながら会計にかんする知識を身につけ,早稲田大学の会計修士（専門職）とハワイ大学のMaster of Accountingを同時に取得できるというコースである（当該コースでは1年間のハワイ大学留学がある）[8]。

(3) IFRS対応のための特徴的な工夫[9]

ここでは,「国際会計基準Ⅰ」「国際会計基準Ⅱ」「IFRSワークショップ」（秋葉賢一先生担当）の事例を示すこととしたい。これら3科目は,その教育内容と教育方法の両面において「国際会計基準Ⅰ」→「国際会計基準Ⅱ」→「IFRSワークショップ」という一連の流れが非常に上手く組まれており,良く機能している。

「国際会計基準Ⅰ」の到達目標は「IFRSの中核的・基礎的な領域を理解し,我が国の会計基準との差異をも含め,その概要を把握する[10]」ことである。IFRSにかんする基本的知識の習得を目指した科目であり,履修者は1年次を中心に100名以上である。一方,「国際会計基準Ⅱ」の履修者は60名程（ほとんどが2年次）であり,その履修には「「財務会計Ⅱ」「国際会計基準Ⅰ」のそれぞれの単位を修得済み又はそれと同等の知識を有していること[11]」が前提とされている。

その前提科目とされている「財務会計Ⅱ」では,会計基準として連結会計,金融商品会計,退職給付会計,税効果会計や企業結合会計等が取り上げられており[12],「国際会計基準Ⅰ」では,国際会計基準の展開・構成・適用,概念フレームワーク,財務諸表,収益,棚卸資産,引当金,有形固定資産,無形固定資産,減損,リース,投資不動産,企業結合,連結,金融商品,外貨換算や法人税等が取り上げられている[13]。それらが前提とされる「国際会計基準Ⅱ」の履修者は,財務会計とIFRSについて相当なレベルの知識を有しているものと考えられる。

その「国際会計基準Ⅱ」の到達目標は,「IASBが今後どのような基準設定を目指しているのかを理解するとともに,その良し悪しについて自分なりの考

え方を持つ[14]」ことであり，会計基準としては，その時々のトピック的なものを取り上げるとのことであった（具体的には，最近公表された改正基準や公開草案から取り上げるということである）。ここで目標とされるのは「国際会計基準Ⅰ」のような基本的知識の習得ではなく，常に動き続けるムービングターゲットとしてのIFRSについて，その動向や内容を理解し，それを鵜呑みにすることなくその良し悪しを自分の頭で考えることができるようになることである。

　そのような「国際会計基準Ⅱ」と同時並行的に履修されているのが，20名弱（2年次）という少人数で行われる「IFRSワークショップ」である。「国際会計基準Ⅱ」の履修条件としては，「原則として，「国際会計基準Ⅰ」または「国際会計基準Ⅱ」を履修済[15]」ということがあげられており，「IFRSワークショップ」の履修者のほとんどは，「国際会計基準Ⅰ」履修後に当該ワークショップに参加し，それと同時期に「国際会計基準Ⅱ」を履修している。当該ワークショップでは，講義方式である「国際会計基準Ⅰ」や「国際会計基準Ⅱ」とは異なり，「履修者をグループ分けし，テーマごとの検討や発表（プレゼンテーション）を行い，議論を行いながら進める[16]」という履修者参加方式が採用されている。また，テーマごとの検討や発表（プレゼンテーション）にあたっては，「現状の理解だけではなく，批判的な分析や問題点の検討，他のテーマとの関連，改訂やその方向性の是非についてまで触れられること[17]」が期待されており，教員から講義を受ける「国際会計基準Ⅰ」や「国際会計基準Ⅱ」とは異なり，個別テーマについて自分で調査，検討し，それを自分の言葉で発信するということが求められている。「IFRSワークショップ」まで履修した学生は，現行のIFRSをスナップショット的に鵜呑みにするのではなく，それを相対化して，批判的に検討することができるようになっているということであった。

(4) 本事例からの教訓

　早稲田大学大学院会計研究科におけるIFRSに関連する科目のうち，「国際会計基準Ⅰ」「国際会計基準Ⅱ」および「IFRSワークショップ」の3科目は1

名の教員により担当されており，1名の教員がそれらすべての科目の内容等を決定することができるため，一連の流れを上手く作り，機能させることができているのではないかと思われる（その点から考えると，3科目という科目数は，丁度良い数なのかもしれない）。複数の教員が担当するような場合，本事例のような上手く機能する一連の流れを作り上げるためには，事前の議論や調整等，相当な努力が必要とされるであろう。

　本事例からはまた，IFRS教育にあたっては，単に現行のIFRSを唯一無二のものとして教えるのではなく，それを相対化し，批判的に検討することができるような教育が必要であるということがわかった。そのためには，現行のIFRSを中心としつつも，現在議論中のものまで取り上げると効果的であるということもわかった。なお，本事例では，IFRSにウェイトを置きつつも必要に応じて日本基準も取り上げ，それらの比較も行っているということであった（逆に，財務会計の講義では，日本基準にウェイトを置きつつもIFRSを取り上げ，比較することもあるという）[18]。IFRSは決して特別なものではなく，あくまでも「ワン・オブ・ゼム」として捉えられるものということである。これは，「会計・監査ジャーナル（2012, p.14）」における担当教員（秋葉賢一先生）の以下の説明においても，みることができる[19]。

> 「IFRSは，ワン・オブ・ゼムであり，他の科目との連携やバランスが重要である。IFRSと日本基準，米国基準を総合的に比較して理解することによってお互いの善し悪しが見えてくる。
> 　IFRS教育に対する姿勢については，第一に，IFRSの学習方法についてよく聞かれるが，その際には日本基準はどのように勉強したかと問い返すことにしている。学習対象がIFRSか日本基準かは大した問題ではない。
> 　第二に，どういうテキストを選んで何から手をつければよいかということについては，良い教材や学習マニュアルがないことも一因であり，この面での対策が求められている。

第三に，IFRS を学べば日本基準の勉強に力を入れる必要がなくなるというわけではない。IFRS を学ぶに当たって健全な意味での批判的な視点や問題点の検討を行う姿勢が重要であり，日本基準を学び比較・相対化することで，IFRS に対する理解も一層深まるであろう。」

なお，当該研究科では，(IFRS に限らない) 広い意味での国際会計についても「ワン・オブ・ゼム」という考え方がみられるように思われた。設置科目一覧でみられるそのような科目 (2012 年度開講) としてはたとえば，「管理会計英文外書講」「国際税務」や「アメリカ監査制度ワークショップ」等がみられるが[20]，その科目数はそれほど多いとはいえない。しかしそれは，(広い意味での) 国際会計にかんする教育があまり行われていないということを意味しているわけではなく，特別にそのような国際会計のみが取り扱われている科目が少ない一方で，その他の科目のなかに含まれる形で部分的に国際的な会計も取り上げられているということを意味している[21]。当該研究科では，具体的教育理念のひとつとして「国際基準に対応した教育」があげられていたが[22]，それが特別なこととしてではなく，各科目のなかで自然に行われているということであろう。

一方で，当該研究科の設置科目一覧では，以下のような英語表記の科目が多くみられる (そのほとんどはネイティブ (英語) によるものである)[23]。

Entrepreneurship / Financial Accounting Workshop / Corporate Tax Law Workshop / Business Communication / Communication for Accounting Professionals / Professional Presentations / International Business News and Trends / International Negotiation / How To Become an Accounting Professional / Research Paper：International Business

---

これらは，当該研究科が提示している「会計プラスワン」のうちの「英語・コミュニケーション関連」に関係する科目であると考えられる。「会計プラスワン」の「プラスワン」はカリキュラムと連動はしているが，その選択は学生

に委ねられているということであった[24]。国際的な会計に興味を持ち，国際的に活躍したいと考える学生にとっては，「英語・コミュニケーション」という能力は必要不可欠であり，そのような能力を習得できる科目の充実は，非常に重要なことであるように思われた。

【注】
(1)「会計＋1（プラスワン）」より引用。
(2)「会計＋1（プラスワン）」を参照。
(3)「会計＋1（プラスワン）」より作成。
(4)「当研究科の教育について」より引用。
(5)「当研究科の教育について」を参照。
(6)「コース紹介」を参照。
(7)「会計専門コース」より修正・引用。
(8)「国際会計専門コース」より修正・引用。
(9) 本節は，「インタビュー（秋葉賢一先生）」にもとづく。
(10)「国際会計基準Ⅰ　シラバス」より引用。
(11)「国際会計基準Ⅱ　シラバス」より引用。
(12)「財務会計Ⅱ　シラバス」を参照。
(13)「国際会計基準Ⅰ　シラバス」を参照。
(14)「国際会計基準Ⅱ　シラバス」より引用。
(15)「IFRS ワークショップ　シラバス」より引用。
(16)「IFRS ワークショップ　シラバス」より引用。
(17)「IFRS ワークショップ　シラバス」より引用。
(18)「インタビュー（秋葉賢一先生）」による。
(19) これらについては，「会計＋1（プラスワン）」における「IFRS 教育への取り組みについて」においても言及されている。
(20)「設置科目一覧（2012 年度）」を参照。
(21)「インタビュー（秋葉賢一先生）」による。
(22)「当研究科の教育について」を参照。
(23)「設置科目一覧（2012 年度）」を参照。
(24)「インタビュー（秋葉賢一先生）」による。

【参考資料】

- 「IFRS ワークショップ シラバス」（accessed 2012/07/08）
  〔https://www.wsl.waseda.jp/syllabus/JAA104.php?pKey=4801004009012012480100400948&pLng=jp〕
- 「インタビュー（秋葉賢一先生）：早稲田大学 大学院会計研究科 教授」（2012/07/04）
- 「会計＋1（プラスワン）」（accessed 2012/06/20）
  〔http://www.waseda.jp/accounting/feature/accounting-plus-1.html〕
- 「会計専門コース」（accessed 2012/06/20）
  〔http://www.waseda.jp/accounting/course/course-accounting.html〕
- 「コース紹介」（accessed 2012/06/20）
  〔http://www.waseda.jp/accounting/course/〕
- 「国際会計基準Ⅰ シラバス」（accessed 2012/07/08）
  〔https://www.wsl.waseda.jp/syllabus/JAA104.php?pKey=4801003001012012480100300148&pLng=jp〕
- 「国際会計基準Ⅱ シラバス」（accessed 2012/07/08）
  〔https://www.wsl.waseda.jp/syllabus/JAA104.php?pKey=4801003002012012480100300248&pLng=jp〕
- 「国際会計専門コース」（accessed 2012/06/20）
  〔http://www.waseda.jp/accounting/course/course-inter.html〕
- 「財務会計Ⅱ シラバス」（accessed 2012/07/08）
  〔https://www.wsl.waseda.jp/syllabus/JAA104.php?pKey=4801001004022012480100100448&pLng=jp〕
- 「設置科目一覧（2012年度）」（accessed 2012/07/08）
  〔http://www.waseda.jp/accounting/students/2012courses0401.pdf〕
- 「当研究科の教育について」（accessed 2012/06/20）
  〔http://www.waseda.jp/accounting/feature/〕
- 三宅博人・橋本尚［2012］「会計教育研修機構 創立3周年記念特別講演会「IFRS導入に向けた今後の課題と展望」」会計・監査ジャーナル，No.682.

6　明治大学　会計専門職研究科の場合

山内　暁

(1) 教育環境の概要

　明治大学では，「建学の精神」として「権利自由」と「独立自治」に加え，「使命」として「世界へ―「個」を強め，世界をつなぎ，未来へ―」と「知の創造と人材の育成を通し，自由で平和，豊かな社会を実現する」ということが示されている[1]。当該大学の会計専門職研究科においてもたとえば，研究科長の言葉として，当該研究科の創設にあたり「長きにわたって多数の公認会計士，税理士，国税専門官等の会計専門職業人を輩出してきた本学の伝統に基づいて，新たな時代が求める「知」の創生を会計プロフェッショナルの知性に見出し，その体現者としての「技」と「心」を備えた「個」としての会計専門職業人の養成を通じて国際経済社会に貢献し，その変革のリーダーシップをとることのできる人材の養成を志向[2]」したことが説明されており，当該研究科が，当該大学の「使命」の一環として創設されたことがわかる。

(2) 会計教育に占める IFRS の位置づけ

　明治大学会計専門職研究科では，図表5－12の一番下にみられるような7つの科目系（共通科目は除く）が設置されており，そのなかに「国際会計系」がある。「国際会計系」の独立は，当該研究科における教育の特色のひとつとされている[3]。

　「国際会計系」の科目としては図表5－13に示したような科目が設置されているが，そこではIFRSにとどまらず，アメリカ会計制度，EU会計制度や中国会計制度という科目が設置されており，(IFRSに限らない) 広い意味での「国際会計」を学習できる点が特徴的である (いずれも2単位)。

　当該研究科ではまた，2012年度より新たに「明治大学―延世大学IFRSワー

図表 5 － 12　カリキュラム構成[4]

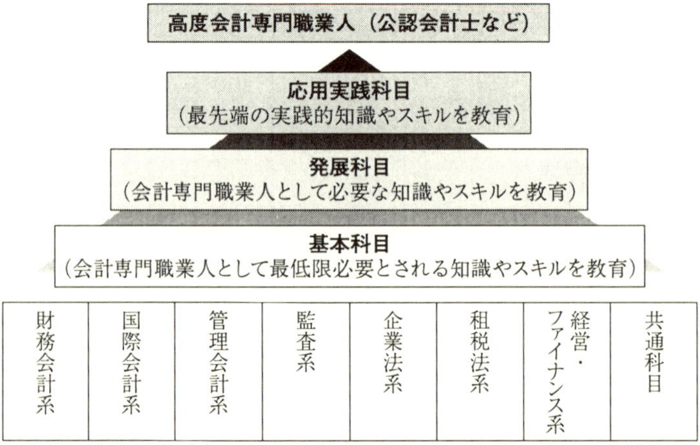

高度会計専門職業人（公認会計士など）

応用実践科目
（最先端の実践的知識やスキルを教育）

発展科目
（会計専門職業人として必要な知識やスキルを教育）

基本科目
（会計専門職業人として最低限必要とされる知識やスキルを教育）

| 財務会計系 | 国際会計系 | 管理会計系 | 監査系 | 企業法系 | 租税法系 | 経営・ファイナンス系 | 共通科目 |

図表 5 － 13　国際会計系の科目一覧[5]

基 本 科 目	国際会計実務
発 展 科 目	国際会計基準／アメリカ会計制度／EU会計制度／中国会計制度／ビジネス・イングリッシュⅠ／ビジネス・イングリッシュⅡ／ビジネス・イングリッシュⅢ／ビジネス・イングリッシュⅣ／中国会計書講読／会計英語／ファイナンシャル・アカウンティング／オーディティング　アンド　アテステーション／レギュレーション
応用実践科目	国際会計研修・国際会計実務ケーススタディ

クショップ」が実施されており，それも特徴のひとつとなっている。その概要については，以下のように説明されている[6]。

　「高度会計専門職業人としてのグローバルな活躍のためには，高い国際性を具備していることが不可欠の要件とされます。本研究科ではすでに正規カリキュラムの一貫としての「国際会計研修」を配置しておりますが，2012年度からは，新たに課外講座の一環として，韓国屈指の最高学府で

ある延世大学経営大学校（Yonsei University Business School）と「IFRS（国際財務報告基準）」に関する共同研究のための「明治大学―延世大学IFRSワークショップ」を実施します。1997年のIMF（国際通貨基金）によるアジア通貨危機救済の一策としての2011年からの韓国におけるIFRSの適用という背景から，IFRS先進事例として韓国から学べる点は多く，そのための本プログラムへは大きな期待が寄せられています。本プログラムは，本研究科の優秀な学生を現地に派遣し，延世大学ならびに韓国会計界の世界最高水準のスタッフによる講義，討議，フィールドワークを主な内容としています。さらに今後は双方間での学生ならびに教員の活発な交流を果たしていきたいと考えております。」

(3) IFRS対応のための特徴的な工夫[7]

ここでは，「国際会計基準」（竹原相光先生担当）の事例を示すこととしたい（履修者は例年50名程度）。当該研究科ではIFRSにとどまらず，アメリカ会計制度，EU会計制度や中国会計制度といった，さまざまな会計制度にかんする講義が展開されており，「国際会計基準」はIFRSを取り扱う唯一の講義科目である（図表5－13にみられる基本科目「国際会計実務」では，IFRSではなくアメリカの会計制度と会計基準が取り上げられている[8]）。そのため，当該科目においてIFRSのエッセンスを効率的かつ効果的に伝える必要があるが，当該科目ではそのための講義計画が非常に上手く組み立てられている。

具体的には当該科目は，最初に「IFRSの沿革と現状・概念フレームワーク・公正価値の適用とその概念」を講義したうえで，個別のトピック（金融商品・資産の減損・退職給付会計・引当金・株式報酬・収益認識・企業結合・無形資産・財務諸表の表示）を取り上げるという構成となっている[9]。とくに，最初の段階で概念フレームワークと公正価値について学習するという点が重要であり，それにより学生は，IFRSの基本的な考え方（や方向性）を理解することとなる。その後，IFRSの基本的な考え方を軸として個別のトピックを学習していくわけであるが，そのトピックの選択にあたっては，IFRSの考え方がとくに際立つ

ものに絞っているということである。

このように,最初の段階でIFRSの考え方を理解するための軸を作り,それがより明確に理解できるようなトピックに絞りその後の講義を進めていくという方法は,限られた時間のなかで効率的かつ効果的にIFRSのエッセンスを伝える方法として,非常に有効な方法であるように思われる。なお,当該科目を履修する学生は,日本基準についてある程度の知識を有しており,日本基準にかんする知識がベースにあることを前提に講義が行われているということであった[10]。

(4) 本事例からの教訓

本事例で取り上げた「国際会計基準」の講義は,日本基準についてある程度の知識を有している学生に対して,限られた時間のなかで,具体的なトピックも交えながらIFRSの考え方を効率的かつ効果的に伝えるためには,どのような方法を採用すればよいかという問いの答えともなる事例であると考えられる。

「国際会計基準」の担当教員（竹原相光先生）の悩みとして,当該科目が対象とする学生は幅広く（履修者は1年次と2年次）,講義開始時点での知識レベルに差もあるため,焦点を絞りにくいという点があげられたが[11],当該講義で採用されている方法は,知識レベルに差があったとしても,「日本基準についてのある程度の知識を有している」という共通項をもつ学生を対象とする場合,非常に有効な方法であるように思われる。つまり,当該講義で採用されている方法のもとでは,当該大学の会計専門職研究科に入学できるレベルの日本基準についての知識を有している学生であれば,入学直後の段階であったとしても,入学後の勉強により,さらに高い知識レベルを有することになった段階であったとしても,IFRSの考え方をスムーズに理解することができるだろう。また,「日本基準についてのある程度の知識を有している」ことを共通項とすれば,学生（学部生・大学院生）教育ではなく社会人教育の場にも援用できる方法でもあると考えられる。

なお，本事例は，「国際会計」が何を意味するのかということについてもとくに考えさせられる事例であった。最近では，もっとも狭い意味の国際会計としてIFRSが対象とされることも多いが，本来その対象は，より広いはずである。明治大学会計専門職研究科では，その広がりが，アメリカ会計制度，EU会計制度や中国会計制度，また韓国の延世大学とのワークショップにみられた（これらはとくに財務会計としての国際会計に焦点を絞ったものであるという[12]）。そのように広く国際会計を捉えた場合，IFRSを取り扱う講義の時間数は，そうではない場合と比較して少なくなるかもしれない。そのようななかでIFRS教育を行うためには，本事例で取り上げた講義「国際会計基準」における教育方法が参考となるであろう。

また，当該研究科における延世大学（韓国）とのIFRSワークショップも，非常に興味深い事例であった。当該研究科では，連携すべき大学を検討する過程で，韓国のみならず香港やシンガポール等，アジアにおける諸大学を中心に検討を行ったということであり，それは，当該研究科の今後の方向性として，アメリカやEUに加えて，新たにアジアという軸を作っていくことを見据えてのことであったという[13]。アジア諸国の会計学界のプレゼンスが高まっている今，本事例は，大学（学部・大学院）においてそれら会計学界との具体的連携を行うための参考事例となるように思われる。

当該研究科では「「技」と「心」を備えた「個」としての会計専門職業人の養成を通じて国際経済社会に貢献し，その変革のリーダーシップをとることのできる人材の養成を志向[14]」しているということであったが，狭い意味での国際会計教育ではなく，広い意味での国際会計教育を受けることで，学生は，目まぐるしく変わる国際経済社会のなかで，たくましく生き抜き，貢献し，いずれはその変革のリーダーシップをとることのできる人材となるべき素質を多少なりとも身につけていくのではないだろうか。

【注】

（1）「建学の精神と使命」。
（2）「明治大学会計専門職研究科ガイドブック 2013」，2 頁より引用。
（3）「明治大学会計専門職研究科ガイドブック 2013」，3 頁を参照。
（4）「明治大学会計専門職研究科ガイドブック 2013」，5 頁より引用。
（5）「授業科目」より抜粋・作成。
（6）「明治大学会計専門職研究科ガイドブック 2013」，9 頁より引用。
（7）本節は，「インタビュー（竹原相光先生）」にもとづく。
（8）「国際会計実務　シラバス」を参照。
（9）「国際会計基準　シラバス」を参照。
（10）「インタビュー（竹原相光先生）」による。
（11）「インタビュー（竹原相光先生）」による。
（12）「インタビュー（佐藤信彦）」による。
（13）「インタビュー（佐藤信彦）」による。
（14）「明治大学会計専門職研究科ガイドブック 2013，2 頁より引用。

【参考資料】

- 「インタビュー（竹原相光先生）：明治大学 会計専門職研究科 教授」（2012/07/11）
- 「インタビュー（佐藤信彦）：明治大学 会計専門職研究科 教授」（2012/07/11）
- 「建学の精神と使命」（accessed 2012/06/22）
  〔http://www.meiji.ac.jp/koho/information/mission/mission.html〕
- 「明治大学会計専門職研究科ガイドブック 2013」（accessed 2012/06/22）
  〔http://www.meiji.ac.jp/macs/guidebook/6t5h7p00000c9pkq-att/2013guidebook.pdf〕
- 「授業科目」（accessed 2012/06/22）
  〔http://www.meiji.ac.jp/macs/curriculum/kamokulist.html〕
- 「講義内容（シラバス公開（Oh-o! Meiji システム））」（accessed 2012/07/10）
  〔http://www.meiji.ac.jp/macs/curriculum/kougi.html〕
  ・「国際会計基準 シラバス」
  ・「国際会計実務 シラバス」
  これらのシラバスは，シラバス公開（Oh-o! Meiji システム）より参照。シラバスへは，当該システムの Web Site に示されているゲストアカウント（ユーザ ID・パスワード）を用いることによりアクセスすることができる。

7 関西大学　会計専門職大学院の場合

正司素子・孫　美灵・山内　暁

(1) 教育環境の概要

　関西大学会計専門職大学院（通称）では，理論と実務に習熟し，自分の特長を生かして得意分野をもった，競争に勝てる公認会計士を意味する「超会計人 (Borderless Accountant)」が謳われており，それが当該大学院の特徴のひとつとなっている[1]。

　当該大学院では，図表5－14における知のペンタゴンが示されている。これは，「「財務に強い公認会計士」「ITに強い公認会計士」「法律に強い公認会計士」「経営に強い公認会計士」「行政に強い公認会計士」といった，戦略的に競争優位な条件を作り出せるような『超会計人』を養成するカリキュラム[2]」を示したものである（こうした履修モデルによって，院生が入学当初から大学院修了後のキャリア設計を強く意識しながら効率よく学習できるようになっている）。

　また，関西大学会計専門職大学院では，「設置の理念」として，以下が示されている。

> 「本学（関西大学―筆者）の理念としての「学の実化（じつげ）」，およびこれを具体化した柱のひとつ「学理と実際との調和」は，「開かれた大学」「情報化社会への対応」「国際化の促進」の3本柱として継承されています。本学の会計研究科は，会計領域における「学理と実際との調和」を結実させるものなのです[3]。」

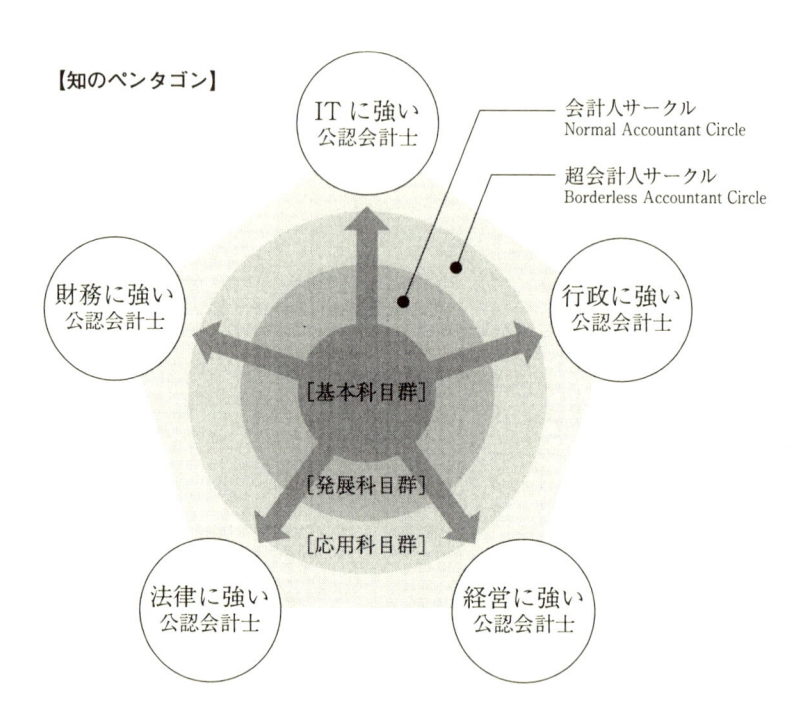

図表 5 − 14　知のペンタゴン[4]

【知のペンタゴン】

- IT に強い公認会計士
- 財務に強い公認会計士
- 行政に強い公認会計士
- 法律に強い公認会計士
- 経営に強い公認会計士

会計人サークル　Normal Accountant Circle
超会計人サークル　Borderless Accountant Circle

[基本科目群]
[発展科目群]
[応用科目群]

(2) 会計教育に占める IFRS の位置づけ

　関西大学会計専門職大学院では，国際的な科目が数多く提供されている。とくに，図表 5 − 15 に示したように，国内と国際という両方の視点から設置されている科目が多いという点に特徴がある（図表 5 − 15 に示した以外にも「国際公会計制度」等，国際的な科目が多く存在している）（いずれも 2 単位）。

　IFRS に関連する科目としては，「国際会計基準論」「国際会計制度論」「IFRS 実務」「国際会計事例研究」「特殊講義（IFRS 財務報告論）」があげられる[5]。また，これらの科目にとどまらず，「通常の講義においても，IFRS を想定した講義が展開されており，日本での会計専門職としての資質だけでなく，修了時は IFRS 流の会計を自然な形で修得できるようにカリキュラムが編

図表 5 − 15　国内的な視点と国際的な視点による科目[6]

国内的な視点の科目	国際的な視点の科目
「会計基準論」	「国際会計基準論」
「会計制度論」	「国際会計制度論」
「会計事例研究」	「国際会計事例研究」
「管理会計事例研究」	「国際管理会計事例研究」
「税務会計事例研究」	「国際税務会計事例研究」
「監査制度論」	「国際監査制度論」
「監査事例研究」	「国際監査事例研究」

成[7]」されている。たとえば，英語に慣らす目的も兼ねて，財務報告の概念フレームワーク（原文）を購読させている演習科目（ソリューション）もある[8]。

(3) IFRS 対応のための特徴的な工夫[9]

　ここでは，IFRS に関連する上記科目のうち，2012 年度における「国際会計基準論」（正司素子担当）の事例（履修者は例年 20 − 30 名程度）と当該大学院の全学的な取り組みである「IFRS 教育のプロジェクト」を示すこととしたい。

　「国際会計基準論」では「企業経営の目線」からの講義を行っており，それが当該科目の特徴となっている。最近，会計専門職大学院の学生は多様化しており，必ずしも高度な専門的会計人を目指す学生ばかりではなく，会計というツールを使ったビジネスマンを目指す学生も増加している。そのようなニーズを受ける形で，当該科目では，ややビジネスよりの内容を取り入れるという工夫を行った。

　具体的には，身近な企業（国際的な企業と日本企業の対比）の事業戦略についてケーススタディを用いて分析させるとともに，財務分析や企業価値分析も織り交ぜて，企業活動がどのように会計数値にあらわされ，それがどのように投資家に解釈されていくのかをディスカッションさせた。当該科目の対象は 2 年次であり，就職活動を経験した学生も多かったことから，学生の関心に深く直結

しており，非常に活発な議論がなされた。

当該大学院の全学的な取り組みである「IFRS教育のプロジェクト」も，当該大学院におけるIFRS対応のための特徴的な工夫である。当該プロジェクトは，関西大学の特別研究・教育促進費（2011年1月1日～12月31日）を受けた「IFRSs（国際財務報告基準・国際会計基準）およびISA（国際監査基準）の実践的教授法の確立」が母体となっており，具体的には，欧米（オランダと米国）への現地調査，企業・監査法人へのアンケート調査を行い，その結果を受けて，教育方法を検討するというものである。

当該研究科における財務会計，管理会計，監査および税務会計の教員が当該プロジェクトに参加しており，プロジェクトの効果として，①その調査結果を財務会計の担当者に限定するのではなく当該研究科全体で共有すること，②財務会計だけでなく，その他の科目（監査や税務）への影響を，主立った教員が認識すること，③共有・認識したものを講義に反映させることを目指している。

(4) 本事例からの教訓

関西大学会計専門職大学院におけるIFRS対応のための特徴的な工夫として，「国際会計基準論」の講義と全研究科の取り組みである「IFRS教育のプロジェクト」を紹介したが，より大きな視点からみると，それらは当該研究科「全体」と「個」の連携のひとつとして上手く機能していることがわかる。そして，それこそが本事例における最大の特徴であり，教訓の得られるところである。

一言で国際会計の科目といっても，当該研究科では図表5－15に示したような多くの科目が設置されており，また，通常の科目においても，IFRSを想定した講義が展開されている[10]。このような状況のなかでは，ともすれば各科目の講義内容が重複するといった問題も発生することが想定されるが，当該大学院では，それらの内容が重複しないように，全体のなかで調整がなされている。それは，教員の属人主義を排除し，理念追求型の科目設計を目指した結果であるという[11]。「国際会計基準論」の特徴は「企業経営の目線」からの講

義を行っているということであったが，それは，そのような「全体」の調整の結果として必然的に生まれてきたものであるといえよう。

　また，そのような内容の講義を展開するためには，「実務家の視点」が非常に重要であり，実際に，当該講義は実務家により行われているわけであるが，当該研究科では，研究者と実務家の配分も上手く行われている。全51名の教員（専任教員（会計専門職大学院専属の教員）14名，兼担教員（会計専門職大学院に所属していない関西大学専任教員）3名，兼任教員（学外の非常勤講師）34名）のなかで実務家教員（大手監査法人や企業において監査もしくは経理の実務経験を有するもの）は22名（大学の研究者教員は29名）配置されており，まさに当該大学院の「設置の理念」として示されていた「学の実化（じつげ）」が実践されている[12]。George O May（1943年）による「経験の蒸留（distillation of experience）」という言葉に代表されるように，会計は実務とは切り離せないものである。そのため，実務の視点から行われるこのような講義は，非常に重要なものであるといえよう。

　「IFRS教育のプロジェクト」は，当該研究科における「全体」と「個」を繋ぐひとつの例といえる。当該プロジェクトには，当該研究科における財務会計，管理会計，監査および税務会計の教員が参加している。それはほぼすべての教員が当該プロジェクトに参加しているということを意味しており，そこで共有・認識されたものがいずれ各講義に反映されていくこととなるわけである。

　以上のように当該研究科で「全体」と「個」が上手く機能しているのは，もともと大学院全体の方針を個々の教員が共有しかつ組織的に取り組むという風土の存在によるものである[13]。それを象徴するものとして，当該研究科の教員より共同執筆された以下の本があげられる。

● 柴健次編著［2007］『会計教育方法論』関西大学出版。
　　本書は，関西大学会計専門職大学院が開設された2006年（春学期）終了後に執筆されたものである。新設大学院において，教員も学生も手探り状態のなかで真剣に取り組んでいる教育現場の状況が記録されている。

● 柴健次編著 [2008]『会計専門職のための基礎講座』同文館。
　本書は, 入学生のレベルを一定程度に維持することを目的として, 入学前教育の一環として執筆されたものである。

　当該研究科で謳われている「超会計人」という言葉には, 狭い範囲に捉われた指示待ち人間ではなく, ボーダレスに活躍できる強い会計人たれとの願いが込められている[14]。当該研究科の「全体」と「個」は非常に上手く機能しており, 研究科全体が有機的一体となり, ボーダレスに活躍できる強い会計人の育成に取り組んでいるのである。

【注】
(1)「教育内容」より修正・引用。
(2)「教育内容」を参照。
(3)「研究科紹介」より引用。
(4)「教育内容」を参照。
(5)「IFRSへの取り組み」を参照。
(6)「カリキュラム一覧」を参照。
(7)「IFRSへの取り組み」より引用。
(8)「インタビュー（柴健次・富田知嗣）」による。当該演習科目は柴担当のものである。
(9) 本節の「IFRS教育のプロジェクト」については,「インタビュー（柴健次・富田知嗣）」にもとづく。
(10)「IFRSへの取り組み」を参照。
(11)「インタビュー（柴健次・富田知嗣）」による。
(12)「関西大学大学院会計専門職大学院2012年（パンフレット）」, 27頁を参照。
(13)「インタビュー（柴健次・富田知嗣）」による。
(14)「インタビュー（柴健次・富田知嗣）」による。

【参考資料】
■「IFRSへの取り組み」（accessed 2012/05/20）
　〔http://www.kansai-u.ac.jp/as/education/feature/IFRS.html〕
■「インタビュー（柴健次・富田知嗣）：関西大学会計 専門職大学院教授」（2012/06/15）
■「カリキュラム一覧」（accessed 2012/07/19）

第 5 章　事例：わが国の IFRS 教育の実際　191

〔http://www.kansai-u.ac.jp/as/education/curriculum/index.html〕
- 「カリキュラムの特徴」(accessed 2012/05/20)
 〔http://www.kansai-u.ac.jp/as/education/feature/index.html〕
- 「関西大学大学院会計専門職大学院 2012 年（パンフレット）」
- 「関大式超会計人養成プログラムへようこそ」(accessed 2012/06/30)
 〔http://www.kansai-u.ac.jp/as/about/greeting.html〕
- 「教育内容」(accessed 2012/05/20)
 〔http://www.kansai-u.ac.jp/as/education/index.html〕
- 「研究科紹介」(accessed 2012/07/19)
 〔http://www.kansai-u.ac.jp/as/about/index.html〕

資 料

■事例対象の大学における在籍学生数

	大学全体 学部全体	大学全体 大学院全体	対象学部・研究科
明治学院大学 経済学部（国際経営学科）	12,030	269	640
専修大学 商学部（会計学科）	20,155	327	1,078
国際基督教大学 教養学部（経営学メジャー）	2,779	158	／
広島市立大学 国際学部	1,776	338	472
早稲田大学 大学院会計研究科	44,756	9,357	228
明治大学 会計専門職研究科	29,861	／	128
関西大学 会計専門職大学院	28,071	2,056	82

注：上記の情報は専修大学（2011年5月1日）を除き，すべて2012年5月1日時点の数字。
　　／は当てはまる情報がないことをあらわす。

在籍者数は以下の各大学の公表情報より入手。
「明治大学会計専門職研究科」の情報については，インタビューにより入手。
■明治学院大学（accessed 2012/07/22）
　　「入学定員・入学者数・編入学者数・収容定員・在籍学生数」
　　〔http://www.meijigakuin.ac.jp/disclosure/number/〕
■明治大学（2012/08/03）
　　「インタビュー（佐藤信彦）：明治大学 会計専門職研究科 教授」
■専修大学（accessed 2012/07/22）
　　「平成23年度 専修大学 入学定員・入学者数・収容定員・在籍者数」
　　〔http://www.senshu-u.ac.jp/library/dbps_data/_material_/localhost/univguide/gaiyo/pdf/numst_cur2011.pdf〕
■国際基督教大学（accessed 2012/07/22）
　　「国際基督教大学概況」
　　〔http://www.icu.ac.jp/info/facts/pdf/1205/1205_students.pdf〕
■広島市立大学（accessed 2012/07/22）
　　「学生数」
　　〔http://www.hiroshima-cu.ac.jp/aboutus/content0020.html〕
■早稲田大学（accessed 2012/07/22）
　　「2012年度 学生数・生徒数」

〔http://www.waseda.jp/jp/public/common/pdf/c/students2012.pdf〕
■明治大学（accessed 2012/07/22）
　「学生・生徒現員,定員（入学定員・収容定員）及び収容定員に対する比率」
　〔http://www.meiji.ac.jp/koho/disclosure/student/6t5h7p00000157xn-att/4_1.pdf〕
■関西大学（accessed 2012/07/22）
　「学生数・教職員数」
　〔http://www.kansai-u.ac.jp/global/guide/numberstd.html〕

8 まとめ—インタビュー調査を終えて

(1)「全体」の教育理念等との繋がり

　本章パートAの目的は，インタビュー調査により，「現場における生の声」を聞き，実際にIFRS教育に携わっている教員は，どのような工夫をし，どのような悩みを抱えているのかを浮き彫りにすることでIFRS教育の現状を把握し，今後検討すべき課題を明確にすることであった。対象とした大学（学部・会計専門職大学院）の事例においては，そこでの教育理念，教育目的，育成したい学生像，その育成のためのモデルのなかで，それらに整合するような取り組みが行われていることがわかった（具体的には各事例を参照）。

　そこでは，さまざまな工夫がみられたが，それらはすべて「全体」の教育理念等に応えるものであった。事例全体をとおして，IFRS教育は決して独立したものではなく，大学やその学部・会計専門職大学院「全体」の教育理念等のなかで検討すべきものであるということが明確になった。また，担当教員は個々人でそのような教育理念等について理解し，講義の工夫をしていることがわかった。一方で，関西大学会計専門職大学院のように，あえて「全体」で意識的な取り組みを行っている大学があることも判明した。

　「全体」で意識的に取り組むのか，個々人で取り組むのか，いずれにしても，教育理念等が存在しない大学（学部・会計専門職大学院）はありえず，担当教員はそれを理解したうえで，それに応えていくはずである。その意味では，特徴のない大学（学部・会計専門職大学院），特徴のない取り組みというものはないように思われる。

(2) 今後の研究にむけて

　IFRS教育が，そのような教育理念，教育目的，育成したい学生像，その育成のためのモデルのなかで検討すべきものであるならば，IFRS教育がどうあるべきかという問いに対して画一的な解を出すのは難しいかもしれない。しか

し，今回のインタビュー調査を通じて，少なくとも，「教育理念・教育目的・育成したい学生像・その育成のためのモデル → IFRS 教育への取り組み・工夫」という繋がりがあることは確認できた。とするならば，たとえばその「教育理念・教育目的・育成したい学生像・その育成のためのモデル」自体をある程度類型化することができれば，そこから繋がる「IFRS 教育への取り組み・工夫」も類型化し，「教育理念等 A → IFRS 教育 A」「教育理念等 B → IFRS 教育 B」…という解を出すことはできるかもしれない（もっとも，日々学生と向き合っている現場では，常に新たな問題が発生してくる。そのため，類型化できない部分も残るであろう）。

そのような類型化を行うためには，本章パート A において行った事例研究のみでは不十分であり，インタビュー調査の対象を広げるとともに，本スタディ・グループ 1 年目の「日本における IFRS 教育」において取り上げられたような情報やさらなる数値的なデータも総合的に合わせた研究が必要とされるであろう。

パートB 企業における事例

柴　健次・正司素子

1　目的および調査対象

　本編では，企業における会計教育についての事例調査を行い，それらを通して，高等教育機関に期待される会計教育の在り方等についての考察を行う。

　事例として，日本におけるIFRS適用の象徴的な存在であり，IFRS財団評議員やIASBボードメンバー等の人材も輩出している住友商事㈱に加えて，日本を代表する製造業における取り組みを浮き彫りにするために，連結売上高約5千億円の製造化学メーカーである㈱カネカの2社においてインタビューを行った。

〈調査対象〉

　　　住友商事㈱　特別顧問　島崎憲明氏（IFRS財団評議員）
　　　㈱カネカ　　取締役常務執行役員　岸根正実氏

2　住友商事㈱の事例

(1) 会社の沿革と概要

　　　1919年　大阪北港株式会社（資本金35百万円）として設立，不動産経営等にあたる
　　　1944年　㈱住友ビルディング（1923年設立，資本金6.5百万円）を合併して，社名を住友土地工務㈱と改称
　　　1945年　終戦後，新たに商事部門への進出を図り，住友連係各社の製品の取扱いを中心に商事会社として新発足，社名を日本建設産業㈱と改称

1949 年　大阪・東京・名古屋の各証券取引所に株式を上場
1952 年　社名を住友商事㈱と改称
1976 年 3 月　連結財務諸表（米国会計基準）を初めて作成
2011 年 3 月　連結財務諸表の作成において，IFRS を任意適用

- ❖ 収　　益　3 兆 2,610 億円（2012 年 3 月期，IFRS 連結ベース）
- ❖ 当期利益　2,507 億円（同上）
- ❖ 従業員数　72,087 人（2012 年 3 月期，臨時雇用者を除く）

(2) 経理組織と理念

　住友商事㈱における経理組織は，東京の本社にある FRG（Financial Resources Group）とそのトップである CFO を中心としている。FRG には，経理（会計，決算等），財務（資金，外国為替，プロジェクト金融等），リスクマネジメント（与信審査，投資判断等のリスクマネジメント）の 3 つの機能がある。また，FRG から国内外の支店，子会社に出向した場合においても，出向先の規模に応じて，各々の出向者は FRG と同様の機能と役割を果たすことが期待されている。支店・子会社における FRG 出向者は，それぞれが所属する支店長・子会社社長等への報告義務を持つ。しかしながら，<u>これら出向者の人材育成と配置に関しては，本社 FRG の CFO が責任を持っている</u>。これは，住友商事㈱がグローバル連結経営を進める上で，（直接的な指示命令系統ではないが）本社方針の統一を図るため，また，子会社社長等のマネジメントへの牽制を図るためにとられた体制である。こういった体制をとることにより，現場の長に一定の経営上の権限を持たせた上で（いわゆる"遠心力経営"），連結経営・人材育成・販売戦略といった本社で統一した戦略が必要となる部分に関しては本社からの統一した方針を浸透させる（"求心力経営"）こととのバランスを図ったものである。

　次に，住友商事㈱は事業部門制をとっている（2012 年 3 月末現在，7 事業部門，25 本部体制）が，それぞれの事業部門毎に"担当経理部"がある。担当経理部は，実際に仕訳を起票し，それぞれの事業部門における制度会計対応，管理会

計対応を行う。現場で経理業務を行っていることが，後述する業績評価の体制，IFRSへの取り組みにも関連してくることになる。

　経理理念として，住友商事㈱は，その社則集の中でも最も古い規程の一つである"経理規程"を有している。住友商事㈱における社則は全て，"信用を重んじ，確実を旨とする"住友の事業精神・住友商事の経営理念を反映したものとなっている。経理規程に関して言えば，"経営に資する経理"すなわち，経営実態を把握し，数値化し，経営判断を行う，これによりディスクロージャーも行う，といった理念が反映されている。例えば，経理規程第1条（経理の目的）には，以下のような内容が含まれている。

- 財政状態を的確に把握して財産の保全を図る，経営成績を適切に把握・管理して経営判断に資するものである
- グローバルな連結経営の推進を目指すものである
- 財政状態・経営成績の透明性を高めて，情報開示を積極的に行う（ディスクロージャー）
- 健全な会計のためには，内部牽制が重要である
- 外部・内部の監査の実施基準ともなる

　つまり，住友商事㈱の経理は，会社法・金融商品取引法等の関連諸法規を基準とするが，住友商事㈱における経営理念・行動指針並びにそれらを反映した経理規程により行われるものであり，根本的な発想は，（制度会計や国別の制度を超えた）会社自身の経理理念，さらにはその背景となる経営理念にあるということである。

　下記に，IFRS移行前後の当期利益等に与えるインパクトを分析した資料を掲載する[1]。商社であるということや，もともと米国会計基準を採用していたという事情もあるが，IFRSとの象徴的な差異以外のものはほとんど見られないことがわかる。

図表5－16　住友商事㈱におけるIFRS適用にあたっての主な差異

IFRS導入による当期連結財務諸表への影響額 （単位：億円）

■2011/3期　当期利益

米国会計基準	2,027
有価証券	△19
税効果	69
固定資産減損	△94
その他	19
IFRS	2,002
基準差異	△25

■2011/3期　株主資本

米国会計基準	16,199
有価証券	131
税効果	189
固定資産減損	△298
みなし原価	△407
その他	△109
IFRS	15,705
基準差異	△494

転載禁止
Copyright © 2011 Sumitomo Corporation, All Rights Reserved.

(3) 業績管理と会計

　住友商事㈱の基本的な経営指標として，"リスクアセット"に対するリターンという考え方がある。リスクアセットという考え方は，1998年に，住友商事㈱が商社で初めて取り入れたものであり，各事業が有する資産に対してリスク係数を乗じて算定される。絶対金額による投資額ではなく，会社がとっているリスクに焦点をあてたものである。

　すなわち，内部管理用に重要な指標は，

- （IFRSに基づく）（連結）税引後純利益
- （IFRSに基づく）資産・負債（リスクアセット）
- （IFRSに基づく）リスク・リターン

であり，これらが"全社 ⇒ 営業事業部門 ⇒ 営業本部 ⇒ 営業部・事業会社"といった流れで因数分解的にブレイクダウンされる。全社におけるリスク

資産・リターン目標が，どのような連鎖で分散されているかが各従業員にもわかりやすい仕組みとなっているのである。

このことは，「(5) 会計人材の育成等」で後述するが，経理に携わる者のみならず，営業担当者等を含めた全従業員が，決算を理解し，自身の日々の活動と会計を紐づけて考える重要な素地であると考えられる。

IFRS 導入にあたり，2011 年 3 月期以降の業績管理のベースはスムーズに IFRS に移行したということである。その移行に向けての取り組みは，「(4) IFRS への取り組み」にて後述する。

図表 5 - 17　IFRS 導入のイメージ

	2009/4	2010/3	2011/3	2012/3
	移行日		導入時期	
業績管理		米国会計基準	米国会計基準	IFRS
決算発表・株主総会				
有価証券報告書		IFRS	IFRS	

転載禁止
Copyright © 2012 Sumitomo Corporation, All Rights Reserved.

(4) IFRS への取り組み

「(1) 会社の沿革と概要」で記載したとおり，住友商事㈱は 2011 年 3 月期から連結財務諸表の作成において IFRS を任意適用している。

IFRS 任意適用に向けての検討が開始された 2009 年 6 月から，2010 年 11 月の取締役会における意思決定まで，18 か月という短期間での作業が行われている。下図がその IFRS 導入に向けてのロードマップである。

図表 5 − 18 住友商事㈱ IFRS 導入へのロードマップ

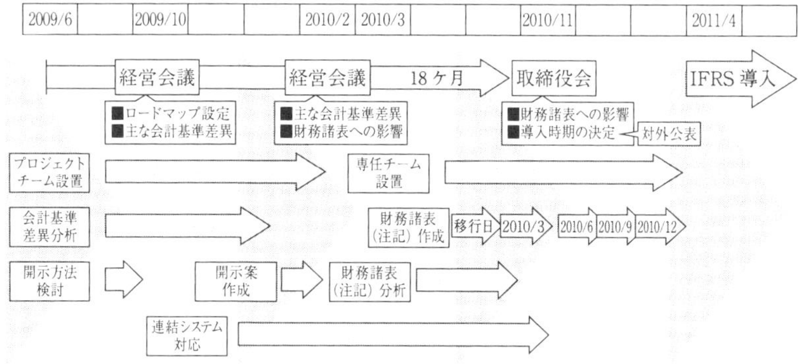

転載禁止
Copyright © 2012 Sumitomo Corporation. All Rights Reserved.

　IFRS 導入における取り組み過程を，プロジェクトチームに焦点をあてて分析すると，以下の3段階に分けることができる。

① **組織横断型チーム体制（2009年6月〜）**
　プロジェクト発足当初においては，主計部アカウンティングリサーチチーム[2]を事務局として，各事業部門の担当経理部からメンバーを集めた組織横断型でチームが組成された。これは，会計（IFRS）とビジネスとのマッチング作業を行うことを主眼としていたためであり，各事業においていかにそれらの実態を IFRS で表すかということが主として検討された。

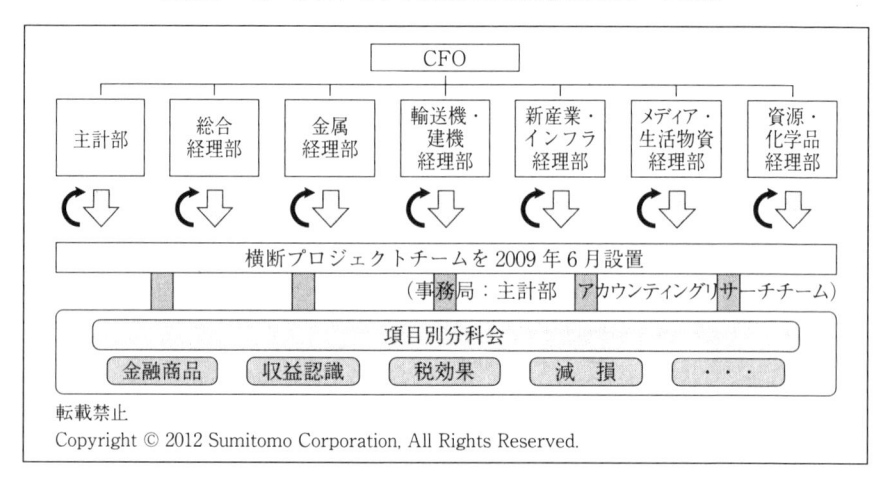

図表 5 - 19　プロジェクト発足当初の組織横断型チーム体制

②　専任チームの設置（2010年3月～）

　主な会計基準差異や財務諸表に与える影響が整理された後、注記等の開示事項への取り組みが始まった2010年3月からは、その集中的な負荷を考慮して専任のプロジェクトチームが組成される。

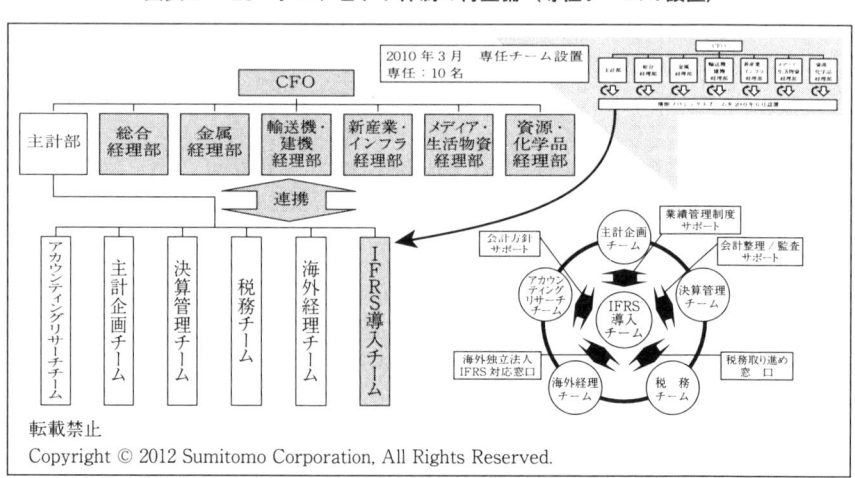

図表 5 - 20　プロジェクト体制の再整備（専任チームの設置）

③ IFRS導入後の体制（2011年7月～）

最後に，2011年3月期導入後の体制である。専任チームは解散し，ルーチンでIFRS決算を行う体制となっている。

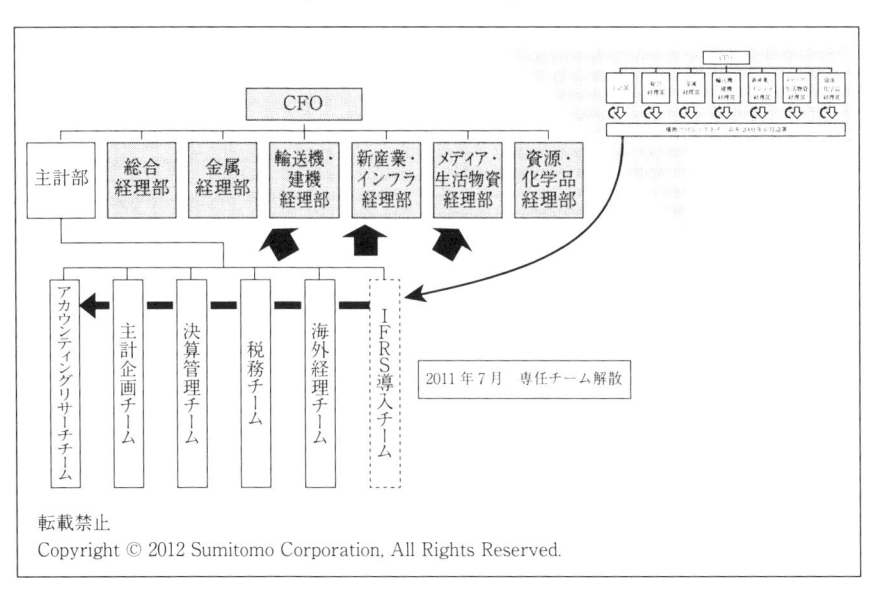

図表5－21　IFRS導入後の体制

転載禁止
Copyright © 2012 Sumitomo Corporation. All Rights Reserved.

住友商事㈱では，IFRS財務諸表の作成は，これまでの米国基準の仕訳に加えて，IFRS仕訳を起票することにより行われたが，このIFRS仕訳自体も，現場（担当経理部や子会社等）で完結させる仕組みをとった。このことにより，現場もIFRS決算数値の意義を理解し，先に述べた業績評価体制とも連動することが可能となる。

導入プロジェクトにおいては，現場からの情報の吸い上げや教育といったものが不可欠となるが，これまでの決算とIFRS決算とのタイムラグを，下図で示すように段階的に縮めていくことによりソフトランディングを図り，2011年3月期のIFRS導入後は，専任チームがなくともルーチンで決算が可能な体制を作り上げたと言える。

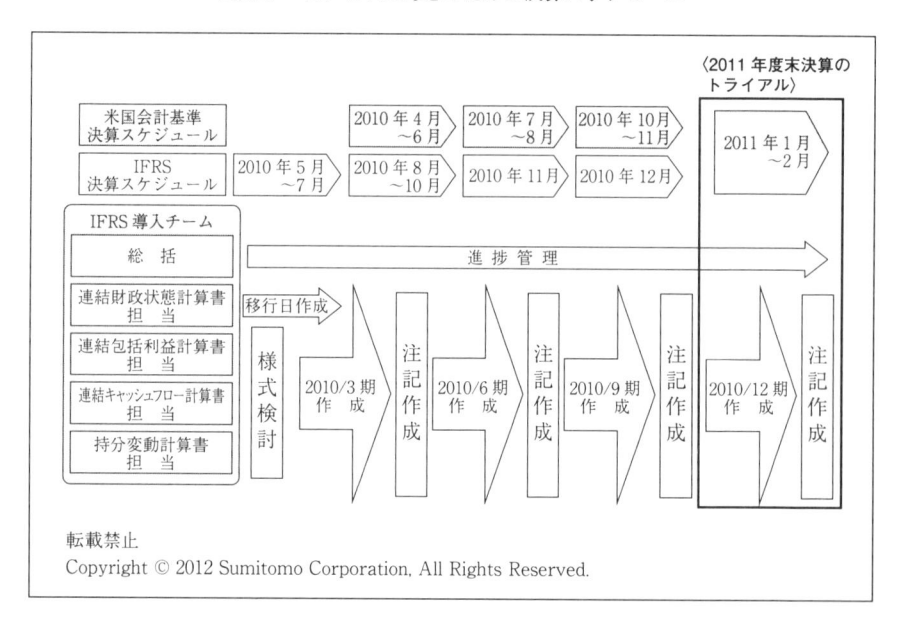

図表5－22　IFRS対応のための決算スケジュール

転載禁止
Copyright © 2012 Sumitomo Corporation, All Rights Reserved.

(5) 会計人材の育成等

　まず特筆すべきは，経理に携わる従業員は簿記2級合格が必須で，営業担当者等のためにも簿記3級講座を用意していることである。グローバル連結経営を行うにあたっては，会社の目標や業績管理も含めて取引をきちんと数値に落とし込んで考える力が必要である。営業担当者であっても，その活動はどういう効果があるのか，どれだけの投資が必要なのか，どうすればリスクを減らす事ができるのか等を知っておく必要があり，そのためには簿記の構造を理解することが非常に重要と考えている。新人から経営層まで受講する"住友商事ビジネス・カレッジ"といったOff-JTの場においても，商社人として知っておくべき標準的知識の一環として会計教育がおこなわれる。

　このことに加えて，会計のハウツーだけではなく，そのマインド（根本的な思想）を理解する力や，ビジネスを理解する力が必要であると考えている。経理に配属される新入社員は，必ずしも大学等で会計を履修した者ではなく，入

社後の教育，すなわちアカウンティング・ポリシー・マニュアルを読み込む，その他の OJT といった，企業の中での教育が非常に重要な役割を占めていると理解されている。さらに，ビジネス・会計ともに複雑化している昨今の企業環境下では，個々人により高い専門性が要求され，それらの人材をとりまとめた専門チームとしての総合力が重要であり，企業内教育における今後の課題であると考えている。

IFRS 対応のための会計教育といったものは，先に述べた IFRS プロジェクトを通した知識の伝達以外には，特に行う必要はなかったとのことであった。

(6) 住友商事㈱の特徴のまとめ

住友商事㈱の事例においては，会計の基本的考え方が，取引実態を適切に反映し，経営判断に資するものであるということで一貫していることと，業績管理体制が非常に洗練されており，業績評価を通じて，経理担当者のみならず営業担当者に至る全従業員が会計数値を理解しようとする意識を持ち合わせていることが特徴的である。インタビューの内容は，上記の特徴が IFRS への取り組みをはじめとして随所に感じられるものであった。

経理部に求められることとして，個々人においては会計のハウツーだけではなく，そのマインド（根本的な思想）を理解する力やビジネスを理解する力が必要であることに加えて，昨今の複雑化した企業・会計環境下においては，チームとして高度な専門性を有した個人をいかにまとめて総合力を発揮させるかが今後の課題であると考えている。

3 ㈱カネカの事例

(1) 会社の沿革と概要

1949 年　鐘淵紡績㈱（当時）の企業再建整備計画の認可に基づき分離独立し，繊維部門以外の全事業を譲り受け，資本金 2 億円で会社設立，同年東京証券取引所に上場した。

当初は，か性ソーダ，搾油，石鹸，食油，酵母，食品類，洋・和紙，エナメル電線，化粧品，澱粉等，多岐に亘る事業を営んでいたが，その後，か性ソーダ，食油，酵母以外の事業を順次整理し，一方，塩化ビニール樹脂等の事業を開発し，合成樹脂を中核として化成品，機能性樹脂，発砲樹脂製品，食品，ライフサイエンス，エレクトロニクス，合成繊維等を有する総合化学会社としての体制を固める。

2009年9月1日に創立60周年を迎え，「『変革』と『成長』を実現するカネカの絆」を合言葉に，2020年に向けた長期経営ビジョン「KANEKA UNITED 宣言」をスタートさせ，グローバル企業として飛躍的に成長・発展するための取り組みを進めている。

- ❖ 売上高　4,693億円　（2012年3月期，日本基準連結ベース）
- ❖ 当期利益　54億円　（同上）
- ❖ 従業員数　8,489人　（2012年3月期，臨時雇用者を除く）
- ❖ IFRSの適用については，検討中

(2) 経営戦略と会計戦略

㈱カネカは，非常に伝統的な，技術を重視する研究開発型の，財務的にも健全で優良な製造業である。しかし，現在の企業環境の変化，すなわち，脱石油エネルギー等の産業構造の転換や先進国から新興国へシフトする多様化するグローバル市場，環境への関心の高まり等を踏まえて，2009年9月に長期経営ビジョン「KANEKA UNITED 宣言」を策定し「変革」と「成長」の実現に取り組んでいる。具体的には，2020年を達成目標とした事業ドメインの見直しと再整理，企業理念から経営施策に至る一貫した企業アイデンティティの再確認，グローバル経営の推進等を含む経営ビジョンである。

　こういった環境変化および取り組みの中で，経理の役割に対する経営トップからの期待や，経理部自身の考え方も，変わってきているとのことであった。すなわち，経営そのものをグローバル化していかなければならないという使命

図表5-23 ㈱カネカにおける経理機能の将来像:2020年ビジョン

(理念)
高い専門性と効果的なグループ・マネジメントにより,グローバルにセンター機能を発揮し,グループ経営を支える統制のとれた経理活動を行っている。

機　能	現在（2010年時点）	将来（2020年）
決算・監査対応	・日本会計基準 ・グループ分散型会計 ・基幹システム：各社個別 ・監査法人（海外）がバラバラ	・国際的な会計基準に基づくグループ統一会計基準 ・グループ集中型会計 ・基幹システム：共通会計システム ・統一された監査法人体制
税　務	・税務課題に個別対応	・グローバルなタックスプランニングとグループ全体でリスク管理された税務対応
管　財	・損保体制は概ね整備	・グループ全体でリスク管理された損保・管財体制
専門的支援 (M&A, 組織再編等)	・海外案件は外部専門家起用	・社内専門家による対応 ・海外地域統括会社の活用
IR	・国内機関投資家中心のIR活動	・海外も含めた投資家の属性に応じた長期的に支持を得るIR活動

転載禁止
Copyright © 2013 Kaneka Corporation All rights reserved.

の下に,従来の経理処理だけでは不十分で,海外のアドミニストレーションを支える,あるいはM&Aを支えるといった役割も重要になってきており,経理をさらに重視してきているという傾向があるということである。

　2020年に向けた経営ビジョンの中での,経理機能における将来像は上記のようにまとめられており,グローバルという体制の中で,統一的な視点のもとに「変革」を目指すことを主眼としている。

(3) 業績管理と組織等

　経理の機能は,本社経理部が中心となっており,会計処理は本社経理部が行う。

　㈱カネカは事業部制を採用している。各事業部は経理部員を有さず,事業部

内における管理担当（グループ）が，主として管理会計（予算・実績管理等）を中心に事業部を管理しており，事業部長の管轄の下に，現場の予算管理を行っている。事業部管理は損益をベースとしているため，事業部管理担当者は必ずしも経理の素養を必要とするわけではない。大型投資等が行われる場合は，投資規模に応じて管掌役員や本社経営企画部を巻き込んだ投資判断とモニタリングが行われる仕組みとなっている。

　本社経営企画部は，長期ビジョン（10年単位）から中期計画（3年間），各年度予算（単年）と一貫して，予算実績の管理を行うこととなっている。

　子会社管理は，これまではそれぞれの自社責任で管理を行っている傾向が強かったが，全社的な経理としてグローバルに統一展開していく必要性の観点から，見直しが進められている。その際に制約となるのは，経理を理解できる人材の不足であるとのことであった。

　業績管理については，数値をベースとしながらも，それ以外の部分も重視するといった，典型的な日本型の考えがとられていると言える。

(4) IFRSへの取り組み

　㈱カネカは，IFRSに関してGAP分析等をすでに行っているが，日本基準のコンバージェンスもかなり進んでいることから，IFRSに移行する際に大きな差があるとは認識していない。任意適用に関する意思決定等はまだ行っていないが，岸根氏自身は，（IFRSの是非の問題ではなく）グローバルにビジネスを展開する企業としては，推進せざるを得ないと考えている。

　IFRSそのものについては，公正価値会計は，（取得原価主義が必ずしも優位にあるという理由もなく）現在の企業環境下においては一つの健全な会計であるとする一方で，のれんの償却や収益の認識時期，減価償却期間，キャッシュフロー表作成における直接法の採用等のいくつかの理念先行型の部分に関しては，IFRS適用にあたって何らかの工夫が必要との考えである。

　さらに，IFRS等のグローバルと言われる会計基準導入の意義として，経営に与える影響について言及されている。例えば，1990年代以降の会計ビッグ

バンによる連結決算と時価会計の導入が，会社自身のグローバル展開と相まって，グループベースでの情報収集や外部情報（時価等）との接点の見直しにつながり，経理部自身のグローバル化の機運につながったことがあげられる。また，投資意思決定における，従来型の投資回収期間を重視した判断から，IRRやNPVを中心とする判断への移行などは，経理部自身は以前から問題提起してきたが，会計における世界の潮流を踏まえ，社内で受け入れられるようになったものである。

このように，グローバルな会計基準の考え方を取り入れ，経営に資する数値の把握方法としての活用が行われているとのことであった。

(5) 会計人材の育成等

現状の人材採用は，人事部で一括して行っており，その中で比較的経理的な素養があると思われる新入社員を経理部に配属する方法がとられている。㈱カネカの採用の視点は，"グローバル志向"が重視されるが，入社前の会計知識については，前述の住友商事㈱と同様に，それほどフォーカスされていないようである。

簿記の資格は，入社後に取得する人が多いが強制ではない。一般に経理部員は簿記2級を取得しており，1級取得者も少なくない。教育は，主としてOJTにより行われる。

会計ビッグバン以降の経理部メンバー構成は，従来の職人的なメンバーから，海外志向の若手メンバーにシフトしている。理想としては，本社経理部で経験を積んだ若手社員が海外でアドミストレーションを行い，あるいは事業部管理等の現場を経験し，最終的に経理に戻るというローテーション・モデルであると考えている。このローテーションにより，経理部員における経験の多様化・ビジネスの理解・グループや海外の視点の強化が行われ，将来のCFOを担う人材の育成とグローバル連結経営に資する経理部（2020年経理部ビジョン）の実現，さらに，各現場（事業部や国内外子会社等）におけるグループ基準の徹底を可能にすると考えている。

会計ビッグバン以降，経理の業務が著しく増加しており，経理人材は不足しがちであるが，岸根氏は，これからのグローバル連結経営においては，経理知識は営業その他の担当者においてもビジネスマンとして必須の知識となると考えており，例えば極端ではあるが，新入社員は全員経理部に配属するといったような抜本的な施策も，理想としては考えられるとのことであった。

(6) ㈱カネカの特徴のまとめ

㈱カネカは典型的な日本の製造業の側面を有している。すなわち，技術重視の経営，数値に加えてそれ以外の要素も重視する業績評価，経理部の在り方，直面する課題（経営環境の変化等）等である。経営環境の変化に対応して，多くの日本企業は多かれ少なかれ，これまでの経営のやり方に対して見直しが迫られている。㈱カネカにおいては，2020年経営ビジョン（「KANEKA UNITED宣言」）に代表される取り組みが行われている。

こういった変化に対応して，経理機能に対する期待も大きく変わろうとしている。伝統的な日本的経営の文化的制約の下に，㈱カネカにおいては，CFO，経理部長等のリーダーシップにより，グローバル会計基準等への適用を通じて，社内における経理の在り方を少しずつであるが着実に変化させていると考えられる。

4 まとめ—高等教育機関の会計教育に対する教訓

住友商事㈱および㈱カネカへのインタビューにより，現状において企業は大学等の高等教育機関に対しては，即戦力を養成するための教育・訓練の場ではないこと，会計専門教育を受けている学生数が限られていることなどの理由から，さほど大きな期待を抱いておらず，むしろ，企業内教育が重視されていることが明らかとなった。さらに，欧米等の諸外国と比較した場合，就職というより就社に近い我が国の就労事情においては，"会計"という限定的な分野における専門知識というよりは，会社における知識・ビジネスの理解も重視さ

れ，企業内での経験が不可欠のものと考えられている。簿記等の資格は（転職を前提としておらず）必ずしも重視されないが，意識の高さを示す指標・一定の目標設定としては有効と考えられている。

しかしながら，これらの事例から，高等教育機関における会計教育に対する示唆を考えた場合，以下の2つがあげられる。

まず一つは，両社ともに，（経理担当者のみならず）全ての従業員において経理知識が必要と考えていることである。住友商事㈱においては，業績評価を通じてそれがすでに達成されている。一方で，㈱カネカのように，今後海外展開とグローバル連結経営のさらなる推進を行いたいと考えている企業において，数値のわかる管理用人材の不足は深刻である。営業担当者や開発担当者などに求められる姿勢も，これまでの人間関係や製品重視の営業，素晴らしい開発を行っていれば良いという発想から脱却し，会計的な視点，投資採算等の発想を抜きにしては語れない時代になってくるであろうと考えられる。

次に，複雑化した企業環境・会計環境，すなわち，企業活動のグローバル化と公正価値の重視，競争やスピードの激化により，企業の会計に期待される役割は大きく変遷し，より幅広い知識と高い専門性が求められるようになったということである。さらに逆説的であるが，会計のハウツーだけではなく，そのマインド（根本的な思想）やビジネスとの関係性を理解する力が求められていることである。

以上のことから，まず前者（高等教育機関における**"初級レベル"**を想定）に関しては，商学部や会計学科といった限定的な学部等ではなく，広く一般の学部生等においても会計教育が行われるべきであるということが考えられる。その際に必要とされるレベルは，簿記であれば3級程度に加えて，財務諸表を理解する力（投資家の視点）やファイナンスの知識（投資採算等）ということになるであろう。

後者（高等教育機関における**"中級レベル"**を想定）に関しては，会計を専門とする学生に対しては，会計のハウツーではなくそのマインドや原理的な内容を，国際的な議論も含めて幅広い視点からきちんと教えるべきであるということで

ある。根本的な考え方を理解していれば，IFRSへの対応はそんなに難しくなかったという住友商事㈱の事例が示すように，表面的な基準を教えるのではなく，その考え方を教えることが大事である。これに加えて，ビジネスを理解し会計と結び付ける力や経営に関する幅広い視野が形成されることが理想としてあげられる。

【注】
（1）以下，図5－16～22は，住友商事㈱作成。
（2）IFRS導入にあたり重要な役割を担った主計部の"アカウンティングリサーチチーム"は，文字通り"会計の研究"を行うための部署であり，現IASB理事の鶯地隆継氏は，かつて当チームのリーダーであったとのことである。このような企業における余裕・マインドが，島崎氏，鶯地氏といった国際的会計人を輩出する素地でもあると考えられる。

【参考資料】
正司素子［2012］『IFRSと日本的経営―何が，本当の課題なのか!?』清文社。

パートC 職業的会計専門家に対する高度な会計教育

柴　健次・正司素子

1　目的および調査対象

本編では，公認会計士等の職業的会計専門家に対する国際的会計人の養成を目指した高度な会計教育についての事例調査を行い，それらを通して，高等教育機関に期待される会計教育の在り方等についての考察を行う。

事例として，いずれも 2011 年から取り組みが始まっている，FASF（Financial Accounting Standards Foundation：財務会計基準機構）が主催する「会計人材開発支援プログラム」および JICPA が主催する「IFRS 勉強会」に関してインタビュー等を行った[1]。

〈調査対象〉
　　FASF　「会計人材開発支援プログラム」に関する HP 他
　　JICPA　「IFRS 勉強会」座長　山田辰己氏（有限責任あずさ監査法人理事，元 IASB 理事）

2　FASF の取り組み―「会計人材開発支援プログラム」

(1) プログラムの目的

FASF は，IFRS の適用を見据えて，会計基準開発における国際舞台で我が国の存在感を示すと共に，我が国の状況を踏まえた国際的な基準開発を求めて行くことが重要と考えている。これに対応するために，<u>我が国から質の高い意見発信を行うと共に，IASB 理事や IFRS 解釈指針委員会委員，IFRS 諮問会議委員をはじめとした，さまざまな国際的な組織や会議体のメンバーに優秀な人材を継続的に送る取り組みを強化する必要がある</u>。

一方で，我が国の現状では，会計人材の育成，特に国際的な会計人材の育成に関しては必ずしも明確な戦略がなく，各市場関係者における現場での教育に委ねられている状況にある。このような状況を踏まえて，中長期視点に立ったオール・ジャパンとしての会計人材の育成，特に国際的な会計人材の育成の計画的な取り組みが課題と考えてプログラムが組成された。

　2011年に会計人材開発タスクフォースを設置し，日本経済団体連合会，日本証券アナリスト協会，JICPA，大手監査法人，山田辰己前IASB理事及び金融庁の協力のもと，検討が行われ，同年11月にこれを取りまとめた。プログラム自体は，2012年1月から開始されている。

(2) 対象人材

　市場関係者である財務諸表作成者，財務諸表利用者および監査人を主たる対象とする。(会計人材全体の底上げも国としての重要な課題であるが) 本プログラムの趣旨 (国際的な発言力の強化に向けた，様々な国際的な組織や会議体のメンバーに優秀な人材を継続的に送る取り組み) を踏まえて，会計に関する知識や英語力について，すでに一定水準に達しているものを対象とする。

第5章　事例：わが国のIFRS教育の実際　215

図表5－24　年代別会計人材のイメージ

年　代	IASBにおける活動等との関係	具体的な内容	求められる資質
30代前半	・IASBにスタッフとして派遣 ・NSS（各国基準設定主体会議），WSS（世界会計基準設定主体会議）等の各種国際会議への随行参加	国際的な基準開発状況の把握	英語力 基礎的な会計知識（概念フレームワークを含む）
30代後半	・IASBでのプロジェクト・マネジャー候補 ・NSS（各国基準設定主体会議），WSS（世界会計基準設定主体会議）等の各種国際会議への参加	国際的な基準開発への貢献	英語力 基準開発のノウハウ
40代前半	・IASBのディレクター候補 ・IASBの主催するワーキング等へのメンバーとしての参加	国際的な基準開発へのより深い貢献	洗練された英語力 基準開発のノウハウ 折衝力
40代後半～	・IASBのボードメンバー候補，IFRS解釈指針委員会メンバー候補 ・IFRS諮問会議のメンバー候補 ・ASBJのボードメンバー候補（国際担当）	日本の状況を踏まえた主張を行うとともに，国際的な基準開発へのより深い貢献	洗練された英語力 基準開発のノウハウ 折衝力 日本の市場関係者とのコミュニケーション

出典：新井［2011］。

(3) プログラム等

　本プログラムは，会計基準に関する専門的知識と英語力の向上を柱としている。

　高度な会計専門的知識を有すると共に，国際舞台で活躍する者を育てる事が最終目標であるが，それに向けて2つのステップ（プロジェクトA, B）を設け，それぞれに成果目標を定めて，<u>2年間</u>のスパンで取り組む。

図表5－25　FASF「会計人材開発支援プログラム」[2]

チーム	コンセプト	プログラム内容
A	・IASBプロジェクト・マネジャーレベルの人材育成を目標 ・IFRS開発の基礎にある考え方（概念フレームワーク）のより深い理解 ・論理構成力 ・英語力（Writingを含む）の強化	・IASBの基準開発動向等 ・英語Writingトレーニング ・ディスカッショントレーニング ・国際舞台で活躍する者との交流プログラム ・IASBサテライト・オフィスを活用したプログラム（予定）
B	・IASBの理事候補の輩出を目標 ・IFRS開発の基礎にある考え方（概念フレームワーク）のより深い理解 ・英語のディスカッション力の強化 ・国内外の関係者との交流（ネットワーク作り）を通じたコミュニケーション力の強化	・IASBの基準開発動向等 ・ディスカッショントレーニング ・ラウンド・テーブル等への参加プログラム市場関係者間交流プログラム ・国際舞台で活躍する者との交流プログラム ・海外会計専門家交流プログラム（IASBサテライト・オフィスの利用も検討）

　このように，会計の基礎知識は所与のものとして，<u>基礎となる考え方（概念フレームワーク）の徹底した学習</u>と，<u>論理構成力，ディスカッション能力の向上</u>に加えて，<u>ネットワークの構築に重点をおいている</u>。国内外にネットワークを持つFASFならではのプログラム設計と言える。

3　JICPAの取り組み—「IFRS勉強会」

(1) プログラムの目的，対象人材と内容

　JICPAで開催されている「IFRS勉強会」は，日本の主要監査法人で活躍するIFRSの専門家を育成することを目的に，公認会計士を対象として行われているプログラムである。

　元IASB理事の山田辰己氏（以下，山田氏）を座長とし，13名の会計士（大手監査法人等から選出）とJICPAスタッフ数名を対象としている。2011年10月からプログラムが開始され，存続期間は定められていないが，IASBにおける議論を理解し，それらに対して自己の意見を形成で生きるようになるには相当の期間が必要なことから，参加メンバーには，最低でも2年間は，このプログラ

ムに参加することが期待されている。後述するように，このプログラムは，参加メンバーの負担が大きいこともあり，それぞれの参加メンバーが所属している監査法人の理解と協力が非常に重要であり，最終的には，各監査法人の人材育成との関連も考慮して，参加者及び参加期間が決定される。

　プログラムの内容は，毎月の IASB の全てのアジェンダ・ペーパー（500〜700頁／月）を読みこんで議論するというものであり，それに加えて，IFRIC 解釈指針委員会や年次改善，さらに各プロジェクトから公表される公開草案や最終基準等についても適宜検討することにしており，IASB が関連するすべての文書を対象としている[3]。さらに，IFRS 財団が公表する資料（例えば，2012年5月に公表された IASB 及び IFRIC のデュー・プロセスの改善提案）も検討対象としている。勉強会は，毎月2日間（終日）開催される。

　その特徴は，IASB ボードメンバーと同じ情報に基づき，<u>オリジナルを読み，オリジナルの議論の変遷をきちんと追いかけることにより，IASB における議論の内容を同時進行的に理解すること</u>にある。また，IASB が公表するすべての文書を読み，それらを理解することによって，IASB での議論を総合的に理解し，それによって，IASB での議論をより深く理解することが期待されている。IASB の議論は，フレームワークをベースとしつつも，各国の経済状況や利害を考慮する必要があり，IFRS を利用する利害関係者が納得する現実的な内容とするような配慮が行われている。（誰かの解釈に依存するのではなく）オリジナルを読むことによってのみ，IASB での議論の意図を的確に理解することができ，参加メンバーは，それに基づいて自分の意見を形成するというトレーニングができる，と山田氏は考えている。

　アジェンダ・ペーパーを<u>全て</u>読むことのもう一つの狙いは，全体を見ることにより，全体の整合性やロジックを考えるトレーニングができるということである。一見，非常に専門的な特定の分野に関係すると思われる基準（保険会計等）であっても，リスクのとらえ方，測定の方法といった会計処理の基本的な考え方が他の基準とリンクしてくる。特に，IASB では複数の基準開発が同時並行的に行われているため，全体の関連性に配慮する視点は不可欠である。

山田氏はご自身の経験から，IASBスタッフの作成するアジェンダ・ペーパーは，自然体で読むと疑問を持たずに説得されてしまうことになりがちなことを理解している。その為，IFRS勉強会の中では，常に違う視点を提示して，異なる考え方の中に含まれるいろんなロジックを理解し，それらを整理した上で，参加メンバーが自分自身の見解を構築できるようになることに重点を置いている。また，IASBが暫定合意に至る過程で，どういう選択がされたのか，そのロジックは概念フレームワークと整合的なのか，実務の便宜なのか，政治的な圧力なのか，といったそれぞれの暫定合意の背景を理解することにも重点を置いている。別の言い方をすれば，山田氏がIASBで経験したレベル感（知識と論理展開）がベースにあって，それを目指すべきレベル感と設定して，目標に向かって参加メンバーと共に学んでいくプロセスであると言える。
　このようなプログラム設計は，山田氏の元IASBボードメンバーであったことの経験があるからこそ成り立つものであり，日本全体としての財産の継承であると考えられる。

(2) 国際的会計人材として重要なこと－IASBでの経験を踏まえて

　IASBには，学者，会計士等，異なるバックグランドの人間が存在するが，その中で議論が進むベースは，フレームワークがシェアされていることと，投資家が意思決定をするためにどういう情報が重要であるという視点が一致していることである。お互いの主義主張は違っても，何を目的に議論しているかが共通認識となっている。このためにも，フレームワーク等の基本となる考え方を深く理解しておくことは，国際的会計人としては不可欠の要素であると考えられる。
　次に，全体をオリジナルで読み，正確に理解し，ロジック・整合性を比較するという"姿勢"あるいは"プロセス"である。これは，山田氏自身の（IASBボードメンバー）日本におけるパイオニア的存在として，「資料を読み，論理的に考え，発言する」というプロセスが国際的に通用したという経験から導かれている。全てを読む事によって，自信を持って反論や質問をすることが可能と

なる。また，全てを読む事により，国籍や立場を超えて，対等な立場で議論が可能となるというのが，山田氏の経験である。この意味で，英語力は二の次であり，最も重要なことは，検討している問題のポイントを的確に理解しているかどうかである。ポイントを理解しており，それに対して，賛成であれ，反対であれ，論理的に整合的な意見を述べることができれば，評価されることになる。それを実現する方法にはいろいろあるが，全てをオリジナルで読むという方法はその一つであると言える。また，IFRS 勉強会が採用しているこの方法は，不断の努力と継続性を含む圧倒的なハードワークであり，高度にプロフェッショナルな世界での戦いには必要な事であると考えられる。

　最後に，出身母体の利益とグローバルな視点とのバランスがあげられる。IASB の基準策定は，それぞれの社会が持っている論理をどう調整し，解決するかという視点を含んでおり，背景・考え方の違いの中で，お互いが合意できる範囲内でまとめることが必要となる。その意味で，出身母体の代表者として，しっかりと背景説明や主張を行うことが，基準設定への貢献につながると言える。一方で，IFRS の質自体を高めるための努力，すなわち，フレームワークとより整合的な基準を作らなければならないという基本的な使命がある。山田氏自身は，前者に加えて後者の視点でも考えられるようになったことにより，IASB 内部での信頼感が醸成されたと述懐している。

4　まとめ―高等教育機関の会計教育に対する教訓

　FASF および JICPA の提供するプログラムから高等教育機関における会計教育に対する示唆は，「**上級レベル**」の会計教育に関するものである。

　両事例に基づき，「上級レベル」の会計教育において重要なのは，オリジナルを読み，その背景・ロジックを理解し，自ら考える"姿勢"あるいは"プロセス"であると考える。

　これに加えて，自分たちの背景やロジックについて，主張し，説得することのできるコミュニケーション能力も重要である。それは，英語力ということの

みならず，グローバル・ベースでの論理構成力を土台とした考える力と，異なる背景の相手を理解する力，さらに表現する力であると言える。

【注】

（1）FASF に関しては，HP のみの調査となっている。
（2）FASF「会計人材開発支援プログラムの構築にあたって」より。
（3）山田氏によれば，特定のプロジェクトに関連する IASB アジェンダ・ペーパーを継続して読んでいる人は世界中にいるが，この勉強会のように IASB アジェンダ・ペーパーの全てに目を通しているのは，世界を通じても 100 名くらいではないかとのことであった。

【参考資料】

FASF「会計人材開発支援プログラムの構築にあたって」（accessed 2012/07/19）
〔https://www.asb.or.jp/asb/asb_j/information/2011/pdf/20111118.pdf〕。
新井武広［2011］「ASBJ の活動の成果と今後の展望「中長期視点からの会計人材の育成に向けて」」季刊会計基準，vol.34。

索　引

【A－Z】

AAA（American Accounting Association）
　　　　　　　　　　　　　　　　　　12
　　───が紹介する会計教育の目標 …… 13
AECC（Accounting Education
　　Change Commission） ………………… 13
FASF（Financial Accounting Standards
　　Foundation：財務会計基準機構）…… 213
IAAER …………………………………………… 74
IASB ……………………………………………… 74
ICU（国際基督教大学）教養学部 ………… 160
IFRS 教育 ……………………… 74, 131, 139
　　───イニシアチブ …………………… 75
IFRS 財団 ……………………………………… 74
IFRS 諮問会議 ………………………………… 76
JICPA ………………………………………… 213
US GAAP ……………………………………… 94

【ア】

アウトプット・アプローチ ………………… 10
アスペンビジネス教育センター ………… 123
アメリカ公認会計士協会（AICPA）…… 112
アメリカ証券取引委員会（SEC）………… 109
アメリカの一般に認められた会計原則
　　（U.S. GAAP）…………………………… 109
異常項目 ……………………………………… 56
逸脱規定 ……………………………………… 37
一般会計教育課程 ………………… 111, 117
入口（開始）の要件 ………………………… 11
インプット・アプローチ …………………… 10
役務の提供に関する取引 ………………… 51
オンライン講義システム ………………… 130

【カ】

会計教育 ………………………… 12, 124, 136
　　───の構成要素 …………………… 22
　　───の質保証 ……………………… 29
　　───の内容 ………………………… 17
　　───のフレームワーク ……… 14, 16
　　───の目的 ………………………… 14
　　───の目標 ………………………… 15
解雇給付 ……………………………………… 55
　　───負債 …………………………… 43
回収可能価額 ………………………………… 46
開発 …………………………………………… 46
　　───局面 …………………………… 46
学位取得 …………………………………… 123
学生等の質 …………………………………… 27
確定給付制度 ………………………………… 42
　　───債務 …………………………… 56
確定給付負債 ………………………………… 42
確定拠出制度 ………………………………… 43
学部 ………………………………………… 124
価値の実現 …………………………………… 71
関西大学　会計専門職大学院 ………… 185
完全な一組の財務諸表 ……………… 39, 70
キャッシュ・フロー計算書原則 …………… 58
キャッシュ・フロー計算書の区分および
　　表示 …………………………………… 58
キャッシュ・フロー計算書の本質 ………… 58
教育客体 ………………………………………… 2
教育主体 ………………………………………… 2
教育プロセス ………………………………… 10
　　───の質 …………………………… 28
教育方法 ……………………………………… 18
教育要件（学歴要件）……………………… 110

教員の質…………………………………26
教材など…………………………………22
僅少なリスク……………………………58
偶発資産…………………………………41
偶発負債…………………………………41
経済的便益の消費パターン……………52
継続企業（ゴーイング・コンサーン）…59
　────の前提………………………36
結論の根拠………………………………80
減価償却…………………………………44
原価モデル………………………………45
研究………………………………………45
　────局面…………………………45
現金同等物………………………………58
検証可能性…………………………38, 64
原則主義………………………10, 37, 61
原則に基づく基準………………………76
減損………………………………………46
減損損失…………………………………46
　────の戻し入れ…………………48
広義の収益………………………………48
公正価値のヒエラルキー………………68
構成要素…………………………………20
公認会計士学士学位―修士学位の
　教育プログラム……………………118
公認会計士教育課程………111, 117
公認会計士試験………………………123
公認会計士法…………………………110
国際会計基準（IAS）…………………112
　────審議会（IASB）……………112
国際会計教育研究学会…………………74
国際財務報告基準（IFRS）…………109
混合測定アプローチ…………39, 68

【サ】

財政状態計算書科目の分類……………41
財政状態計算書原則……………………39
財政状態計算書の区分および表示……40
財政状態計算書の配列…………………40
財政状態計算書の本質…………………39
細則主義………………………………10, 61
再評価モデル……………………………45

財務会計基準審議会（FASB）………112
財務諸表の構成要素………………38, 65
資金生成単位……………………………46
自己創設のれん…………………………45
資産………………………………………45
　────の財政状態計算書価額……44
　────負債観（貸借対照表観）…61, 68
実質優先主義………………37, 60, 71
質保証……………………………………26
資本維持修正……………………………66
収益………………………………………50
　────費用観（損益計算書観）…62, 69
従業員給付………………………………42
重要性……………………………………72
　────のある各構成部分…………45
受験資格………………………………123
出題基準語彙表………………………112
受動型教育関係……………………………2
受容学習…………………………………20
上級教育…………………………………17
情報保存の原則…………………………71
正味実現可能価額………………………44
初級教育…………………………………17
初度適用…………………………………94
所有に伴う重要なリスク………………50
シラバス………………………133, 139
新・企業会計原則（IFRS版）…………35
新・企業会計原則試案（IFRS版）……36
信頼性……………………………………72
推定的債務………………………………42
政府会計基準審議会（GASB）………112
専修大学　商学部……………………155
全米統一公認会計士試験……………109
測定原則（測定基準）…………………67
その他の長期従業員給付………42, 55
その他の包括利益…………………56, 66

【タ】

大学院…………………………………136
大学ビジネススクール発展協会……110
退職後給付………………………42, 55
　────の確定給付制度……………55

代理の関係……………………………50
棚卸資産………………………………44
ダブル GAAP システム……………109
単一取引の個別に識別可能な構成部分……51
短期従業員給付……………………54
中級教育……………………………17
忠実な表現………………38，64，96
中小企業版 IFRS………………74，75
適時性……………………………38，65
出口（修了）の要件………………11

【ナ】

225 単位時間………………………124
日本的経営…………………………210
ニューヨーク州教育局……………110
ニューヨーク州公共会計士………111
ニューヨーク州公認会計士審査会……111
ニューヨーク大学…………109，116
認識原則（認識規準）………………67
能動型教育……………………………7
———関係……………………………3
———の包括的な見方………………8

【ハ】

発見学習……………………………19
発生主義会計……………36，59，70
販売後の役務提供…………………51
比較可能性………………38，64，96
引当金………………………………41
非公式の慣行………………………42
150 単位時間数……………………110
費用…………………………………48
評議員会……………………………75
費用収益の対応……………………49
非流動資産…………………………40
非流動負債…………………………41
非累積型有給休暇…………………54
広島市立大学　国際学部…………165

物品の出荷後に発生する保証……51
フレームワークに基づく教育…75，76
包括利益……………………………66
包括利益計算書……………………49
———原則……………………………48
———の区分…………………………49
———の本質…………………………48
ポートランド州立大学………109，123
ホーリスティック観……37，62，69，71

【マ】

未実現の損益………………………57
未実現利得…………………………48
無形項目に関する支出……………54
無形資産………………………41，45
———の減価償却……………………52
明治学院大学　経済学部…………148
明治大学　会計専門職研究科……179
目的適合性………………………38，63
持分変動計算書原則………………57
持分変動計算書の区分および表示……57
持分変動計算書の本質……………57

【ヤ】

有形固定資産………………………41

【ラ】

理解可能性………………………38，65
履修モデル………………127，129，138
離脱規定……………………………61
流動資産……………………………40
流動負債……………………………41
累積型有給休暇……………………54
レナード・N・スターン・スクール
　　………………………………111，116

【ワ】

早稲田大学　大学院会計研究科……171

《著者紹介》（執筆順）

佐藤　信彦　第1章
　　明治大学専門職大学院会計専門職研究科，教授

藤田　晶子　第1章
　　明治学院大学経済学部，教授

山田　康裕　第1章
　　滋賀大学経済学部，准教授

富田　知嗣　第2章
　　関西大学大学院会計研究科，教授

角ヶ谷典幸　第2章
　　九州大学大学院経済学研究院，教授

潮﨑　智美　第2章，第3章
　　広島市立大学国際学部，准教授

板橋　雄大　第2章
　　明治大学専門職大学院会計専門職研究科，教育補助講師

齊野　純子　第3章
　　甲南大学大学院ビジネス研究科，教授

杉本　徳栄　第4章
　　関西学院大学大学院経営戦略研究科，教授

井上　定子　第4章
　　流通科学大学商学部，准教授

柴　　健次　第5章
　　関西大学大学院会計研究科，教授

正司　素子　第5章
　　有限責任　あずさ監査法人，パートナー

孫　　美灵　第5章
　　流通科学大学商学部，専任講師

山内　　暁　第5章
　　早稲田大学商学学術院商学部，准教授

《編著者紹介》

柴　健次（しば・けんじ）

関西大学大学院会計研究科教授。博士（商学）関西大学。日本学術会議連携会員，日本会計教育学会会長，日本ディスクロージャー研究学会前会長，日本会計研究学会理事，日本監査研究学会理事，非営利法人学会理事，日本経営分析学会理事など。元税理士試験委員，元公認会計士試験委員。

主な著書・編著・共編著

『市場化の会計学』，『テキスト金融情報会計』，『現代のディスクロージャー』，『会計専門職のための基礎講座』，『会計教育方法論』，『スタンダードテキスト財務会計論』『IFRS教育の基礎研究』など

（検印省略）

2013年2月20日　初版発行　　　　　　　　略称—IFRS実践

IFRS教育の実践研究

|編著者|柴　健次|
|発行者|塚田尚寛|

発行所　東京都文京区　株式会社　創成社
　　　　春日2-13-1

電　話　03（3868）3867　　FAX　03（5802）6802
出版部　03（3868）3857　　FAX　03（5802）6801
http://www.books-sosei.com　振　替　00150-9-191261

定価はカバーに表示してあります。

©2013 Kenji Shiba　　　組版：トミ・アート　印刷：S・Dプリント
ISBN978-4-7944-1452-6 C3034　製本：カナメブックス
Printed in Japan　　　　落丁・乱丁本はお取り替えいたします。

── 簿記・会計選書 ──

IFRS教育の実践研究	柴 健次 編著	2,900円
IFRS教育の基礎研究	柴 健次 編著	3,500円
現代会計の論理と展望 ― 会計論理の探求方法 ―	上野清貴 著	3,200円
企業と事業の財務的評価に関する研究 ―経済的利益とキャッシュフロー，セグメント情報を中心に―	平岡秀福 著	3,200円
現代の会計と財務諸表分析 ― 基礎と展開 ―	平岡秀福 著	3,200円
ソフトウェア原価計算 ―定量的規模測定法による原価管理―	井手吉成佳 著	2,700円
企業不動産の会計と環境 ―IFRS時代のCREのために―	山本 卓 著	2,500円
財務情報と企業不動産分析 ―CREへの実証的アプローチ―	山本 卓 著	2,600円
企業簿記論	森・長吉・浅野 石川・蒋・関 著	3,000円
監査入門ゼミナール	長吉眞一・異島須賀子 著	2,200円
簿記入門ゼミナール	山下寿文 編著	1,800円
会計入門ゼミナール	山下寿文 編著	2,900円
管理会計入門ゼミナール	髙梠真一 編著	2,000円
イントロダクション簿記	大野・大塚・徳田 船越・本所・増子 著	2,200円
簿記教本	寺坪 修 井手健二・小山 登 著	1,800円
ズバッと解決！日商簿記検定3級商業簿記テキスト―これで理解バッチリ―	田邉 正・矢島 正 著	1,500円
明解簿記講義	塩原一郎 編著	2,400円
入門商業簿記	片山 覚 監修	2,400円
中級商業簿記	片山 覚 監修	2,200円
入門アカウンティング	鎌田信夫 編著	3,200円
簿記システム基礎論	倍 和博 著	2,900円
簿記システム基礎演習	倍 和博 編著	1,500円

(本体価格)

創成社

坂本直充詩集

光り海

藤原書店

本書を推す

石牟礼道子

天はあるか
地はあるか

という詩句がある。水俣病資料館館長坂本直充さんが詩集を出された。詩の中核には水俣病がある。胸が痛くなるくらい、穏和なお人柄である。ご自分にも様々な症状があられる由。今のところ審査を受けるのを控えているとおっしゃる。

毒死列島身悶えしつつ野辺の花

という句をお贈りしたい。

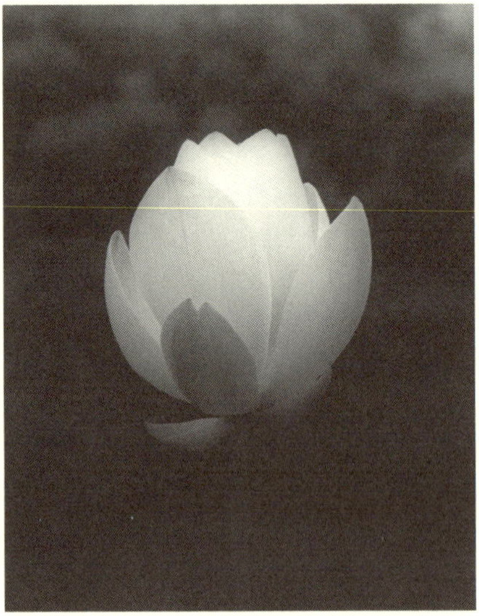

光り海

目次

本書を推す　石牟礼道子

水俣序章　9

I　祈りの渚　11

満ち潮　12
智子残照　15
永遠の少女　27

II　潮風　53

蘇生　54
海へ　56
晩秋　58
磯辺の小道　60

III 海辺の小石——水俣断想 81

- 夜明け 82
- 蒼穹 85
- 出帆 88

出会い 62

水俣 65

IV 潮路——水俣先達の譜 91

- ある闘士の生涯 92
- ある語り部の生涯 105
- ある生還者の生涯 113
- ある記録映画監督へのレクイエム 120

V 初期詩編 139

小さな死 140

故郷 142

文明の谷間 146

生きる 148

遠く 150

一本の道 152

〈特別寄稿〉言葉が存在と等しくなった詩　柳田邦男 156

解説　細谷孝 161

あとがき 170

光り海

坂本直充詩集

装丁　作間順子
写真　市毛　實

水俣序章

闇深きところ
光は生まれる
ことば満ちるところ
光は生まれる
いのち深きところ
祈りは生まれる

絶望果てるところ
祈りは生まれる
水俣の深きところ
希望は生まれる
生き抜くところ
希望は生まれる
水俣の道
ここに開く

(2009・11・3)

I　祈りの渚

満ち潮

時は来た
水俣という重い空間の中で
ことばが存在と等しくなる時まで
わたしは待ったのだ
水俣とは影との戦いなのだ
わたしが住んでいる
あなたが住んでいる

そのまちの中から
影を見つけ
太陽の下にさらす戦いだ

その前に
わたしはわたしであり続ける
あなたもあなたであり続けよう

人間であろうと意志せよ
宇宙へ連なる歓喜を目覚めさせよ

水俣を見ることは
民の生きざまを見ることなのだ

水俣を感じることは
未来を感じることなのだ
哀れみだけを持つな
悲しみだけを持つな
怒りを持って
新しき時代の扉を開け

(1995・1・8)

智子残照

母はいつも智子を抱いていた
母はいのちで感じていた
同じ思いを
多くの母にさせたくなかった
誰かが伝えねばならなかった

誰かが歴史に刻み込まねばならなかった

母は決意した

写真家ユージン・スミスは
水俣に来た
そして見た
近代の原罪を見た
人間の犯した犯罪を見た

彼は迫り
そして撮った
智子を抱く母は

生命への畏敬を踏みにじるものへの
深い問いかけとなって
像を結んだ

智子は
世界へ水俣を伝えた
母の祈りを伝えた

母の祈りは
一枚の写真となって
世界を巡った

人間の幸せへの

深い問いかけと共に
人々の心に刻まれた

　智子
　きつかったね
　よう頑張ってくれたね
　もうよかいよ
　世界の人たちはわかってくれたとばい
　よかったね
　智子
　笑ってくるっとか
　お前のことは

おかあさんが一番わかっとっと
これからもずっといっしょたい
母と子はいつも語り合っていた

幼い妹は姉を守りたかった
ねえちゃんば撮るな
なんで撮っと
わたしのねえちゃんば撮るなち
幼い妹は反射的に

ねえちゃんの前に立ちふさがった
小さな手でカメラを塞ごうとした
ねえちゃんが毒ば
全部取ってくれたもん
母ちゃんが宝子ち
言わったもん
妹が家の外に抱いて出れば
ひんやりした空気に
喜んで笑ってくれるねえちゃんだった
ねえちゃんが泣けば

どうしようもなくて一緒に泣いた妹だった
水晶のような風は
舞い降りていた
秋風に
彼岸花がそっとゆれていた

智子はいつも家族のど真ん中にいた
母も
父も

妹も
弟も
深い絆で結ばれていた
智子を
みんなで支えた

父ちゃんも母ちゃんも
かわるがわる
いつもねえちゃんば抱いとった
きつかったろうな
父ちゃんは朝から晩まで働いて
頑張っとらったし
母ちゃんも一日中抱いとらったけん

たいへんじゃったろうな
　だけど
　ねえちゃんが一番
　水俣病ば伝えたち思う
　みんな
　ねえちゃんのおかげたい

　　野辺送りの夜
　　凍てつく空に
　　煌々(こうこう)と若きシリウスは輝いていた
　　　永遠の輝きがあった

春まだ遠き十二月
智子は二十一歳の生涯を終えた
家族の時間は止まってしまった
晩御飯を食べる時
智子はもういなかった
家族は必死になって生き抜いた
悲しみを越えて生き抜いた
妹たちは鼻筋の通った美しい乙女となって
それぞれの家庭を持って幸せを築いた
弟も立派に育っていった

父も生き抜き
母も生き抜いた

お金をもらってよかねと言って
母の心を踏みにじった者たちは
闇の中に沈んでいった

三十数年の月日は流れた

大いなる母がいた
大いなる父がいた
智子の心と共に生きた父と母がいた
苦難を勝ち越えた父と母がいた

天草の島々に美しい夕日が沈むとき
不知火の海に深い陰影は刻まれ
夜の安らぎに手渡す光は淡く空を照らしていた
智子は静かに未来を照らし続けていた

(2009・9・18)

永遠の少女

(一)

かつて
幼いいのちは消えていった
小さな電球が灯るその下で
少女は今日一日の学校のことを
お母さんに

話すのが楽しみだった

残された時間は静かに確実になくなっていった

小さな茶碗は
少女の手からすべり落ち
ご飯はたたみの上にこぼれた
小さな手でこぼれたご飯を
小さな茶碗にもどしたら
涙があふれた
土間に下りて
戸口の隅で泣いていた

たたみの上には
小さな茶碗がぽつんと置かれていた

いつもきちんと行儀よく食べていたのに
ご飯をこぼしてしまった
もどかしくて悲しくて
そして苦しかった
どうしようもなくて泣いた
母ちゃん違うと叫びたかった

手がいうことをきいてくれなくなった
力の入れ具合が思うようにできなくなった

指がこわばりはじめた
手がふるえはじめた
手を振ってみても叩いてみても元にはもどらなかった
母はやさしく声をかけながら
泣きじゃくるわが子に不安を感じた
母は少女の涙を拭いて
一緒にご飯を食べながら
どうしたのだろう
その思いが心から消え去らなかった
きのうまでは考えなくても思い切り走り回れた
笑いながらかけっこができた

きょうは石につまずいてしまった
自分では足を交わしたいのによろけてしまった
自分のいうことを足がきいてくれなくなった

何かが襲いかかってくるようだった
少しずつ深い闇の中に引きずり込まれるようだった
だんだんとひとりきりになっていくのを感じていた
怖さがひたひたとまとわりついてきた
一生懸命に母にしがみついても不安は消えなかった

天はあるか

(二)

天を見つめる少女よ
永遠を見つめる少女よ
黙して語らぬ少女よ
無言の怒りは時を越え
目を閉ざした者の心の壁を
一滴一滴
石を穿つ雨しずくのように
溶かしていく
少女の瞳は
静謐なる光を湛えたまま

さくらの花を夢見ていた
花吹雪の中で舞っていた
幼いやわらかな手でひとひらの花びらをすくった
かあちゃん、はいさくら
遠くかすかな情景が浮かんでは消えた
そして闇が覆った

一枚のさくらの花びらを拾うことさえ
奪ったのはだれか
土の上に舞い降りた花びらに
拾おうとする少女の思いは届かなかった
この前までは小さなやわらかな指で

造作もなくつまんで
髪に飾って遊んでいたのに
つまもうとすればするほど
指はいうことをきかなくなり
花びらは泥の中に無残に沈んでいった
手の中には泥にまみれた花びらがあった
見つめる目に涙があふれた
とめどなく涙があふれた

小枝が風に揺れ
花びらはゆっくりと
少女の髪に舞い降りた

天はあるか
地はあるか

(三)

母にとって毎日が闘いだった
泣いているひまはなかった
考えているひまはなかった
おしめを替え
風呂に入れ
ごはんを食べさせた
疲れたとき
ふとこのまま死のうと

思いがよぎることもあった
だけど抱きかかえたその重みは
いのちの重さだった
自分のいのちだった
生きられるときまで一緒に生きよう
そう母は決めた

夜明け前
風は凛としてそよいだ

　（四）

雄大な時の流れに

水俣のひとときが刻まれるとき
深い大地の呼びかけに
永遠のリズムを刻む天の呼びかけに
時のゆりかごに眠るたましいが応えるとき
慈しみに満ちた人が歩きはじめる

深き志の人は
世界を変える

蘇れ
天よ

(五)

母は海を見つめながら
死んでいった子の感触が
ありありとよみがえってきた
庭の椿の花は
海と空に映えて
一層赤く際立った
水銀にやられずに生きていたら
きれいな女子になっとったろうに
かわいい孫も授かっただろうにと
おだやかな冬の午後
母は赤い椿の花をじっと見つめていた

濃い緑の葉の中に
くっきりと浮かんでいる赤い花は
子の髪飾り
どこからともなく
やわらかな笑い声が聞こえてくる
おかあちゃんにも飾ってあげる
風はゆっくりと流れていた
海に帰られることを
あの子のところへいけることを
母は感じていた

もう八十を越え
多くのことが
あまりに多くのことが
激しく過ぎ去った

　　（六）

冬の夜
澄み切った空があった
少女は家路に着く母の背で
頭上に輝く星をみた
永遠をみた
そして未来を感じた

残されたわずかな時を感じた
生き抜いた子らは
五十歳になった
お金をもらってよかねと言われ
半世紀がたった
罪ある者たちは
自分の幸せを築いてきた
生きつづける者たちに
思いを馳せることはなかった
幸せを奪われた者にとって
五十年は過酷であった

（七）

そこにはいのちがあった
母の祈りがあった
抱き起こして語りかける母には
やわらかな明るさがあった

今度生まれたら
今度はお母さんがお前になろう
そしてお前がお母さんになるんだよ
みんなの幸せのために
人間が引き起こした罪を
また背負おう

そしたらだれも苦しまんでよかがね
みんなほんとはようわかっとっとたい
見ればきつかけん
知らんふりばしとっとたい
金の亡者てろん、ニセ患者てろん
なんでんよかけん理由ばつけて逃げたかったたい
かわいそかね
仏さんは許してくれらっどか
どげん思うな
やっぱ地獄行きじゃろか
こげんこつばしでかしたけん
しょんなかな

死ぬときはごまかしはきかんけんね
社長てろん、学者てろん、政治家てろん、官僚てろん
肩書きはのうなってしまうもんね
おかしかね

母と子は
存在の岸辺に
佇んでいた
現代の業が
滝のように
水俣の海に流れ込むのを
見つめていた
そしてそれが

自分自身に流れ込み
わが子に流れ込んだことをさとった

わが子は
現代の業苦に
焼けて苦しむ小さないのちだった

人は高度成長と呼んだ
人は繁栄と呼んだ
もっとほしい
もっといいものを
もっとうまいものを
もっともっとのために

資源を掘りつくし
資源を使い尽くし
限りない欲望の道を
疾走していた

繁栄のために
少女は死んだ
このまちに生まれ
そして死んだ

　　（八）

波の音は変らなかった

変らぬ半世紀があった
天草の島々に沈む夕日は
あまりにも美しかった
少女の悲しみを
自然は神々しさのなかに
深く包み込んだ

刻々と移り変わる夕景色は
数千年前の古代人の魂にも
いのちに包まれ溶け込んでゆく連なりを
確かな感覚で刻んだであろう

人もまた自然なのだ

(九)

子をいだく母は
いのちをいだく母であった
毎日の生活を母は背負っていた
前だけをみて進んだ
振り向けば奈落がみえるようで怖かった
それでも日は昇った
空が白み始め
星が消え
雲が朝日に染まるとき

母はふと少女のときのいのちの目覚めを感じ
いのちが震えた

夜明けはなぜこころを震わせるのか
光がだんだんと満ちてくるからか
新しい始まりがあるからか
闇が去り光に満ちるときだからか

多くの生命たちは目覚め
東の空を振り仰ぐ

（十）

水俣は文明の岸辺であった
その岸辺で遊ぶ
永遠の子らがいた
この世に人間であることの意味を
示すために生まれ来た子らがいた
人間が人間であることのために
いのちをみつめ続けるために
時代の業を背負い
このまちに生まれた
生き抜く勇気を与えるために

歩き続けた

　　（十一）

時代の変化
それは人間の意識の変化の表象
だから
あなたが変る以外に道はない

世界が悲しみに沈む時
水俣は静かに寄り添い続ける

希望が心の底から湧きあがるように

喜びが顔を輝かすように
そのときまで辛抱強く
ひたすら祈り続ける
世界は眠りから目覚める
一人の若者を待っている
希望は勇気とともにある

II 潮風

蘇生

もう一度
村をつくる旅なのです
土に帰る旅なのです
もう一度
みんなが幸せになるための
旅なのです

もう一度
天を知る
旅なのです

これが
水俣からの
旅の始まりなのです

海へ

あなたが水に溶け
汚れた川を下り
海に向かうとき
人間の欲望のヘドロが
あなたを苦しめる
詠い続けるがいい
叫びが深い地下でダイヤモンドのように結晶化するまで

生命の奥底まで思いを沈めるがいい
人の固く閉ざされた心の壁を突き崩す
金剛の言葉を生み出すがいい

そこは光の海であった
そこは尊厳の海であった

愛おしさと懐かしさを呼ぶ海であった
母の慈しみが溶けた海であった

晩秋

秋風は
静かに
生命のかたちを
調え始める

生命は内部への進化を
永遠の連鎖の中に
折り込みながら

旅を続けていく
風は
太陽の贈り物
太陽系第三惑星の
大循環が繰り広げる
生命のドラマの脚本家

磯辺の小道

遥かな旅路は
今世における使命の道
静かなる時の流れの中にも
時の調べがある
意識の奥底に潜む
破壊のマグマは

癒しの海で結晶化する

出会い

大いなるものに
あなたはやさしく抱かれる
あなたがあなたに出会い
たった一人の
愛おしいあなたを見つけたら
心は喜びあふれる

永遠なるものは
あなたです

内なるものへのまなざしは
深きいのちの流れを
呼び起こす

いのちは踊り
いのちは舞う

いのちは喜び
いのちは歌う

いのちは出会い
開かれる

水俣の奥深く
歓喜の湧き出る泉はあった

(2009・11・25)

水俣

水俣は始まりであった
小さな岬に立っていると
キラキラと反射する陽の光が時代の陰影を映し出して
身体に触れた
海から吹いてくる風は
懐かしい母の香りを運んで来た

もう何年も忘れていた
母の優しさそのままの香りであった
深い癒しの手が優しく私を包み込んだ
海の生きようとする意志は私の生を支えた
運命への問いは時代への問いとなり
自分への問いとなった
問う者は問われる者となり
生きる者は生かされる者となり
生き抜いた

怒濤のごとく押し寄せる文明の抽出された漆黒の風は
繁栄とともに小さな町を襲った

工場の繁栄とともに
町は栄え市となった

工場から流れ出る排水は
ゆっくりと海の胎内へと流れ込んでいった

誰もが幸せを願っていた
海の恵みは生命を育んだ

大らかな出会いは誕生を呼び
海の深い慈しみを感じた
誰が生命を奪ったのか
誰が母に苦しみを与えたのか
世界中のいたる所で
文明から生まれた深淵が
ぱっくりと口を開けている
バベルの塔となった現代文明を
人類は果てしなく登り続ける

生命の連鎖は太古からの記憶を
連綿として刻み続ける

地球上のあらゆる場所に
誕生は繰り返される

ああ何という美しさだ
ああ何という悲しみだ

余りにも見事なコントラストだ
現代の象徴だ

小高い丘から眺める

夕日の沈む海は一幅の名画のようである
水俣の日常に永遠を描き出す
人間の織りなす暗線が
自然の織りなす輝線と
朱色に染まり
ゆっくりと暗転し
とっぷりと暮れゆく空間は
感情を持った生物のように
私を抱き
地球の安らぎを伝える

明日もまた繰り返し
その次の明日も巡り
明日という言葉が無くならない限り
明日はまた永遠との邂逅の舞台

五月
水俣の山々は
生まれたての淡い緑から
日の光を浴びて輝く緑
生命が迸る萌え出る鮮やかな緑
しっとりと生命を潤す落ち着いた緑
年輪を重ね重厚さを増す深い緑

木々の諸相を彩なしながら
生きる意志の形態は形となる

風の揺らぎは
文明の影を
たゆたう波に煌めかせながら
内海の長閑なひとときを
宿命の連鎖に織り込んでいた

昨日でもなく
また明日でもなく
永劫回帰する今日
宇宙の塵が集まり

暗黒の中から
新しい生命が誕生していくように
水俣の重力に満ちた空間から
光が誕生していくのだ

水俣は夜明け前であった
あの一生にいく度かしか経験することのない
自然が柔らかな生命に感応する
青春の中での出会いであった

宇宙の始まりから
地球の優しさから

水俣で地球の痛みを感じますか
水俣で地球の悲しみを感じますか
濃密な生命の意志を
未来への意志とせよ
あなたがそれであるように
それもまたあなたなのです
深い川が水俣にあります
苦しんだ家族を誰か助けてと泣き叫んだ涙は
幾すじも流れ

やがて魂の川が流れ始め
深い人類の川に合流し始めている

希望の海へそそぎ込むまで
川は流れ続ける

絶望が虚妄なることを知る者は
川の深さを知ることができる

満天の星空に飛翔する崇高な精神は
歓喜に満ち満ちている

真理の沃野は心の奥に眠る

自分であることによって
眠りから目覚めることができる

水俣の小さな駅に降り立つと
日常が眠るように干からびていた

チッソ華やかなりし時の喧噪は
もうそこにはなかった

何度となく呼び戻された過去は
郷愁の中に結晶する

わずか数人のバスの客に
安心感を抱きながら
道は山間の温泉に向かう
文明と自然のコントラスト
水俣があまりにも美しすぎるから
悲しいのだ
山に向かえば
深い慈悲に満ちた生きる意志に
取り囲まれる
どんなに辛くても

どんなに悲しくても
癒しの手はあなたを抱く
道に迷ったとき
歩き続ける意志を感じる
あなたは人間だ
あなたも自然だ
さあ深く呼吸するがいい
ゆっくりとゆだねるがいい
風の中に憩うがいい

風とともに飛ぶがいい
静寂の中に降り立つがいい
喧噪の中に静寂をもたらし
混沌の中に秩序をもたらす
調和の調べよ
飢えたる子らの声が聞こえるか

（1996）

郵便はがき

料金受取人払

牛込局承認
5507

差出有効期間
平成26年11月
18日まで

162-8790

（受取人）

東京都新宿区
早稲田鶴巻町五二三番地

株式会社 藤原書店 行

ご購入ありがとうございました。このカードは小社の今後の刊行計画および新刊等のご案内の資料といたします。ご記入のうえ、ご投函ください。

お名前		年齢

ご住所 〒
TEL　　　　　　　E-mail

ご職業（または学校・学年、できるだけくわしくお書き下さい）

所属グループ・団体名	連絡先

本書をお買い求めの書店	■新刊案内のご希望　□ある　□ない
市区郡町　　　　　書店	■図書目録のご希望　□ある　□ない
	■小社主催の催し物案内のご希望　□ある　□ない

書名		読者カード

●本書のご感想および今後の出版へのご意見・ご希望など、お書きください。
（小社PR誌"機"に「読者の声」として掲載させて戴く場合もございます。）

■本書をお求めの動機。広告・書評には新聞・雑誌名もお書き添えください。
□店頭でみて　□広告　　　　　　　　　　□書評・紹介記事　　□その他
□小社の案内で（　　　　　　　）（　　　　　　　）（　　　　　　　）

■ご購読の新聞・雑誌名

■小社の出版案内を送って欲しい友人・知人のお名前・ご住所

お名前　　　　　　　ご住所　〒

□購入申込書（小社刊行物のご注文にご利用ください。その際書店名を必ずご記入ください。）

書名	冊	書名	冊
書名	冊	書名	冊

ご指定書店名　　　　　　　　　住所

都道府県　　　　　市区郡町

Ⅲ　海辺の小石——水俣断想

夜明け

文明を欲望のかけらだけで組み立ててはならない

＊

水俣は未来の方程式にならなければならない

＊

現代文明という名の
乗り物は

あなた自身の影なのだ

　　　＊

人が海を忘れたとき
ふるさとは消える

　　　＊

水俣に育った人間として
沈黙することは罪である

人間の愚かしさのために自ら悲劇を作り出したことを伝えねば
また人間として今何をなすべきかを知らない人に

＊

水俣の意味は
民衆に背骨を入れること

蒼穹

遠い明治からの時の流れ
天を忘れ去った者たちは
自分自身の大きさを見ることはできない

天を知るとき
ひとりの人間となる
天を知り

人を慈しむ
天に則り
流れをつくる
いきおいをとめて
天に返す
天を仰ぎ
大地に立って動かず
天の眼をもって
水底の動きをみる

天を行うを
正義となす

出帆

天にも道あり
風にも道あり
海にも道あり
人にも道あり

　　　＊

宇宙のちりが集まり
暗闇の中から光が生まれるように

水俣の中から光が生まれるのだ

＊

雲間から海に降り注ぐ
放射状の光は
天と海との深き絆
誰が悪かったのだろうか
水俣は終わらない
始まりだ

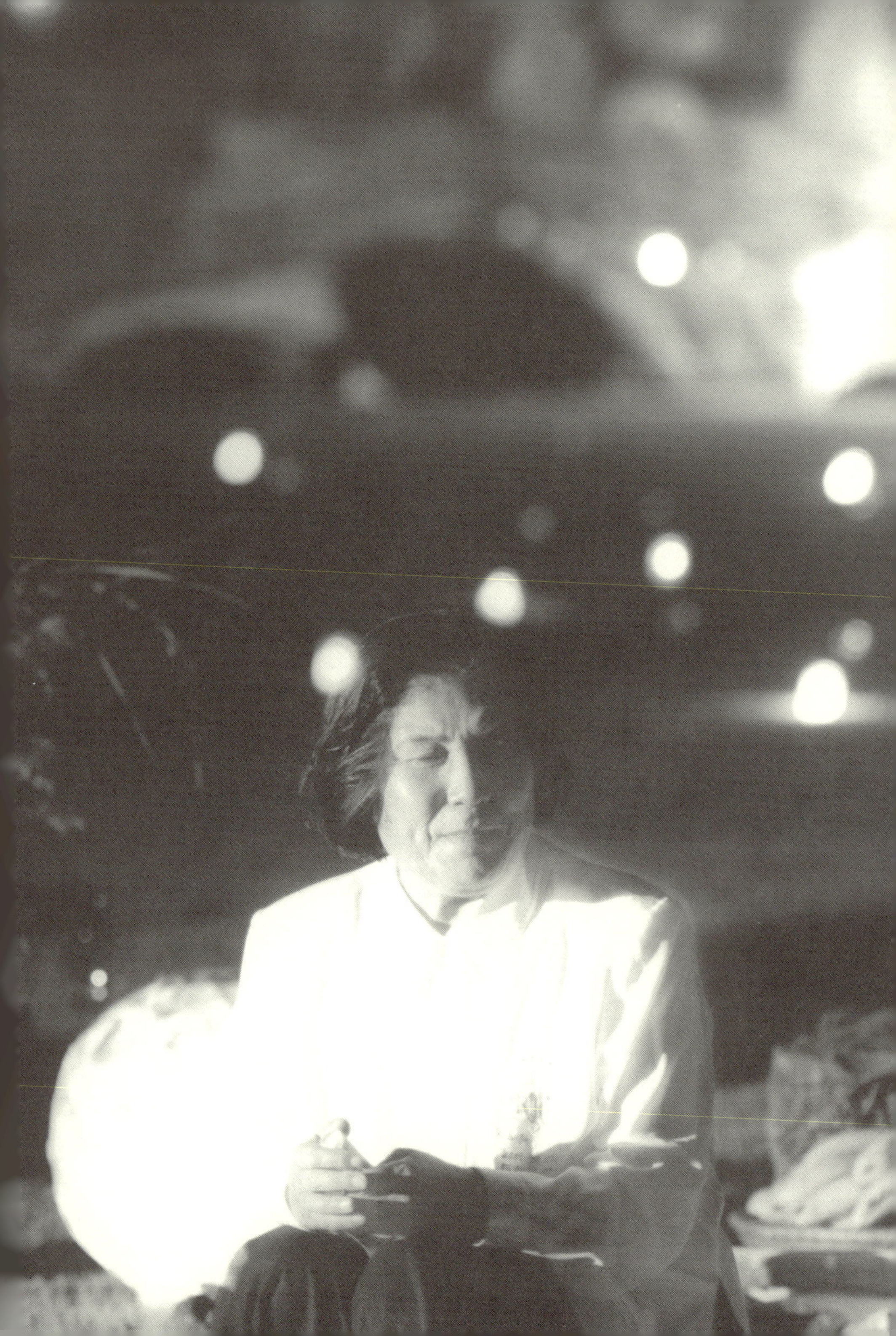

Ⅳ 潮路——水俣先達の譜

ある闘士の生涯

壮絶なる水俣病事件との闘いであった
父は発病して
三年二カ月
彼は必死に看病した
しかし
どうすることもできなかった

冷たい病室の中で
彼は父を抱いた
苦しみ抜いた父を抱いた
漁が大好きだった父を抱いた
もう帰らない父を抱いた

彼は悲しみに震えた
悔しさに震えた
怒りに震えた
胸中には
深く静かに
誓いの火は点された

貧しさのどん底だった
妻も病に伏せる時もあった
彼は子を背負い
昼は病院で働き
夜は看護学校に通った

闘いに向けて
一日一日と
沈黙の時は刻まれていった
自己との格闘は続いた
本を読み資料を読み
毎日毎日
自転車で一軒一軒

水俣病で苦しむ人々をたずね
掘り起こしていった
自立を助け
激しい差別と憎悪の嵐の中で
自ら盾となって患者を守った
学び抜き歩き抜き
魂は鍛え上げられていった
脅しもあった
家族への中傷もあった
しかし妻や子は彼を支えた
彼は前進することをやめなかった
自らの信じるところを貫いた
そして立ち上がった

ついに水俣の門は開かれた

彼は決意した

雪の舞う東京で
チッソ本社前に座り込んだ
それは
一年七カ月に及ぶ闘争であった
権利のための闘争であった
街頭カンパでの
道行く人々からの志が心に沁みた
しかし

水俣では
家族は四面楚歌であった
夜
雨戸を叩かれた
息子は母と妹を守ろうと
普段着のまま眠った

彼は人としての応答を求めた
激しく求めた
そして補償を勝ち得た
しかし彼は
人としての言葉を望んだ

人として向き合うことを望んだ
水俣病は事件であった
人が引き起こした事件であった
人として生きる権利が奪われた事件であった
彼は深くふるさとを愛した
この水俣を愛した
彼はこのまちの福祉を考え
このまちの環境を考え
このまちの将来をおもい
患者に寄り添い

市議を務めた
彼の志を知る者はあまりにも少なかった
人は彼を過去に忘れ去ろうとした

彼は人間を見つめ続けた
水俣の現実を直視した
未来への責任を自らに課した
水俣病事件をこのまちに刻み込み
環境都市へのいしずえを置いた

彼は道半ばにして死んだ
休むことを知らない行動の人であった
無私の人であった

真のやさしさを持った人であった
研ぎ澄まされた魂は高い倫理性を保持した
彼は水俣湾埋立地に
木を植えた
祈りを植えた

秋の日の夕暮れ時
迫りくる死を前に
水銀眠る埋立地で
黙々と草取りをしていた
自分のなすべきことを果たし続けていた
手を休めて

遠くを見つめ
やさしくほほえみながら語りかけてくれた

あん船は何トンあるかわかっかい
あん船はどっから来たろかね

どこへ帰っとかね

少年の頃
父と船に乗っていたときを
思い出すかのように語っていた
彼は最後まで漁師であった

偉大なる海に連なる者であった
誇り高く生き抜き
堅く民衆の歴史に刻み込まれた

夕日は
埋め立てられた地を
赤く染めながら
天草の島々に
ゆっくりと沈んでいった

一九九八年十二月
彼は最後の議会に臨んだ
水俣病事件は

人類が共有しなければならないものであることを知っていた
打ち捨てられた水俣病患者こそが
人類の至宝であることを知っていた
だからこそ
水俣湾埋立地を
世界遺産にと訴えた

彼は熱意を持って
人であることの権利を奪うものに対し
闘い続けた
彼は孤立した
だが恐れなかった
家族の信頼は揺るがなかった

彼は未来を見据えていた
水俣への思いは深かった
それは祈りとなった
彼は水俣病事件を未来へ託し
そして
生を終えた

(2009・2・5)

川本輝夫（かわもと・てるお　1931-99）水俣病未認定患者救済運動のリーダー的存在として卓越した闘争を展開。水俣病事件史に足跡を残す。元チッソ水俣病患者連盟委員長。水俣市市議会議員（三期）。水俣病認定患者。

ある語り部の生涯

魚(いお)も病んでいた
人も病んでいた
自然が病んでいた
人が生み出した毒で病んでいた
世界は繁栄という幻影に深く酔い痴れていた
水俣病事件という

チッソが流した有機水銀による汚染は
水俣の小さな漁村でも多くの命を奪った
彼女の両親もこの毒で苦しめられた
彼女は差別された
いじめられた悔しさを父に語った
恨みを晴らしたいと思った
父は諭した
人様が変わらんなら
自分が変わるしかなか
遠い心の旅は始まった

迷いもあった
悩みもあった

苦しい日々の中で
夫と巡り合い
五人の子らも大きく育っていった
家族は絆を深め支え合った
夫と二人で遠い道を歩き続けた

病で起き上がれない時もあった
歩きづらくなる時もあった
心ない言葉を浴びせかけられる時もあった

心に不安がよぎる日々が続いた
しかし漁に出た
濃密な潮の香りが体を包んだ
深い安心感に支えられた
網を引く手にいのちの重さを感じた
海はいのちを育み続けていた
ボラやイカやタコは生きていた
無数のいのちに囲まれていた
豊かないのちの世界にいる自分を見つけた
大きな世界に包み込まれた
涙はあふれて止まらなかった
恨みの心は静かに退いていった

彼女は
運命を深く受け入れた
自然の痛みを受けいれた
いのちの痛みを受け入れた
痛みはいたわりへのまなざしを開いた

魚や鳥や人間の
苦しむ魂を感じ
いのちを託された
託されたおもいは
魂を深くした

いのちの連なりの中で生かされている自分を感じた
彼女にとって
水俣病は
のさりであった
いのちをいとおしむ思いは
祈りとなった
いのちの花がゆっくりと開き始めた
そして
語り部となった
語りかける言葉は

固く閉ざされた相手の心の壁を
静かに溶かしていった

彼女は
死が迫りつつあることを
深く自覚していた
最後の力をふりしぼって
水俣の未来のために
産廃反対の意見を述べるため
公聴会に臨んだ
そして
自分の役割を果たした

死を受け入れ
自然にゆだねて
与えられた生を生き切った
後事を託すべき人に託し
安らかに生を終えた

(2009・2・16)

杉本栄子（すぎもと・えいこ　1938-2008）漁師。水俣病第一次訴訟原告。九五年から水俣病の語り部として活躍。胎児性水俣病患者らが通う福祉施設「ほっとはうす」を運営する社会福祉法人理事長。水俣病認定患者。

ある生還者の生涯

彼は
死の淵にいた
絶望の淵にいた
二十六歳であった
彼は劇症型の水俣病であった
激しい苦しみを味わった

かろうじて死を免れた
立つこともすわることもできず
茶碗は取り落とした
箸も使えなかった

だが生きたいと思った
心の底から生きたいと思った
生への意思は彼を生かした
入院二年
少しずつ回復していた
主治医は語った
よくなるよくならんは自覚ひとつ
彼はよくなろうと欲した

そして退院した

彼は謙虚であった

彼は小さな農園を開いた
彼は土に触れた
いのちに触れた
いのちをつかんだ
彼は身震いした
小さきいのちの声を聞いた

自分の中にも自然があるのを発見した

いのちを育て始めた
自分のいのちを育て始めた
自分のやれることから始めた
養蜂の本をむさぼり読んだ
蜂を飼い
栄養を取った
七歳の時乗れた自転車も
乗れなかった
しかし
一カ月間傷を負いながら
毎日練習し

とうとう乗れた
体を動かす訓練の連続だった
生活そのものが
機能回復訓練の場だった
生活での繰返しを
習慣付けた
しかし
指先はなかなか思うようには動かなかった
得意だったマンドリンはもう弾けなかった
家の周りは賑やかだった
犬や鶏

雉やウサギ
アヒルに山羊
彼は
動物や植物と対話した
妻は温かく見守り続けた
回復を祈り続けた
子どもも授かり
幸せに育った
彼は死の淵からの生還者だった
人間の傲慢さへの怒りは深かった
彼も裁判に立ちあがった

そして勝利した

チッソ交渉団の団長を務め

水俣病センター相思社の初代理事長を務めた

彼の生活そのものが

自己との闘いの歴史であった

彼は発病から四十六年生き抜き

そして

七十二歳で死んだ

（2009・5・8）

田上義春（たのうえ・よしはる　1930-2002）　急性劇症型患者。第一次訴訟原告。一九七三年勝訴に伴い東京交渉団を結成、団長を務めチッソとの補償協定を勝ち取る。水俣市神の川に乙女塚農園を開き自給自足の生活を目指す。水俣病互助会会長。初代水俣病センター相思社理事長。

ある記録映画監督へのレクイエム

工作者がいた

人間を取り戻そうとした工作者がいた
人間の原像に迫り続けた映像作家がいた
彼は水俣に来た
水俣病事件を撮ろうとした
そして病院を訪ねた

彼は見た
「悲劇の絶対値」を見た

有機水銀という毒に侵され
少女はベッドに静かに横たわっていた
すべてを奪われ横たわっていた
二十三年の短い人生を終える少女であった

その存在は
水俣の中心にあって
ことばを容赦なく
なぎ倒すもの

私はチッソであったということばも
崩れさせるもの
安易な表現を拒否するものであった
彼は
はね返された

しかし
彼は記録者であった
迫らねばならなかった
肉薄せねばならなかった
彼は心を奮い立たせ

信頼するスタッフと共に挑み始めた
彼の心の中に
水俣の錘鉛(すいえん)は深く下ろされていった

　　　　＊

彼は写真パネルの
目を塞いでいたテープを
引き剥がした
彼は匿名化するものを拒否した
彼は厳存する者と向き合い
迫り撮り続けた
奪われた尊厳を

切り裂かれた生を
一人一人の
固有の名において
固有の歴史を
刻もうとした

＊

彼は不知火海沿岸の
村々を巡った
そこには
海に息づく人々がいた
海と人間が

分かち難い世界があった
海と共に生きる世界があった
彼は現実を見た
厳しい現実を見た
不知火海沿岸には
沈黙の民がいた
彼は向き合い続けた
撮るという行為に
真摯であろうとした

被害者の日常に迫ろうとした
しかし同時に
捉えきれない日常があった
常に未完成であることを自覚した
彼は自分のポジションを自覚していた
映像というものでしか迫れない自分があった
彼はポジションを深化し続けた
自噴する井戸の深さまで掘り続けた
人間の生きる輝きが湧き出るところまで掘り続けた
海底からは

新しき地下水が
人類の地下水が
滾々と湧き続けていた
絶えることなき歓喜はあった
生の歓喜はあった
病を引き受け生きる人間がいた
発光する人間たちがいた
人間は意味を求める存在であった
彼は遠くまで歩いた

＊

彼は千年の視点を捉えた
歴史は続いていた
民が刻み続ける歴史があった
千年単位の流れがあった
さまざまな出来事を
意識の底流に刻みこみながら
民の営みは続いてゆく
水俣病事件も
それぞれの家族の運命を
翻弄しながら

冷酷に変えていった

東京から見ると
水俣は辺境の地であった
水俣の漁村はさらに辺境の地であった
不知火海沿岸の村々も辺境の地であった
しかしそれは
百年の視点であった
近代の視点であった

そこには
豊饒なる世界があった
海を中心とする世界があった

海が道であった世界があった
海は交流の場であった
生活の場であった
海に生かされている無数の存在があった
無数のいのちの連なりがあった
そこには
千年の視点があった
野生の思考があった
東洋の原型があった

＊

彼の映像は
水俣病事件を世界に伝えた
彼はヨーロッパを巡り
アメリカやカナダにも回った

「医学としての水俣病」をはじめ
多くの作品を残し
現代の資料としての役割を願った
未来への証言として歴史に刻んだ

＊

海はあった
不知火の海はあった

人間の営みは続いていた
海とともにある暮らしは続いていた
豊饒なる恵みに満たされていた
重層的に流れゆく時間があった
太陽と月と海が織りなす巨大な時空は
人間の生み出す因果を飲み込みながら
無数のいのちを育て
彼方から彼方への

永遠の時を刻む

＊

彼は
水俣病事件の
二〇年、三〇年、四〇年、五〇年を
撮り続けた

彼は水俣に照らされていた

根源からの風を受けて
海を見つめ
浜辺に立っていた

海からの無数の光は
彼の意識を解放し
永遠の憧憬へと誘った
絶望の奥にある光を垣間見た
彼は時の語り人であることを悟った

*

彼は
遺影を撮り続けた
一枚一枚に刻まれた
深い記憶があった

生きた歴史があった
水俣病事件に翻弄された歴史があった
家族の心の痛みや疼き
苦しみがあった

遺影とは
名なき者から
名ある者へと向かう
船であった

彼は
人間の尊厳を刻もうとした
歴史に刻もうとした

受難の歴史を刻もうとした
過酷な運命を引き受け
生き抜いた者たちを刻もうとした

＊

蒼穹はあった
民の変わらぬ生活はあった
光を放つ
いのちの連なりはあった
彼は水俣に足を運び続けた
水俣の子らに
水俣のことを

胸を張って伝えていくように
静かに語りかけた
巨大な産廃処分場の建設にも
大いなる先駆者宇井純と共に
反対を表明した
死の間際まで
水俣の行く末を心にかけた
彼は深く人間を愛した人であった
同行者にも恵まれた
一人娘の父親でもあった
彼は水俣に触れたものとして

偉大なる記録者として
自らの生を刻んだ

(2009・9・7)

土本典昭（つちもと・のりあき 1928-2008）記録映画作家。一九五六年岩波映画製作所入社、翌年フリーとなる。六三年国鉄のPR映画「ある機関助士」で監督デビュー。六五年に初めて水俣を訪れ、現地の人々と生活を共にしながら撮影を行う。七一年「水俣―患者さんとその世界」で第一回世界環境映画祭グランプリを受賞。その後、長期にわたって水俣病事件を撮り続ける。ほかに「ドキュメント路上」（六四年）、「シベリア人の世界」（六八年）など。

Ⅴ　初期詩編

小さな死

コンクリートの道の上に
小さな虫が
無惨に横たわっていた
羽はちぎれ
頭は砕かれ
醜い姿を晒していた
大地へ帰れず

文明の上に屍を残したまま
静かに死んでいた
無関心な人々の靴に踏まれ
虫の体は砕かれた
めちゃくちゃに砕かれた

（1976・7・8）

故 郷

わが故郷は水俣だ
悲劇を生んだ水俣だ

三方を美しき山に囲まれたところ
私を育ててくれたところだ
私の最も愛するところ
私の忘れることが出来ないところなのだ
故郷は病み続けている

けれども私の水俣なのだ
私に人間を教えてくれた水俣なのだ
たとえ水俣が病んでいようとも
最も愛するところに変りはない

私に人間の愚かさを教えてくれたところ
人間として沈黙を許さないところ

水俣に生まれた人間として
水俣に育った人間として
沈黙することは罪である
世界へ数多くのことを語り伝えていかねば
人間の愚かさのために自ら悲劇を作り出したことを伝えねば

また人間として今何をなすべきかを知らない人に
水俣を伝えなければならない

水俣は美しい
しかし醜い
水俣は偉大であり
そして最も愚かである

水俣を水俣の人のものとして
再び取りもどすために
水俣を水俣の人によって
滅ぼすことのないように
沈黙してはならない

(1975・11・27)

文明の谷間

澄んだ空にも
澄んだ海にも
豊穣な大地にも
透明な深淵がある
それは現代の深淵
私の知らないうちに
黒い深淵に変るかも知れない

気まぐれな文明で

(1977・3・8)

生きる

あの暗黒から
あの絶望から
あの退廃から
わたしは弾き飛ばされた
あの死を持った
ふるさとの海に
あの海が

わたしの死を投げ飛ばし
生を投げ込んだ
最後の力をふりしぼって

遠く

水平線の彼方に
雲沸き起こる
地平線の彼方に
日が昇る
宇宙の彼方に
永劫の闇がある
生命の果てに
光がある

（1976・2・18）

一本の道

この道はどこまで続くのだろう
もう私の靴は破れてしまい
石ころだらけのこの道を
これ以上歩いてゆくことができません
何年もかけて歩いてきたのに
この道はまだどこにもたどり着いてはいないのです
だけど
引き返すにはあまりに遠くまで歩きすぎました

だから
どこかへたどり着くまでは
歩かなければなりません
ひょっとすると明日にでも
たどり着けるかもしれませんから
だから
破れてしまった靴を一生懸命なおして
歩いていきます
この一本の道を

（1977・1・26）

〈特別寄稿〉言葉が存在と等しくなった詩

柳田邦男

このところずっと、いのちの息づかいを漲らせた言葉はどういうところから湧き出てくるのか、その源流を探し求める書書周遊とでも言うような作業をして、長編のエッセイを書いていた。そんなさなかに、藤原書店の藤原良雄さんから電話があり、水俣市の元図書館長だった坂本直充さんが長年にわたって書き溜めてきた詩を一冊の詩集にまとめて出版することにしたので、感想の一文を寄せていただけないかと依頼された。

坂本さんとは、水俣にいろいろな支援活動で出かけた折々に、何度かお会いしていたが、詩作をしているとは知らなかった。足が不自由だったが、自分が水俣病の被害者だと語ったこともなかった。藤原さんによると、特措法締切の翌日、自分が胎児性水俣病患者であるかもしれないことを、はじめて新聞に公表したという。

坂本さんは言葉数の少ない控え目な人だ。私に対し私的なことは何も語らなかった。それだ

けに、藤原さんから伺った話に、私は驚いた。坂本さんの姿が突然大きな存在感をもって立ち上がってきた。詩集をぜひ読みたいと思った。

間もなく送られてきた『光り海』と題する坂本直充詩集の校正用ゲラ刷りを開いて、私はすぐに納得感のある言葉に出会った。「Ⅰ 祈りの渚」の章の冒頭に掲げられた詩「満ち潮」の最初の四行だ。

　時は来た
　水俣という重い空間の中で
　ことばが存在と等しくなる時まで
　わたしは待ったのだ

そう、彼は黙々と「待った」のだ。あまりにも重い水俣病事件の現実と自分自身の実存に対し、自分の言葉は追いついているのか、軽くなってはいまいか、おそらくそのためらいの狭間で、詩を詠みつつも、他者に示すのを控えた歳月を過ごしていたのであろう。言葉で表現する者の真摯さと言おうか。

それにしても、「ことばが存在と等しくなる」という表現は凄い。艱難を全身に背負って生きてきた者が五臓六腑を震わせて絞り出した語句と言おうか。いのちの息づかいを漲らせた言葉の出所が、ここにもある。

坂本さんの眼差しはやわらかい。人に対すに、腰は低い。しかし、内面において、あるいは魂において、不条理に対する怒りの告発は怯むことのない剛球だ。「永遠の少女」の（二）において、〈少女の瞳は／静謐なる光を湛えたまま／さくらの花を夢見ていた／幼いやわらかな手でひとひらの花びらをすくった／かあちゃん、はいさくら／遠くかすかな情景が浮かんでは消えた／そして闇が覆った〉に続けて、こう告発するのだ。

　一枚のさくらの花びらを拾うことさえ
　奪ったのはだれか

告発と祈りが同居しているのは、水俣病の辛苦に耐えて生きた患者たちの特質だ。語り部となった故杉本栄子さんへの追悼詩「ある語り部の生涯」の一節。

彼女にとって
水俣病は
のさりであった

いのちをいとおしむ思いは
祈りとなった（中略）

語りかける言葉は
固く閉ざされた相手の心の壁を
静かに溶かしていった

　栄子さんが人生観の中心に据えた言葉「のさり」とは、元の意味は、自分たちが求めていたわけでもないのに大漁したことを言うのだそうだが、水俣病で亡くなった栄子さんの父親が、自分は水俣病になったおかげで、いじめる側に立たされないですんだという意味をこめて、「水俣病ものさりじゃね」と言い遺したのを栄子さんは真正面から受け止めて、「水俣病のおかげ

〈特別寄稿〉言葉が存在と等しくなった詩

で は、人としての生活が取り戻せた」と、心底から語るようになったのだ。網元だった栄子さんの作業場で、早朝、美しい茂道の入江を望みながら、水揚げしたばかりの白魚の釜出しをご馳走になった日のことを、私は思い起こす。

水俣とは何なのか。坂本さんの数々の詩の中から、水俣病の本質を語る言葉を拾い集めると、水俣定義集ができる。そのいくつかをここに示そう。

・水俣とは影との戦いなのだ
・水俣は文明の岸辺であった
・世界が悲しみに沈む時　水俣は静かに寄り添い続ける
・水俣の奥深く　歓喜の湧き出る泉はあった
・打ち捨てられた水俣病患者こそが　人類の至宝である
・水俣を感じることは　未来を感じることなのだ
・水俣は未来の方程式にならなければならない

坂本さん、数々の珠玉の言葉をありがとう。

解　説

細谷　孝

　福島原発の事故から二年、いわき市漁協の馬目祐市が水俣市を訪問し、水俣病資料館を見学した。館長の坂本直充（58）は「福島の方々も大変な思いをするでしょうが、がんばってください」と語りかけたという。被災者に「頑張ってください」は禁句といわれている。しかし、「福島の方々も」と語りかける坂本の言葉が伝える水俣病の経験は、馬目にはしっかり届いたに違いない。馬目は「これから背負う時間の長さが途方もなく思えた」と語る（二〇一三年三月二日、朝日新聞連載「プロメテウスの罠」より）。福島と水俣が共通の課題を自覚した一瞬である。
　この記事が掲載された一年ほど前、核物理学の研究者、日本原子力研究開発機構（JAEA）の研究員ら約三〇人の研究会で、大阪大核物理研究センターの谷畑勇夫教授は「すべての住民から遠く、問題のない所は海だ」と呼びかけ、原発の事故で放射能に汚染されたものを海に捨てる案を検討したという。そこで、元文相の有馬朗人は、平然と「海は世界人類共通の財産で、漁民や世論を説得できるかが問題だ」と発言している。有馬は、二〇〇五年に環境大臣の権限で招聘された水俣病懇談会の座長を務めていた。有機水銀による海の汚染・水俣病の経験は何処に行ってしまったのだろう。

161

考えてみれば、水俣病は奇妙な病である。通常の病気では、個人で病気に「なる」か「ならない」かということは決められない。個人の判断に関係なく病名は与えられる。誤診の場合を除き、医師の診断に異議を申し立てても意味はない。自ら望んで病になる者はいない、それも不治といわれる「病」にである。しかし水俣病は「自らの意志」によって水俣病の認定申請を行うことになる。申請して認定されないと水俣病とはいわれない。水俣病は、認定制度を介することで、「なる」か「ならない」かの選択が可能な病になっている。

出来事を分節するために、5W1H（誰が、いつ、何処で、何を、どのようにして、どうしたか）で表される「六何の原則」というものがある。それに倣って、水俣病事件を加害と被害の両面から検討すると、認定制度と絡んで水俣病の問題が見えてくる。

加害の側からみれば、①チッソ（国・県）、②発生した年は一九五〇年代前半で問題化したのは一九六一年、一九六八年水銀排出を止めたのだから、一九六九年十一月までの出生者に水俣病が認められる。③水俣市不知火海沿岸地域（九市町村の全部、あるいは一部）、④メチル水銀を排出し、海を汚染し、⑤アセトアルデヒドを生産し続け、⑥熊本・鹿児島の両県で公健法による認定では、二、二七二人の水俣病患者を発生させた。また、会社は近代社会の基盤を支え、生産が消費に追いつかないくらい売れ、利益を上げていた。

被害の側からみれば、①多くの漁民達、②発症は一九四二年以来から始まり、今も続いている、③対岸の天草を含む不知火海沿岸およそ二〇万人、④排出されたメチル水銀を、水俣湾の魚を介して体内に

蓄積し、⑤蓄積されたメチル水銀は脳を侵し、⑤推定六万人以上の水俣病を発症させた、というのが水俣病事件のあらましである。

ところで、加害と被害の立場において、②と③が全く一致しない。つまり、水俣病の一番肝心な部分に関するする見解、「水俣病は、いつ、何処でいったい何人ぐらいの人が発病したのか、そしてその病像はいかなるものであるか」についての見解が、加害と被害の立場によって完全に分かれているのである。その最大の原因は、チッソおよび行政が、自ら広げてしまった汚染物質による被害の実態を解明するための調査をほとんど行わなかったことにある。そればかりではない、暫定的な知見をもとにした被害拡大防止→汚染地域全体の実態調査→病態の解明→暫定的な診断基準→医学研究に基づく、疾患の更なる探究も未だ行われていない。公式確認から五七年経過してもなお、裁判・紛争が続く最大の原因がそこにある。海の汚染・認定制度と水俣病が忘れられているのも、やはり、この問題と無関係ではない。

特措法申請の締め切り日二〇一二年七月三十一日の翌日、熊本日日新聞に坂本を扱った記事がある。

この記事は、坂本の「当事者性」(positionality) について、職場と彼自身の水俣病の関係を絡めてよく説明している。記事の見出しは **「考え抜き 申請見送る 認定の道検討 水俣病資料館長『自分の被害確かめたい』」**

「『水俣病とどう向き合うべきか、最後まで考え抜いた』。水俣病特別措置法の救済申請が終了した31日、水俣市立水俣病資料館の坂本直充館長（57）は悩んだ末、申請を見送った。今後、医師の

診断を受け公害健康被害補償法に基づく認定申請を検討したいという。

チッソ水俣工場（当時）近くの丸島町生まれ。胎児性患者と同世代だ。障害のため1人で歩けるようになったのは6歳。『自分も患者かもしれない』─。ずっと疑問はあった。しかし差別される患者の姿を見て、「水俣病を引き受ける勇気がなかった」と振り返る。1980年に市役所入り。水俣病を語ることがタブーの時代だった。昨春、資料館の館長に就任。来館者から『水俣病ですか』と幾度も聞かれ、水俣病を伝える施設の責任者として『このままではいけない』と悩んだ。

数年前から歩きづらさがあり、健康不安もある。水俣市は職員に特措法申請を促す通知を配布。何人もが手を挙げた。特措法か認定申請か─。『申請は人生の決算。私も含め住民は50年以上、水俣病を背負ってきた。簡単に答えは出せない』

31日は休日だった坂本さん。特措法の申請書に記入はしたが、提出しなかった。最終的に申請を見送ったのは『自分の被害を確かめ患者かどうか結論を求めたい』からだ。今後も認定制度は続くが、近年の患者認定はごくわずか。救済の間口は狭くなる。『事情があり、申請を見送った人はたくさんいるはず。今後、症状が出てくる人もいるだろう』。被害者の救済漏れを懸念する坂本さんは言う。『まだ課題は残っている。地域全体で、被害者すべてが安心して生活できる環境をつくる必要がある』

水俣病多発地区に多数の脳性麻痺児が確認されていることは、「小児性・胎児性水俣病に関する臨床

（辻　尚宏）

疫学的研究」の中で原田正純・田尻雅美が言及している。坂本自身も水俣病であるのか、脳性麻痺なのか、悩みに悩んだと聞いている。しかし、この記事を通して、水俣病の証言者としての坂本のpositionが定まったということがよく伝わってくるのではないだろうか。川本輝夫氏の例を引くまでもなく、水俣の闘いは、一人から始まることが多い。ここには新たな闘いの始まりの予感がある。

　　　　＊　　　＊　　　＊

　私は毎年夏に中央大学のゼミ生を連れて水俣に一週間ほど滞在する。その折、水俣病についての話を聞くということがきっかけで、当時図書館の館長であった坂本と知り合った。交遊が始まり七、八年たったある日、坂本は、実は詩を書いているということを私に打ち明けた。そして、その日以来、私は膨大な詩稿と学生時代からの日記を読むことになった。それらを読むにつれて、坂本の詩集を編んで世に出さねばならないという確信が強くなり、私は詩稿を藤原書店に持ち込んだ。坂本の詩集の刊行が決まったとき、詩集のタイトルをめぐってさまざまな議論をした。坂本は熟考の末、詩集のタイトルを『光り海』とした。
　その時、私の脳裏に浮かんだのは、石原吉郎の『望郷と海』の「沈黙と失語」という散文と、シュシャーナ・フェルマンの『声の回帰』という本であった。坂本が語る、詩が生まれる瞬間の話は、フリーダイバー、篠宮龍三の語る「グランブルー」の世界のようであった。
　いま私の手元に、坂本が一九七七年二十二歳の時に書いた、「水俣に生まれて」という小論がある。その小論の書き始めに「私は、この現代の生んだ悲劇の街にいて何をなすことができるのだろうかと

自問し続けてきたのである。(略) 私は先頃水俣に帰り、久しぶりに水俣の海を見てきた。私にとって水俣がどういう意味を持っているのかを改めて考える機会であった。水俣は美しい街であるに違いない。少なくとも私自身にとっては。しかし、その美しさは、真の美しさであろうか。いやそこにあるのは、実体のない美の虚像が闊歩する世界である」と。一九七七年の時点を考慮しても、この論文は実によく水俣の問題をとらえている。二七年後に図書館で行われた講演と比べても、基本的な問題はすでに提示されているし、内容的にも十分検討に耐えるものである。しかし、その小論はちょうど呼吸装置を一切用いずに、潜水深度を競うフリーダイバーが、肺に十分空気を吸い込み、頭から垂直に水中に切り込み潜行を始めるときのような意気込みが感じられるが、まだそれだけである。そして、海の深みに向けて潜水するダイバーは太陽の光が届かなくなり、完全な闇に閉ざされる手前に、青い闇に包まれる世界、生きながらにして死を体験するようなグランブルーの世界に触れ、さらに、死と隣り合わせで海に潜り、やがて極限に達する。そして、再び、陸という生に向かって還ってゆくという。それはちょうど三十数年間にわたる被害者や支援者、或いは地域の人々との交流を通して、深く深く海の底へと身を沈めながら、水俣と水俣病の「底」を見た坂本が、詩を書く行為において、語る主体と言葉を取り戻しながらゆっくりと浮上する姿に重なる。浮上するにつれて、暗黒の世界は、次第に生命にあふれる眩ばかりの光の世界に変わってゆく。こうして、失語から沈黙への声の回帰を果たした坂本の詩の世界は、『光り海』というイメージに重なるのである。

坂本の「詩の」核心とスタイルは、水俣病の証言者であろうとする姿勢にある、と私は考えている。

クロード・ランズマン(1925)が監督した、ナチ・ドイツによる〈ユダヤ人絶滅作戦〉をテーマとした一大証言集である『ショアー』という映画作品がある。その作品で、監督は、事件に関係した〈証人〉達に〈証言〉を促してゆくが、被害の側にある〈証人〉達は、〈語りえぬもの〉の壁にぶち当たる。自分の体験について、いくら証言を求められても、一定の筋や起承転結を持ち、一つの整合的全体として秩序づけられる通常の言説(disucourse)という形では語りえないのである。しかし、証人達が断片的に発するいくつかの「ことば」が、語ることの不可能性の壁にぶち当たりながらも発せられるとき、物語＝叙述(histoire)としては挫折せざるを得ないが、まさにその時に〈語りえぬもの〉があらわれる。この事態をシュシャーナ・フェルマンは「声の喪失」の逆説的表出における「声の回帰」として捉えた。クロード・ランズマンの『ショアー』という作品は、スピルバーグの『シンドラーのリスト』のようなハリウッド流のテレビドラマや物語として成立することを意図したものではなかった。ただ、一つの物語へと全体化しえない諸々の証言の断片の集大成として成立している。しかし、この断片的な証言の出来事の「内部の真理」に近づけば近づくほど、〈証言〉の言葉は詩的な言葉として声を回帰しているのである。「語る言葉を失うまさにその瞬間、豊かに〈語りえぬもの〉が表現されているのである。

〈アウシュヴィッツ〉と詩の両立不可能性を指摘したアドルノの周知の命題、「アウシュヴィッツ以後、詩を書くことは野蛮である」、にもかかわらず、〈絶滅〉についての語りが本質的に詩によって可能になるというシュシャーナ・フェルマンの指摘を十分に考えてみなければならない。

そして我々は、その希有な例を坂本の詩集『光り海』において発見するのである。

167　解説

注

（1）原田正純・田尻雅美「小児性・胎児性水俣病に関する臨床疫学的研究及び幼児に及ぼす影響に関する考察」（メチル水源汚染が胎児『社会関係研究』第一四巻第一号、二〇〇九年）この論文はインターネットで検索できる。www3.kumagaku.ac.jp/srs/pdf/no14_no01_200901_005.pdf

（2）「私たちが普段自らの「立ち位置性」＝positionalityを自覚しないがゆえに、知らぬ間に誰かを抑圧してしまっているということだ。」「スピヴァクのポストコロニアル研究が自覚的に問題化してきたのは、……声を上げられないような立場（周縁）にいる他者を、より高みに立った者（中心）がかってに表象（イメージ）することで抑圧を温存・強化してしまう。それが明確に悪意が意識されないなかで起こってしまうことを批判したのだった。」（開沼博『「フクシマ」論』青土社、二〇一一年）。

（3）石原吉郎が「沈黙と失語」を一九七〇年九月号の『展望』に発表。ソ連軍に抑留されていた一九五〇年夏の話。この散文の中で石原は、外側から見る限り沈黙と失語は同じように、つまり、話せないという風に映るかもしれないが、言葉を失うことと沈黙することとは全く次元が違うことを指摘している。石原は一九四九年、二五年囚としてシベリアの奥地に送り込まれる。そこで経験した強制収容所の日常は、すさまじく異常でありながら、それが日常的なものへと還元されていくという異常な現実であった。そのような環境で人間が最初に救いを求めるのは、自分自身の〈声〉であるが、まず言葉が〈声〉を失う。「現実が決定的に共有されているとき、それについて語ることの意味が失われる。そこでは人々は、言葉で話すことをやめるだけでなく、言葉で考えることをすらやめる」。形容詞が脱落し、さらに代名詞が脱落する。かくして失語の状態が始まる。言葉がむなしいのではなく、すでに言葉の主体がむなしいのである。し

かし、眼前に起こった出来事とその衝撃を、はっきり起こったものとして承認し納得するためには、言葉が必要だった。監視兵の殺意は、私の内部に出口を求め、一斉にせめぎあう言葉を引き起こした。しかし言葉は、目撃者に求められる徹底した沈黙と服従のために、復活するやいなや、熱い手のひらで出口をふさがれた。沈黙である。石原は、沈黙するためには言語が必要であると語る。

（4）シュシャーナ・フェルマン（Shoshana Felman イスラエルのテル・アヴィヴ生まれ。イェール大学教授）は、『声の回帰——映画『ショアー』と〈証言〉の時代』（批評空間叢書8、一九九二年）において、〈アウシュヴィッツ以後〉の「証言の時代」、それは他でもない〈証言する〉という行為自体が本質的には不可能とされている「証言の歴史的危機」の時代であると。というのはホロコーストという現実のもとにあっては、証人とその証言行為とが「忘却の穴」に堕ちて、文字通り物理的に跡形もなく消去＝焼却されてしまったという事実に起因している。ホロコーストの真実を真の意味で語りうるためには、それを内部から語ることが出来なければならないだろうが、それは不可能である。内部は「声を持たない」からである、あるいは、「語ることの絶対的必要性」が〈絶滅〉の核心にある「証言の不可能性」から出発し、さまざまな証言を通じて「内部」の伝達不可能性を確認していくランツマン自身、それでも『ショアー』の問題は、「伝達すること」（transmettre）にあることを認めている。

（5）篠宮龍三『Blue Zone』（牧野出版、二〇一〇年）。

（6）テオドール・W・アドルノ『プリズメン——文化批判と社会』渡辺祐邦・三原弟平訳、ちくま学芸文庫、一九九六年。

あとがき

ここはみなまた
わたしのふるさとです
ふるさとには多くのかなしみがありました
深きやみのおくにはちいさな光がありました
わたしのこころの中にありました
わたしはひかりを伝えようとおもいました
それはわたしの旅のはじまりでした
それはとおい旅路でした
わたしにとって歩き続けなければならない道でした
なみだはながれました

立ち止まってはゆっくりとまた歩きました
とおくまで歩きました

みなまたの海をみました
何回も何回も海をみにいきました
問いは返ってきました
海は光の海でした
永遠の海でした
海からいのちを託されました

ことばがうまれました
しずかになみだがあふれました
はるかな旅でした
ようやく海のひとしずくを手にとることができました
そしてこの詩集をおとどけします

水俣は、私のふるさとです。

水俣湾を見下ろす小さな岬に立つと、目の前には天草の島々に囲まれ、湖のように穏やかな不知火海が広がっています。遠くには、うたせ船が春風に白い帆を張り浮かんでいます。光の絵筆で描いたような景色です。柔らかな日差しを浴びて椿の赤い花がくっきりと咲いています。潮の香りは海のいのちを伝えています。

夏になると、夕日に染まる海は、赤いビロードのような海になります。赤く染まる雲は天女の羽衣のように輝きます。秋の空は高く、海の青さもひときわ引き立ちます。秋の陽は、彩り豊かにいのちの輪郭を整えます。冬、生きものたちはいのちの躍動を蓄えます。水俣では、自然は手の届くところにあります。海も川も山も自然の中で循環する人の営みを支えています。

水俣は自然の恵み溢れるところなのです。

水俣は、公害の原点と呼ばれています。

かつて、チッソ株式会社水俣工場からメチル水銀を含んだ工場排水が海に流され、環境汚染を引き起こし、それが原因となって多くの人命が奪われ、甚大な被害が引き起こされました。汚染された魚介類を食することにより引き起こされたメチル水銀中毒症である水俣病は、一九

五六年に公式に被害が確認され、認定患者だけでも二千名を越えております。自然に罪はありません。水俣病は人が引き起こした事件なのです。被害を受けた人々は、健康被害のみならず、差別や偏見を受けながら、生き抜いてきました。そして地域社会も巨大な時代の波に翻弄されながら今に至ります。しかし、その中で人々は懸命に生きてきました。そしてそこには一人ひとりの人生があり、生活がありました。市民も歩き続けてきました。水俣病の教訓を生かした環境都市へと大いなる歩みを進めてきています。

人は誰でも幸せになりたいと願っています。あれも欲しい、これも欲しいと欲望のままに誰もが望めば、資源は枯渇し、人類が健康に住める地球環境という未来への遺産は破壊されてしまいます。では文明とは何でしょうか。温暖化を中心とした地球環境問題群は私たちにもう一度地球環境が有限であることを示しています。水俣は、地方レベルで急激な環境汚染が引き起こされましたが、それは社会の発展のあり方など現代社会が内包する矛盾が顕在化した場なのです。その場は、人を根源的な問いの前に立たせます。人間とは何か。生きるとは何か。幸せとは何か。社会とは何か。そういう問いにいざなう場なのです。

わたしは若い頃、水俣についての詩を書こうと思いました。しかしそれはできませんでした。

ことばがどうしてもかたちとなってくれませんでした。やはり私にとって、ことばが崩れないようになるまでには、多くの人との出会いと長い年月を必要としていました。人間の存在への問いであり、人間の自由についての問いでありました。小さいときから天草の島々に沈みゆく夕日を見るのが好きでした。その風景を見るたびに、自然の美しさとその自然を汚染して起こった甚大な被害を目の当たりにして、水俣病事件がなぜ起こらなければならなかったのだろう、水俣病事件の起こったこの水俣にどういう意味があるのだろうか。水俣とは何か、という問いが自然と生まれていきました。そして心の旅路がゆっくりと始まり、少しずつ詩を書き始めたのです。

 この本の中に幾人かの水俣病事件で被害を受け、その中で生き抜いた人々を描きましたが、それは聞き書きではなく、あくまでも私の中の心象風景なのです。現実に生きた人々はもっと大きな存在であり多面的でありました。ただ私は水俣病事件を見た者として、生き抜いた人々の姿をすこしでも残さないといけないと感じていました。すこしでもすこしでもと思いながら、四〇年の歳月が流れていました。その間、私なりの道を歩いてきました。私は小さい頃歩くことができませんでした。ようやく立つことができるようになったのは、六歳ごろであったと記憶しております。少しずつ歩くことができるようになっていきました。人間はなぜ歩くのだろうかと思います。

174

した。そしてどこへ向かって歩こうとしているのだろうかと考えました。誰もが幸せに向かって歩こうとしています。しかし人間が生みだしたものによって幸せを奪われた人々がいました。水俣病事件の被害者です。非力であっても歴史に刻まなければなりません。私たちは歴史的存在であるのですから。そして水俣の希望の物語は、生き抜く人々によって紡がれていきます。

この本を出すにあたり、これまでの歳月を思い返しました。やはり最も感謝しなければならないのは母でしょう。そして父です。小さい頃から多くの友人たちが支えてくれました。信仰者としても多くの方々との出会いを刻ませてもらいました。ここに感謝します。

また、出版のために無理なお願いにもかかわらず労を惜しまず動いてくださった中央大学の細谷孝先生、そして推薦文を書いてくださった石牟礼道子先生、すばらしい一文を寄せてくださった柳田邦男先生には何とお礼を申し上げたらいいか分かりません。

最後に、出版に際し快く引き受けていただいた藤原書店の藤原良雄社長、私の拙い詩を根気強く編集してくださった担当の小枝冬実さんにも深く感謝いたします。

二〇一三年三月

坂本直充

著者紹介

坂本直充（さかもと・なおみつ）

1954年熊本県生まれ。1978年西南学院大学法学部卒。水俣市立図書館館長、市立水俣病資料館館長を経て、現在、水俣市健康高齢課課長補佐。
幼少時立つこともできず、ようやく6歳頃から少しずつ歩けるようになる。人はなぜ歩くのか、どこに向かって歩くのかを問いつづける。学生時代から日記や詩を書き始め、水俣病事件とは何か、という問いも生まれる。

光り海　坂本直充詩集

2013年4月30日　初版第1刷発行 ©

著　者　坂　本　直　充
発行者　藤　原　良　雄
発行所　株式会社　藤　原　書　店

〒162-0041　東京都新宿区早稲田鶴巻町523
電　話　03（5272）0301
ＦＡＸ　03（5272）0450
振　替　00160-4-17013
info@fujiwara-shoten.co.jp

印刷・製本　中央精版印刷

落丁本・乱丁本はお取替えいたします　Printed in Japan
定価はカバーに表示してあります　ISBN978-4-89434-911-7